長谷川馨
Kaori Hasegawa

死神的顏料

神の絵の具「僕」が愛した色彩と黒猫の選択

李彥樺 譯

目錄

Solomon Grundy（所羅門・格蘭德）
Born on Monday（在星期一出生）
Christened on Tuesday（在星期二受洗）
Married on Wednesday（在星期三娶妻）
Took ill on Thursday（在星期四生病）
Worse on Friday（病情在星期五惡化）
Died on Saturday（在星期六死亡）
Buried on Sunday（在星期日埋葬）
That was the end（就到這裡結束了）
Of Solomon Grundy!（所羅門・格蘭德的一生！）

第一話

老人與櫻花

你知道培堤齊烏斯（Betelgeuse）的顏色嗎？

你聽過俄里翁（Orion）這個人嗎？他是全世界最著名的獵人，登場於希臘神話中。

他死後升上天空成為星座，成為有名的獵戶座。

在獵戶座的右側肩膀上，有一顆特別閃亮的星星，那就是「培堤齊烏斯」，中文名為「參宿四」。

培堤齊烏斯是一顆距離地球約五百三十光年遠的恆星，它就跟太陽一樣，靠著自我燃燒來綻放光芒。既然是自我燃燒，這意味著它被火焰包圍。說起火焰，任何人都會想到紅色。所以我想你一定知道，培堤齊烏斯是一顆紅色的星星。

但是所謂的紅色，在這個世界上還分成很多種。

火焰的紅、蘋果的紅、紅鼠尾草的紅、鮮血的紅……

同樣是紅色，比較之後就會發現截然不同。

你喜歡什麼樣的紅色？

經過打磨拋光的紅寶石的紅？在秋天散落一地的楓葉的紅？

有那麼一個男人，被培堤齊烏斯的紅深深吸引住了。
男人是個天文學家。每一天，他都抓著望遠鏡，凝視獵戶座的右肩。
為何他那麼喜歡培堤齊烏斯的紅？如今我稍微能夠體會他的心情。
培堤齊烏斯是一顆即將死亡的星星。它在遙遠宇宙的另一頭，燃燒了大約八百萬年的歲月，如今即將以「超新星爆炸」的方式壽終正寢。
換句話說，男人想要送培堤齊烏斯最後一程。
男人不忍心見它在五百三十光年外的宇宙空間內孤獨地死亡。
但是在培堤齊烏斯的生命結束之前，男人的生命已經提早一步結束。雖然男人長久以來一直透過望遠鏡凝視著培堤齊烏斯，但終究沒能親眼見證培堤齊烏斯的死亡。
或許是因為感到遺憾，也或許是因為愛得太深。
男人在死亡之後，其靈魂呈現出宛如燃燒一般的鮮紅色。

在希臘神話裡，往生者的靈魂要前往冥府，必須先渡過苦惱之河（Acheron）。在河上負責划船的船夫，就是死神卡戎（Charon）。往生者想要搭船渡河，必須支付銀幣給卡戎。

日本也有類似的傳說。希臘和日本明明相隔數千里之遠，但日本人同樣相信人死後要前往陰曹地府，必須先渡過三途河。

三途河上的划船者，有個名稱叫「奪衣婆」。因為往生者如果沒有支付她六文錢，身上的衣物都會被她奪走。為何相隔約九千五百六十公里遠的兩個國家，在死者的往生傳說上有著如此相似的共通性？

理由很簡單，因為我們死神會從往生者的身上取走一樣喜歡的東西，作為協助將往生者送往冥府的報酬。

在如今這個時代，依然相信天使、惡魔及死神的人寥寥可數，但我們死神是真的存在於世上。我們的使命，是維持活人與死人的數量平衡。

今天一如往昔，我坐在某市的某聖域裡，欣賞著裝在小瓶子裡的各色靈魂碎片。這裡就像是一處工作坊，一座座的書架幾乎覆蓋每一面牆壁，書架上每一層都堆滿了我長年來蒐集的靈魂碎片小瓶。

紅、藍、黃、綠、紫、橙……靈魂的顏色可說是五花八門。

就算同樣都是紅色，不同人物的靈魂，顏色也會有微妙的差異。

薔薇的紅、野莓的紅、夕陽的紅、培堤齊烏斯的紅。

我每天都要做的事情，就是在這個受到各種顏色圍繞的工作坊裡，將那些有如水晶一般閃閃發亮的靈魂碎片製作成顏料，並且以這些顏料來畫圖。

人的靈魂是最適合用來製作顏料的材料。其他死神們常說我有著令他們感到匪夷所思的興趣，但我真的非常喜歡靈魂那閃閃發亮的色彩。除了靈魂以外的任何原料，都無法呈現出那樣的色彩。因此每當送死者前往冥府，我總是會要求靈魂的碎片作為回報。

所謂的靈魂，其實就是記憶的集合體。一個人從出生到死亡，所有的記憶會凝聚在一起，形成一種看不見的物質。

但所謂的看不見，指的只是凡人看不見，死神當然是能夠看見的。從另一個角度來看，或許正因為我們看得見，所以我們有資格成為死神。

在我們死神的眼裡看來，靈魂有著七彩的顏色。當然所謂的七彩，只是一種比喻而已，真正的靈魂絕對不止七種顏色。

組成靈魂的記憶，基本上就是各種感情的記憶。

靈魂的形狀，會隨著一個人的經驗及當下的感情而產生變化。感情的一大特徵，就是帶有顏色。

開心的時候是黃色，悲傷的時候是藍色。紅色代表熱情，黑色代表憎恨，以此類推。

當然就算是相同的感情，感受的人不同，或是實際的狀況不同，顏色也會有些差異。

因此每個人的靈魂都是由數不盡的色彩所組成。

而親愛之人的記憶，或是最重要的回憶，往往能夠在靈魂中綻放最美麗的光輝。

我總是會取走那靈魂中最美麗的部分，作為帶死者前往冥府的報酬。

反正靈魂一旦進入冥府之後，在轉生之前會受到徹底淨化，變得透明純淨，失去一切的顏色。

我拿著那只有拇指大小的小瓶子，欣賞著裡頭綻放紅色光芒的培堤齊烏斯。其他死神們總是不明白我為什麼要取走靈魂的碎片。他們認為那是既沒有價值也沒有實際用途的東西。但我並不認同這樣的想法。死神沒有靈魂，所以我們絕對製造不出如此美麗的東西。光是這一點，靈魂的碎片就具有極大的價值。或許其他死神不這麼想，但至少我是這麼認為。

「Solomon Grundy, Born on Monday, Christened on Tuesday……」

這五百三十光年遠的恆星光芒，應該用來畫出什麼樣的畫，最能襯托出其美麗色澤？

當我正在想著這個問題的時候，我的智慧型手機響起了我最喜歡的「鵝媽媽童謠」的旋律。那是因為直到不久之前，我負責的區域一直是英國的某地。

我拿起手機一看，來電者處顯示著上司的名字。明明昨天才剛接了案子，怎麼今天又打來了？我雖然嘆了一口氣，還是按下了通話鍵。畢竟再怎麼不願意，還是得面對現實。

近幾年因為很少有人能夠通過適性測驗，死神業也陷入了人才荒。

「Hello？」

「嗨，真抱歉，又有一件臨時的案子。地點是市區裡的公寓房間，我已經將地址用mail寄給你了，你先看一下吧。」

最近少子高齡化的問題在日本越來越嚴重。

我確實感覺到這兩年送高齡者最後一程的案子有明顯增多的趨勢。

今天的案子也是其中之一。

木村青平，六十七歲，男性。如今他正一個人躺在老舊、狹窄的公寓房間裡頭。房間的地板鋪著磨損嚴重的榻榻米，榻榻米上擺著一席乾癟的墊被，青平就躺在墊被上。

屋外有著耀眼的陽光，彷彿整個世界都在讚美著春天的到來，他的人生卻即將落幕。或許是因為窗戶的方向不對的關係，那宛如祝福著世間一切的燦爛春光完全照不進房間裡。而且因為沒開電燈的關係，整個六張榻榻米大的房間顯得相當陰暗。

青平就躺在房間的中央，默默凝視著窗戶。位在他視線前方的那扇半身窗裝設的是毛玻璃，外頭的景象看起來都像是手法笨拙的鑲嵌畫。

「……真沒想到，來迎接我的竟然是個外國年輕小哥。我還以為會是我那過世的老伴呢。」

窗外不時傳來樹鶯的高歌聲。在昏黑的房間裡，青平經過了漫長的沉默之後，如此呢喃說道。

他的聲音聽起來刺耳又沙啞，似乎喉嚨卡了濃痰。我穿著熨燙平整的白襯衫及黑色背心，打扮確實與房內的氣氛格格不入。我跪坐在青平的枕邊，恭謹地低頭說道：

「真的很抱歉。為了讓業務能夠執行得更加順利，有些死神會故意變化成故人的外貌，但我不喜歡那麼做。沒有人能夠自由選擇自己的出生場所及時代，因此我希望往生者至少在過世的時候，能夠不再受到這個世間束縛。」

我以平淡的口吻如此說道。正是這種說話的方式，讓上司經常怪我太過冷漠。

原本望著窗戶的青平，終於將視線移到了我的臉上。我跪坐在他的枕頭邊這麼久，這是他跟我第一次四目相交。

「如果我說不想死，你會繼續讓我活下去嗎？」

「很抱歉，這我無能為力……凡人的壽命是由上司負責管理，我們這些小螺絲釘沒辦法改變上司的決定。」

「死神的上司……該不會是閻羅王吧？」

「他有幾千個名字，這確實是其中之一，但我們習慣稱呼他『上司』。」

既然說話口氣冷漠，那就只能靠表情來彌補了。

我因為抱著這樣的想法，所以在執行業務的時候，會盡量提醒自己露出笑容。

青平以他那圓滾滾的黑眼珠凝視著我的微笑。雖然他的年紀還不到七十歲，但因為頭髮全白的關係，外表看起來比實際的年齡要大一些。

「如果你心裡有什麼遺憾，可以告訴我。」

我說出了業務執行上的罐頭詞句。事實上我們死神並沒有實現凡人心願的能力，因此就算往生者說出了什麼心中的遺憾，我們真的就只是「聽聽」而已。但是對將死之人來說，光是有人願意聽他們傾訴心願，就能讓他們獲得心情上的平靜。

根據長年的工作經驗，我確信這是讓往生者接受死亡的最佳方法。當然還是有例外的狀況。

「……我想見孫子。」

青平聽了好一會樹鶯的叫聲之後，忽然如此說道。

我微微歪著腦袋，試著回想上司提供的往生者相關個資。

青平有個叫泰士的獨生子，現在已經成家立業了，在某知名企業上班，夫妻之間育有兩個孩子。

但是數年前泰士因為工作調職的關係搬遷至遠方，從此便和父親疏遠了。

因為不想給兒子添麻煩，青平主動叫泰士過年期間及中元節都不必回來探望自己。但也因為這個關係，父子之間的交流變成了兩三年一次。從去年開始，青平變得走路有些困難，但因為不想讓兒子及媳婦擔心，因此完全沒有告知。

就在今天，青平即將靜靜地離開人世，沒有任何人知道。

「……我已經給你兒子送出了一點兆頭。」

因此我只能稍微提供他一點不知道能不能有所幫助的訊息。

每當遇到這種在孤獨中斷氣的往生者，我們都會給其身邊的人發出一點兆頭。對象有可能是往生者的親人，有可能是送報紙的人，也有可能是街坊鄰居。

如果沒有確實做好這個步驟，往生者或許沒有辦法及時接受弔唁，這麼一來連接肉體的靈魂臍帶有可能會出現沒有完全斷開的狀況。如此一來，往生者的靈魂會被迫滯留在凡間，漫無目標地到處飄蕩。因此送人最後一程的工作如果沒有確實做好，後果往往相當嚴重。死神裡頭有少數傢伙相當不負責任，我深深以這些人為恥。

「原來死神還有這種能力？但就算是這樣，泰士也沒辦法立刻趕到這裡吧？」

「是啊……最快也得明天之後。」

兒子住在遠方，何況還有工作沒有辦法隨便拋下。再者，所謂的兆頭說穿了就是一種預感，不見得每個人都會在意。青平聽完了我的說明，露出不抱任何希望的表情，深深嘆了一口氣之後再度轉頭望向窗戶。

我不禁感到好奇，那即將在孤獨中走完最後一程的雙眸，到底在那毛玻璃上看見了什麼？

「……他們從來沒有見過女卷的櫻花。」

「女卷？」

「那裡是我的故鄉，但因為地震及海嘯的關係，成了一座廢墟。我多麼希望能夠在有生之年回到那裡，這個心願終究沒能實現。」

我心想，難怪他的說話腔調和這一帶的人不太一樣。

距今十多年前，日本遭遇了一場史上罕見的重大天災。

當時我還待在國外，並不清楚詳情，只知道死傷非常慘重，簡直就像戰爭一樣，許多村落都遭受嚴重破壞。

數不清的人因為那場災害而無家可歸，其中有不少人選擇到遠方投靠親戚，最後終老異鄉。

這個木村青平大概也是其中之一吧。

如今在這塊距離故鄉極為遙遠的土地上，他的人生即將在孤獨中劃下句點。

「……關於那場地震的事，我也聽死神朋友提過。據說當時每一座沿海的城鎮與村落都慘不忍睹，我想女卷應該也是其中之一吧。」

「沒錯，海嘯沖走了我的老伴跟我的家……我無處可去，只好帶著兒子來到這裡，投靠我的弟弟。不管再怎麼樣，我總得讓兒子上大學……」

「如果不是為了讓兒子上大學，你會選擇繼續留在女卷生活？」

「這我也不敢肯定……剛開始的時候，我完全不想再留在女卷，但每當在電視上看見有很多人留在女卷奮鬥打拚，我就感覺很過意不去。」

「……過意不去？」

「沒錯，我也是在女卷土生土長的人，女卷把我養大，我卻沒有報答這份恩情。」

「……但回到女卷，就會無時無刻想起那地震時的回憶。何況經歷過海嘯之後，應該會對海邊的生活感到恐懼吧？即使如此，你還是想要回去嗎？」

當時我對此感到頗為好奇。我對青平的人生經歷所知不多，僅限於上司寄給我的那些資料。但我相信那場地震在受害者們心中植入的記憶，必定造成了幾乎將靈魂撕裂的傷害。

一夕之間除了自己的生命之外，所有的一切都遭奪走的絕望感。

無處可以宣洩的憤怒與悲傷。難以言喻的空虛感及無力感。

如果在故鄉生活，同樣的回憶就會不斷被迫浮上心頭，那樣的日子絕對不好受。至少在我看來，那簡直就像是故意玷污靈魂的自殘行徑。但是在他的心裡，似乎認為比起保護自己的心靈，更重要的是與奪走一切的大海繼續一起走下去。

我實在無法理解那樣的心態。為什麼他寧願在永不熄滅的憎恨與悲傷之火當中受盡煎熬，直到老死為止？就連沒有靈魂的死神，也不會想過那樣的生活。

「沒錯，即使如此，我還是想要回到女卷。」

從青平那乾裂的雙唇之間傾洩出的答案，果然超越了我的理解。

「剛搬到這裡來的時候，我一心只想著這輩子絕不再靠近海邊。但是日子久了之後，我漸漸又開始懷念起女卷的生活。我一直認為這裡不是我的棲身之地，我跟這裡的生活格格不入……或許那是因為我的靈魂還留在女卷的關係吧。」

「靈魂還……留在女卷？」

「沒錯，所以我才活得這麼痛苦。小哥，我今天見到你，心裡才終於明白了。其實我一直想要在女卷生活，想要死在女卷。」

「你的意思是說……你想要跟你太太死在一起？」

「我不是那個意思。當然如果能夠和咲子死在一起，那不知該有多好，但我想說的不是這個。女卷就像是我人生的全部。不管是開心的事，還是難過的事，全都發生在女卷裡頭。所以我好想回到女卷，對我來說，那就像是取回我自己的人生……」

青平的聲音越來越嘶啞，既像是在喘息，又像是在細語呢喃。但他目不轉睛地看著我，彷彿還有好多話想要對我說。在我聽來，他在這人生的最後一刻，想要表達的不是遺憾，而是懺悔。

因為他從故鄉逃走了。

「死神，即使是像我這樣的人，死後也能回到女卷嗎？」

他看起來像是在看著我，其實是在看著我的瞳孔所映照出的他自己。我一時語塞，不知該如何回答。

——不，你的靈魂將會進入冥府，沒有辦法回到女卷。

對他說出這個真相，照理來說應該是一件相當簡單的事情。

如果是平常的我，應該會毫不遲疑地說出真相吧。

「或許……能夠回到回憶中的女卷吧。」

我勉強擠出了一個模稜兩可的答案。

畢竟青平接下來馬上就會看見人生的走馬燈。

為了讓靈魂變回無色透明，他必須甩掉這六十七年來的記憶。

這對他來說是否算是一種救贖，我也不敢肯定。

但他聽了我這句話之後，瞇起了眼睛。

「好……」

他輕輕點頭說道。

如今他終於願意接受了。接受漫長的旅程即將落幕的事實。

「差不多就在這個時期吧……村子裡到處都開滿了櫻花，真的非常美。我好想讓孫子們也看一看，那女卷的櫻花……」

這就是木村青平辭世前的最後一句話。

因鄉愁而濕潤的雙眸，緩緩拉下了幕簾。青平輕輕嚥下了最後一口氣。從他口中流出的氣息雖然微弱，在我的眼裡卻閃爍著七彩光芒，有如張開翅膀一般逐漸擴散。

多麼絢爛奪目，多麼錯綜複雜，多麼色彩繽紛的美麗靈魂。

我將那有如彩虹般的雙翼吸入口中，接著吞入腹中。

以我的身體為舟，將靈魂送往冥府。

我閉上雙眼，青平一生的每個景象在眼皮的內側快速閃過。在死神的陪伴下，孤獨地結束一生的青平，從這個瞬間起，到重獲新生、呱呱墜地的那一刻為止，他將快速奔下名為記憶的坡道。但在那波濤洶湧的逆流漩渦之中，我看見了一樣東西。

——櫻花！原來如此，女卷是個充滿了櫻花的村子！

從小到大，每年到了春天，他總是會看見那些熟悉的櫻花。他在櫻花樹下和鄰居的孩子們一起追逐嬉戲，在櫻花樹下告白，在櫻花樹下牽起了老妻的手……

「再過一個月，櫻花就要開了，又可以把泰士他們叫回來賞花了。」

十多年前的那一天，青平笑著如此告訴妻子。

我看完了青平的一生，流下了眼淚。

那淚珠化成了小小的結晶，帶著顏色滑落。

我看見那報酬確實落入了我的掌心。

木村青平的靈魂碎片，有著虛幻而脆弱的櫻花之色。

+

那一天，我一回到工作坊，立刻以膠液及水將青平的靈魂碎片化開，製作成了櫻花色彩的顏料。平常我總是會將靈魂碎片放進小瓶子裡，好好欣賞一番，等到膩了之後才製作成顏料，這次算是一個例外。

因為將青平送入冥府時，我所看見的那幅櫻花景象，深深烙印在我的心底……我希望能夠在遺忘之前，將那景象保存在這世上。

於是我以青平的靈魂碎片，全神貫注地畫著櫻花。

在畫樹幹的時候，我加入了自己特別中意的培堤齊烏斯的紅色。

一邊是即將面臨死亡的恆星，另一邊則是馬上就會凋零的春華。以老人所心愛的兩種生命所繪製出的畫，綻放著一般的顏料絕對無法呈現出的光輝。

「……唉，實現凡人的心願可不是我的工作，那是天使負責的事情。」

我看著完成的畫作，獨自露出了微笑。

因為那是到目前為止，我所畫出的最高傑作。

＋

父親的喪禮已經結束，心情也稍微平復了一些。

在妻子的建議下，我們開始整理起了父親的遺物。

父親生前所住的那間小小的公寓房間，我們早已經請清潔公司的人前往打掃過了。但是父親的遺物還一直放在房間裡，直到今天都不曾動過。

因為父親的死訊實在來得太突然，我花了很多時間才說服自己接受。

喪禮結束之後，我一直提不起勇氣走進父親生前的房間。因此我向房東懇求，讓我繼續繳那間房間的房租，直到下一次更新契約為止。

從那天起，轉眼已過了一年，又到了春天。整個世間都在歌頌著春日的美好，到處是令人眼花撩亂的櫻花。我隔著飛機的窗戶玻璃，看著眼下的淡紅景色，來到了人生中的第二個故鄉。

妻子和孩子們都在我的身邊，他們不停對著我微笑，彷彿在給我加油打氣。

「再過一個月，租賃契約就要到期了，得趕緊趁現在將能夠處理的東西處理掉才行。一直放著不管，不僅會給房東添麻煩，而且公公也沒辦法安心長眠。」

妻子如此說道。一抵達公寓，妻子立刻拿著鑰匙，打開了房門。

或許是因為房屋結構有些變形的關係，門板發出了吱嘎聲響。下一瞬間，自房內竄出的壁紙氣味引發了我心中的鄉愁。去年的這個時候，我正是在這裡目睹了父親的遺體。

平常幾乎從來不作夢的我，竟然夢見了好多年不曾回去的故鄉，而且當我醒來的時候，我發現自己正在流淚。數天之後，我就接到了父親的噩耗。

夢中的父親是如此年輕，在街坊鄰居之間是個人見人愛的年輕人，大家都親熱地叫他「阿青」。然而現實中的父親，卻是孤獨地躺在床墊上，一動也不動了。

在我的印象中，父親是一個非常堅強的人。因此我心裡一直相信著，父親獨自過日子絕對不會有任何問題。但是就從那一天起，我深深責怪著過度自信的自己。這個自責的心情，維持了整整一年的時間。「爸爸……對不起……對不起……」我回想起了那天我跪倒在父親的遺體旁邊，如此哭喊著。那記憶浮現在我的心頭，讓我不敢跨入門內一步。但是年幼的孩子們完全不懂我的心情，興沖沖地奔入了房內。

「爸爸！爸爸！櫻花！」

孩子們在房間裡蹦蹦跳跳，讓我不禁擔心會惹來公寓鄰居的抱怨。妻子走進了門內，似乎想要斥責孩子們，但她才走到父親的寢室前，卻驀然停下腳步，而且發起了愣。我心裡感到有些納悶，不曉得她是怎麼了。妻子僵立了好一會，忽然拚命朝我招手。在那一瞬間，我還是遲疑了一下，但我最後還是鼓起勇氣，跟著家人們走了進去。就在我走到那間六張榻榻米大的寢室前方時……

「啊……」

我的腦海驟然浮現了那天所作的故鄉之夢。

那棵生長在故鄉老家附近，令父親生前深愛不已的老櫻花樹。

在那夢境之中，過世的父親、母親與年幼的我，一同在那櫻花樹下歡笑著。

而如今，我的孩子們同樣在那櫻花樹下快樂嬉鬧。

我感覺到眼前的視野逐漸變得模糊，但我笑了。

覆蓋了整片牆壁的巨大畫布上，畫著那如今已不復存在的故鄉櫻花。

第二話

青年與螢火蟲

日本的夏天，是一個充塞著夢幻泡影的世界。

最好的例子就是線香煙火。大多數日本人只要一提到夏天，就會想到煙火。而各種煙火之中，又以線香煙火最如夢幻泡影。那小小的火光使盡所有力氣燃燒自己，最後悄然熄滅，讓整個世界復歸於漆黑的景象，總是能誘發一種無法以言語形容的感慨。

這種氛圍就是日本人所說的「侘寂」吧。

此外，還有在窗外恣意鳴叫的油蟬。牠們會以幼蟲的姿態在土中鑽爬，熬了數年的時間，才終於得以獲得翅膀，在陽光下高歌。

但牠們接下來的生命，就只有短短的一個星期。牠們會為了繁衍子孫而使盡力氣鳴叫，當完成使命之後，牠們就會力盡而亡，結束其短暫的生涯。

猶如只能在短暫的時間裡發光發熱的線香煙火。

夢幻泡影，往往是這世上最美之物。

今天的我，同樣在聖域的工作坊，盡情地揮毫。

原本畫架上的純白畫布，被我塗滿了藍色。

調色盤上的藍色顏料，是大海的藍。

那是我以去年夏天取得的某個深愛大海的潛水員的靈魂碎片，配上膠液調製而成。

雖然塗的是相同的藍色，但我隨性地塗布，使其產生濃淡深淺的差異。不一會，原本雪白的畫布逐漸被夜色籠罩，上頭出現了一些閃爍的星辰。

死神擁有無限的時間，因此我一點也不怕麻煩，慢條斯理地在夜空中畫出點點星光。做法很簡單，就是使用極細的畫筆，以前端反覆點出小點。有時要纖細，有時要大膽。

「你在畫銀河嗎？」

就在畫布即將被無數的星光填滿時，背後忽然響起了略帶取笑意味的說話聲。如今在這英國風聖域裡的死神，照理來說應該只有我而已。

因此這突如其來的聲音，讓我著實吃了一驚。但是下一秒，我已經明白這個神祕客的身分。

「你回來了，查爾斯。這次的旅行挺久呢。」

此時我的右手拿著調色盤，左手拿著畫筆，正裝襯衫的外頭還罩著作業用的圍裙，可說是絲毫沒有防備。但既然已經知道聲音的主人是誰，我一點也不慌張。我轉過了頭，果然敞開的門口坐著一隻黑貓。

這黑貓的名字是查爾斯。

雖然外表是一隻貓，但牠其實是我在英國時的好友，是一個優秀的使魔。使魔的意思，簡單來說就是協助者。

當我以死神的身分醒來時，上司對我做的第一件事，就是把牠交給我。

查爾斯的缺點是性格有些高傲，說話喜歡帶些調侃與譏諷。但只要能夠忍受這一點，基本上牠是一個相當值得信賴的好夥伴。在我還是個初出茅廬的死神新鮮人時，查爾斯雖然對我做的每一件事都嗤之以鼻，但同時牠也提供了我非常多的幫助。甚至可以說，我在牠的身上學到了所有死神的基本知識。如今牠會幫我傳遞兆頭，幫我尋找「殘留者」，可說是死神業務上不可或缺的重要助手。

「唉，這個時期真的是每天都像在過鬆餅節（Pancake Day）。有中暑的，有遇到颱風的，有溺水的，每天忙得焦頭爛額。日本人形容這種情況叫做『連貓的手也想借來用』，我自己就是貓，倒是很想借狗的手來用，或是老鼠的手也行。」

「我能體會你的心情，不過這就是我們的工作，抱怨也無濟於事。今天下午休假，我們輕鬆一下吧。我叫人偶們製作一些好吃的餐點。」

「太好了，我餓到快掛了。」

你不是快掛了，而是早就已經掛了。我心裡這麼想，但沒有說出口，只是彈了一下手指。

原本正在工作坊的角落洗著畫筆的陶瓷人偶們全都轉過頭來。下一瞬間，它們全都停下手上的工作，走向廚房。

頭戴圓筒軍帽、身穿紅色軍服的士兵人偶，排成了整齊的隊伍。此外還有身穿淡粉紅色圍裙的女僕人偶，以及貌似維多利亞時代貴族大小姐的少女人偶。

這些人偶在這裡都是幫忙做家事的人手。我將蒐集來的靈魂碎片放入人偶之中，使它們可以暫時接受我的指揮。雖然有時效性，但是相當方便好用。

當我專心畫圖的時候，它們可以貼心地幫我泡紅茶，把屋子打掃得乾乾淨淨，甚至還能拿刷子幫查爾斯刷毛。唯一的缺點是沒有辦法說話，但靠著各種肢體語言，要溝通大致上不是問題。

「你的使魔還在大太陽底下東奔西走，你已經早一步開始享受放假時光了？家事都丟給人偶去做，你在這邊悠哉地玩著銀河遊戲？」

「聽說在日本這個國家，有所謂的七夕傳說。你應該也記得不久前那個奇妙景象吧？整個國家到處擺著竹葉當裝飾品。聽說那是一種向銀河許願的日本傳統習俗，其根源似乎是來自於中國的祭祀活動。」

「這我當然知道，就是把分隔在銀河兩側的天鷹座α星（牛郎星）與天琴座α星（織女星），當成了天上的羅密歐與茱麗葉的浪漫傳說，對吧？我還知道日本的羅密歐叫『彥星』，茱麗葉叫『織姬』。」

「雖然這兩人的故事不像莎士比亞的悲劇那麼可憐，但一對情侶分隔兩地，一年只能見一次面的故事，你不覺得很感人嗎？如果彥星與織姬是真實存在的人物，不曉得他們的靈魂會是什麼顏色？」

「看來你的腦袋裡面有一座很深的彩虹峽谷。」

查爾斯裝模作樣地嘆了口氣，豎著尾巴朝我的畫走來。牠朝著畫中的銀河仔細端詳了一會，接著竟然嗤笑一聲，趾高氣揚地轉過了頭。

「你的繪畫技術向來不錯，但你的畫總是少了點什麼。因為你太過依賴顏料所綻放出來的靈魂光輝。若從美麗及精巧的觀點來看，你的畫確實有兩把刷子，但拿掉了美麗及精巧，就什麼也沒剩下了。」

「我明白你想要表達的意思，但這我也無能為力，畢竟我沒有靈魂。」

靈魂就像是心中的搖籃。死神正因為沒有靈魂，所以各種的經歷及學習到的知識只能留下事務性的記憶，無法留下感情記憶。

睡了一晚之後，睡覺前所產生的所有感情都會遺忘在夢境之中。

這其實是一種防護機制，可以避免往生者的靈魂所擁有的記憶洪流，對死神的心情造成太大的影響。

通往冥府的黃泉比良坡，就是死神的身體。我們藉由自己的身體，將無數的靈魂送入冥府。

所謂的死神，說穿了就是一種過濾裝置。在靈魂前往冥府的過程中，各種不純的物質都會遭到排除，只留下靈魂持有者的本質。而這個過程就是所謂的走馬燈階段，靈魂之主的一切記憶都會遭到回溯，從死亡的瞬間開始，一直回溯到呱呱墜地的當下。

在這個過程中，如果死神太過在意自己所看見的每個記憶，死神的精神遲早會崩潰。

因此我們死神有著藉由睡眠將一切的感情記憶拋出腦外的能力。

這個能力能夠讓我們的心靈一直處於空洞的狀態。

或許正因為這個緣故，我才會如此迷戀於人類的靈魂所擁有的光輝。

我將各種不同顏色的靈魂碎片放進小瓶子裡保存起來，正是因為希望自己能夠記住心中這股感受到美麗的心情。用靈魂碎片畫出圖畫，也是基於相同的理由。

我轉頭望向工作坊的書架，五顏六色的靈魂碎片如今依然像天上的明亮星辰一樣綻放著光芒。那簡直就像是一座小小的銀河。或許查爾斯正是因為明白這一點，才把我的畫圖興趣形容成「銀河遊戲」。如果真的是這樣的話，我不得不承認牠實在是個諷刺的天才。

「但我很喜歡你那幅櫻花。」

「咦？」

「今年的春天，你像是著了魔一樣畫個不停，最後畫出的那幅櫻花樹。那一次你好幾天丟下工作不管，簡直像是要把全部的精力發洩在那張巨大的畫布上。我想看的是那種畫。」

「嗯，那幅畫確實是我到目前為止的最佳作品……但有很多人類能夠使用一般的顏料畫出比那幅畫更美的作品。」

「為什麼你會在奇怪的地方突然變得謙虛？不，或許應該說是遲鈍吧。」

「什麼意思？」

「什麼意思？我想看的繪畫其實是……」

就在一臉不屑的查爾斯似乎又想要酸言酸語的時候，原本走向廚房的人偶突然踉踉蹌蹌地跑了回來，在我的面前跳個不停，不知想要表達什麼。

發生什麼事了？我以眼神如此詢問。此時人偶的懷裡竟然傳出了熟悉的「鵝媽媽童謠」的旋律。

〈嗨，真是不好意思，在你休假的時候打來煩你。〉

我帶著心頭的一抹不安接起電話，果然電話另一頭傳來上司的聲音。那聲音開朗到令我害怕。

〈現在剛好人手不足，所以想要請你幫幫忙，地點已經用mail寄給你了。今天犧牲了你的休假，以後你當然可以補休。所以你可別跟我抱怨那些有的沒的，快給我出發吧。〉

「我不要！我要休息！我不想去！」查爾斯鬧起了脾氣。我抱起了不停掙扎的黑貓，打開地下室的一扇門，走了進去。

門後是一大片擠滿了觀光客的海水浴場。

看來那扇地下室的門連接到了沙灘上某一間海之家❶的後門。

白色的沙灘反射了夏天的豔陽，幾乎要灼傷我的視網膜，讓我忍不住舉起手掌遮擋。這裡的狀況遠超越我原本的想像。不管是太陽底下的氣溫也好，將沙灘擠得水洩不通的人群散發出的熱氣也好，就連不斷席捲而來的海浪聲聽起來也特別刺耳。

「啊啊啊，不要讓那些沙子沾在我的身上，我會變成白貓！那個陽光太刺眼了！而且那些人是瘋了嗎？他們在胡鬧什麼？這裡簡直就像是遭天火焚毀的所多瑪和蛾摩拉[2]！」

查爾斯在我的膝蓋上大喊大叫。當然牠的聲音只有我聽得見，除非這附近有其他的死神或使魔。不過既然上司說人手不足，連我都得被迫上工，我猜這附近有其他同業人員的可能性應該相當低吧。

此時正值盛夏，朝著遠方彎曲延伸的廣大海水浴場上，擠滿了利用暑假期間前來玩水的年輕人，以及攜家帶眷的遊客。我在海之家租借了一支遮陽傘及一張塑膠墊，在沙灘上坐了下來。放眼望去除了人以外什麼也看不見。

身穿泳裝的男女老少，再加上數不清的遮陽傘，讓整個沙灘擁擠到連走到水邊也有困難。或許所謂的萬紫千紅，就是形容這樣的景象吧。

「我說你啊！現在可不是做日光浴的時候吧！還不快點隱身，把這次的送終對象找出來……」

❶ 海之家：夏天在海水浴場的沙灘上為遊客提供休息、餐飲等各種服務的設施，通常為臨時搭建的小屋。

❷ 所多瑪（Sodom）和蛾摩拉（Gomorrah）是《聖經》中描述因居民為惡而遭神以天火焚毀的兩座城市。

「在沙灘上就算隱身，也會留下足跡，在人類的眼裡就像是靈異現象。大白天就引起騷動，恐怕不好吧？何況送終對象的死亡預定時間是下午四點至晚上九點之間，此時距離下午四點只剩下不到一個小時，看來我們只能仰賴你的鬍鬚了，查爾斯。」

「要我在這麼多人裡頭把送終的對象找出來？你這傢伙還是這麼強人所難！就是因為這樣，所以我才討厭夏天……」

我非常能夠理解查爾斯生氣的理由，但是把氣發在我身上也沒用。

如果可以的話，我也想要擁有決定工作的權利。但是要違逆那個上司的命令，困難的程度差不多等於回到古代和耶穌握手。我無奈地聳了聳肩膀，從我的工作服，也就是黑色背心的內側取出了智慧型手機。

我迅速開啟信箱，檢視上司寄來的送終對象個資。

十和田太洋，二十歲，大學生。

通訊地址是在海水浴場北方的一座城鎮，距離這裡約兩個小時的車程。

我心裡暗想，他應該也是大老遠跑到這裡來的遊客之一吧。

信件中包含了對象的大頭照，以及「靈魂信號資料」。我們必須利用這些資料，將送終對象找出來才行。

只要在手機裡下載「靈魂信號資料」，再以專用的APP開啟，就能夠確認該對象的靈魂波長（信號資料）。只能說現在這個時代實在是太方便了。

每個人的靈魂信號資料都不相同，就像是指紋一樣，而使魔能夠感應到每個人類的靈魂信號資料。

使用的APP稱作「信號重現APP」，正可以利用使魔的這種能力，從人群之中找出擁有該靈魂信號資料的人物。從前必須使用專用的收訊器，不僅體積龐大而且非常難看，但現在手機也具有相同的功能。

從前的死神要是看見現在的死神辦事有多麼方便，肯定會氣得直跳腳吧。

「哇，這裡怎麼會有貓？真是太可愛了！」

我正讀著上司的信，頭頂上忽然響起女性的尖叫聲。我登時一頭霧水，抬頭一瞧，只見我的眼前站著兩個身穿泳裝的日本女人。

兩人的年紀都是大約二十歲，穿著相當大膽的比基尼，露出了曬成小麥色的肌膚。其中一人有著一頭筆直的黑髮，另一人則是明亮的茶褐色頭髮。

她們一邊尖叫，一邊低頭看著蜷曲在我的膝蓋上的查爾斯。

「這是你養的貓嗎？在外面還能這麼聽話，真是好聰明的貓。」

「呃……大家都這麼說。」

「牠叫什麼名字？」

「查爾斯。」

「查爾斯？這麼說來，牠是一隻公貓？」

「我本來不太喜歡黑貓，因為給人不吉利的印象，但是這隻黑貓太可愛了！牠的毛比一般的貓更加蓬鬆呢！」

「因為牠有一點喜馬拉雅貓的血統。而且在英國，黑貓可是會帶來好運的吉祥動物。英國人相信如果看見黑貓通過眼前，就會遇上好事。」

「咦？真的嗎？我還是第一次聽到這種說法呢！」

「我能摸摸牠嗎？海邊的貓真是太稀奇了。」

「可以是可以，不過這隻貓不太愛理人。」

炎熱及吵鬧早已搞得查爾斯心浮氣躁。牠不悅地以尾巴拍打我的腳，一邊接受兩個女人的撫摸，一邊微微瞇起藍色的眼睛，默默地瞪著我。

就算對我生氣也沒用。是她們自己過來搭訕，我有什麼辦法？

「你是英國人嗎？你的日語說得好溜呢。」

「對，不過我已經在日本住很久了。」

「你住在日本？太太是日本人嗎？」

「亞紀！妳問得太直接了！」

黑色頭髮的女人笑著以手肘頂了頂茶褐色頭髮的女人。

那個名叫亞紀的女人，有著日本年輕女人的說話特徵，那就是尾音會拉得特別長。她身上的泳裝是螢光色，看起來相當醒目。

至於黑色頭髮的女人，則相較之下低調、穩重得多。這兩個女人的性格南轅北轍，照理來說應該會合不來，但她們互相對看了一眼，各自笑得開懷，似乎是交情相當好的朋友。

「喂！日和、亞紀！妳們怎麼開始搭訕男人了？我們要走了，妳們還不快回來？」

就在這個瞬間，兩人的背後傳來了男人的呼喝聲。

兩人一轉頭，我登時看見了那一群朝著兩人說話的年輕人。

那群人有男有女，看起來都是二十歲上下的學生。

兩人各自笑著喊了一句「抱歉」，那聲音嗲得連身為貓的查爾斯恐怕都要甘拜下風。

驀然間，查爾斯站了起來。

我心裡狐疑，不曉得查爾斯是怎麼了，只見牠忽然像子彈一樣衝了出去。牠不再顧忌身上的毛皮會弄髒，在白色的沙子上疾奔，到了那群人之中的一人面前，停下腳步，抬頭望著對方。

下一瞬間，查爾斯發出了貓叫聲，以身體在對方的小腿上磨蹭。

「喂，太洋！你才剛來，馬上就這麼受歡迎？」

一個特別醒目的高挑青年，拍了拍被查爾斯纏上的年輕人的肩膀。

受到調侃的年輕人看起來一臉嚴肅，下半身穿著紅色海灘褲，上半身披著一件短袖襯衫。他受到眾人一陣取笑，只是搔了搔頭頂，顯得有些不知如何是好。

查爾斯抬頭看了他一眼，接著神情高傲地仰起鼻子，轉頭朝我望來。

我再一次確認手機畫面。沒有錯，就是他。

他就是這一次的送終對象……生命即將結束的十和田太洋。

雖然夏天的太陽下山得晚，但是過了七點之後，天空彷彿闔上了雙眼，已逐漸開始變黑。

原本人滿為患的海水浴場，人潮也在五點之後逐漸退去，變得有些冷冷清清。六點之後，海之家也打烊了，沙灘上的人影寥寥可數。但是包含十和田太洋在內的九名學生依然聚集在沙灘上。他們大致圍成了一圈，從中不斷飄出燒烤食材的氣味。

「肉烤好了，要吃的自己拿！」

「干貝還沒有好嗎？應該差不多可以吃了吧？」

「誰幫我拿一下烤肉醬！還有我也要茶！」

烤肉爐裡搖曳的紅色火光，隱約照亮了那群玩鬧嬉戲的年輕人。歡笑聲與喧鬧聲此起彼落，讓我感覺已經有很久不曾體會到安靜的美好。這幾個年輕人似乎正在舉行大學的社團聚會。

為了留下暑假的美好回憶，他們舉行了一場三天兩夜的小旅行。

「他怎麼還不死啊……我記得死亡的預定時間是下午四點到晚上九點？」

「嗯，現在已經快八點了，應該差不多了吧。」

「我可是累到只想早點回家休息，這些學生真是不知民間疾苦。」

「你就當成這是他們的最後晚餐，耐著性子稍微等一下吧。」

我坐在學生們借給我的旅行折凳上，安撫著膝蓋上的查爾斯。牠從剛剛就一直抱怨個不停，但一邊抱怨，一邊卻又舔著嘴唇，顯然美食對牠來說也是一種享受。

最初向我搭話的兩名女學生日和及亞紀，邀請我參加她們的烤肉餐會。

剛開始的時候，我拒絕了她們的好意。但我的職責是送十和田太洋最後一程，如果能夠跟他們一起行動，實際上對我來說是有益無害。

所以我最後答應了他們的邀約。

查爾斯本來露出一副不肯被學生們當成玩具的態度，但自從學生們給了牠一些生魚片之後，牠就變得安分不少。原本學生每次摸牠或抱牠，牠都會擺出一副臭臉，但看見餐桌上多了生魚片之後，牠就名副其實乖得像隻貓一樣。

「……從這裡可以清楚地看見銀河。」

我像聽收音機一樣漫不經心地聽著學生們的對話，同時獨自仰望天空。

頭頂上的漆黑世界裡閃爍著不少星光，雖然還不到滿天星辰的程度，但已經相當可觀了。尤其是那彷彿自大海的盡頭處延伸而上的美麗銀河，實在是美得不知道該如何形容。

那銀河的模樣，就像是正游向宇宙的東洋之龍。讓人不禁幻想，如果能夠划船前往外海，到那銀河的底部，或許就能夠跟著龍一同升天。浮在星河上面的小舟，不知是否能夠讓我看見織女及牛郎？

在星雲的兩側閃爍著光芒的天琴座α星與天鷹座α星。

我凝視著那兩顆恆星，內心回想著白天我所畫的那幅虛假的銀河。就像查爾斯所說的，我的作品與真貨比起來，可說是遠遠不及。

如果我能夠在畫中加入查爾斯所說的「不足之物」……

不知是否能夠讓我的作品更加閃亮動人？不知能否讓我找回當初畫那幅櫻花時的心情？

「要不要再來一瓶啤酒？」

正當我陷入沉思的時候，突然有一道聲音這麼問我。

那是男人的聲音，並不特別高亢，也不特別低沉。我低頭往下看，一個身穿紅色泳裝的年輕人就站在我的面前。

「……我記得你叫……十和田太洋？」

「呃，對。沒想到你記得我的名字。真是不好意思，我們的人硬把你拉來參加……」

「請別這麼說，這對我來說是相當有意義的時間。」

「咦？真的嗎？那就好……」

或許是因為我沒有和其他學生們一起嬉鬧，讓太洋感到有些過意不去吧。

太洋露出鬆一口氣的表情，接著靦腆地笑了笑。

雖然他對我說話沒有使用敬語，但看得出來他是個相當認真、老實而且懂得體恤他人的年輕人。他的頭髮完全沒有染過的跡象，而且身上也沒有項鍊、耳環之類的華麗飾物。

雖然他跟其他學生們看起來感情不錯，但他似乎對每個人都保持一定的距離，表現出些許冷眼旁觀的態度。這就是太洋這個年輕人給我的印象。只見他不停搔著後腦勺，這似乎是他在感到困擾或害羞時的習慣動作。

「呃，我能坐在你旁邊嗎？」

「請。」

「失禮了。啊，對了，我拿了些啤酒過來……」

「謝謝，那我就不客氣了。真是不好意思，讓你們請客……」

「不，是我們主動邀約，總不能太寒酸。反而是我們應該要向你道歉，只能請你喝這種便宜的酒。」

「我喝酒並不挑，這完全不成問題。難得的夏日回憶，希望我沒有打擾你們。」

「你完全不用擔心這個！今天晚上多了個外國帥哥，反而讓他們更加興奮呢。

話說回來，你的日語說得真好，在日本住很久了嗎？」

「嗯，而且我在英國的時候，就對日本相當感興趣。」

坐在我的膝蓋上的查爾斯聽見我隨口胡謅，做出了貌似打噴嚏的動作。在太洋的眼裡看來，這隻黑貓只是打了一個噴嚏吧。然而事實上並非如此。那是一種嗤之以鼻的動作。牠在取笑我吹牛不打草稿。死神打從一醒來就會說所有的語言，而且我調職到日本來還只是去年年底的事。

「真的嗎？那你跟我一樣。」太洋說道。

「跟你一樣？」

「是啊，我對外國相當感興趣。雖然我的英文完全不行，但我很想到外國留學。而且我最想留學的國家，就是英國。」

「留學嗎？你可真是積極上進。不過為什麼你會想要到外國留學？」

「唔……這個有很多理由。總而言之，我對未來沒有什麼明確的夢想或目標，卻又不希望一輩子隨波逐流，直到老死……所以我想要到世界上各個地方到處看一看，找出自己真正想做的事情。不見得要留學，也可以休學之後到外國度假打工，或是當個背包客環遊各國……但不管要怎麼做，總之得先要有一筆錢才行，所以我現在完全沒在念書，每天拚命打工。」

太洋面帶苦笑說出了他的夢想，接著又搔了搔頭。

我心想，或許他那冷眼旁觀的性格，並非只針對這個世間或是生活周遭的人。即使是對自己的人生，他似乎也保持了一定的距離，以俯瞰的角度做出了「應該這麼做」的結論。

我看著他的笑容，心裡回想著白天上司寄來的信件內容。

十和田太洋，二十歲，學生。

父母健在，上面有個哥哥，下面有個妹妹。家裡的經濟狀況並不差，從小過著無憂無慮的平凡人生。當然或許他本人不這麼想，但至少在我讀了資料之後如此認為。

而且聽完了他的話之後，我認為自己對他這個人的預測算是相當正確。

他最大的問題，就在於他的人生即將結束。

我取出懷錶一看，上頭的指針正指著晚上八點。

他的死亡預定時間，只剩下一個小時。上司的決定絕對不會出錯。就算天地逆轉、天崩地裂、地獄降臨人世，也沒有辦法改變既定的死亡時間。

他一定會死。走出日本的美夢，終究只會是個美夢。

「太洋，這是最後一塊肉了。我們不是要去看那個嗎？你趕快吃了吧。」

一個有著黑色頭髮、綁著馬尾的女人走了過來，朝太洋遞出紙盤。

她正是白天的時候向我搭話的女人之一，東日和。白天的時候她穿著大膽暴露的泳裝，此時上半身多了一件T恤。話雖如此，但一雙修長的美腿依然裸露在外，吸引著他人的目光。那雙腿相當健美，顯然她是一個經常運動的人。她這個人明明看起來很文靜，卻又給人一種陽光燦爛的感覺，或許正是因為她是一個喜歡運動的人。

「啊，抱歉，原來已經這麼晚了。我吃了之後立刻出發。」

「你們要去哪裡？」

「我們有個祕密活動。從這裡走大約二十分鐘的地方，聽說每到晚上，就可以看見很棒的東西。你要不要和我們一起去？」

太洋將手中兩枚紙盤的其中一枚遞給我，露出爽朗的微笑。我不禁感到好奇，很棒的東西指的是什麼？為什麼只有晚上才看得到？我正遲疑時，查爾斯忽然抬起上半身，將手伸向紙盤，似乎對盤內的串燒雞肉相當感興趣。

「如果你們不介意，請讓我參加。」

「好，一起來吧。剛剛忙著吃東西，沒有時間好好聊天。我想多問你一些關於英國的事，這是我第一次和外國人說話。」

說這句話的不是太洋，而是日和。

聽說兩人的年紀相同，但日和不僅說起話來字正腔圓，而且用字遣詞也比較文雅。若不是父母的教育使然，就是曾經從事過服務業。盤子裡有蘸了烤肉醬的雞肉，也有抹了胡椒鹽的雞肉。我挑了抹胡椒鹽的雞肉，拿到查爾斯的面前，同時推敲起了日和的出身背景。喜歡研究凡人的底細，是我多年來的壞習慣。事實上有很多死神都喜歡觀察凡人，但查爾斯從前曾經唸過我，說我對凡人的著迷程度有些過了頭。

「如果你們想聽我說話，當然沒問題，但我這個人說話向來不怎麼有趣。」

「哈哈，沒關係。是這樣的，太洋他以後想要留學，所以如果可以的話，請你跟他說說英國的生活，以及你來到日本的來龍去脈什麼的……」

「日和，這我剛剛說過了。」

太洋一邊吃著烤焦的高麗菜，一邊苦笑著說道。

「啊，是嗎？」日和似乎感到有些意外，又似乎有些不好意思，臉頰微微泛紅。

「噢……那你快吃一吃吧。我很想趕快知道能看見什麼。」

「好，妳先去告訴其他人，行李暫時放在這裡就行了。」

日和點了點頭，轉身朝其他人的方向奔去。那動作在我看來似乎有點像是在逃避著什麼，我心裡感到好奇，於是開口問道：

「你跟她是情侶關係嗎？」

我老實問出了心中的疑惑。原本正在喝罐裝啤酒的太洋忽然開始劇烈咳嗽，滿口的啤酒幾乎全噴了出來，正在大啖雞肉的查爾斯嚇得跳了起來。

「不……不是啦……」

「噢，抱歉，我不該亂問。」

「如果……如果是就好了……」
太洋以沙啞又微弱的聲音說道。他的整張臉及耳朵都漲得通紅。
似乎是剛剛那句話令他自己感到害羞。
他故意假裝以襯衫袖口擦嘴，將頭別向一邊。
「……我怎麼會對初次見面的人說這種話？對不起，請忘了我剛剛那句話吧……」
「要我忘記當然沒問題，但你不向她告白嗎？」
「呃……不，可是……」
「至少我看她剛剛的反應，她應該也對你有好感，應該不至於毫無機會。而且她邀請我參加你們的活動，或許正是因為我是英國人，她想要介紹我給你認識。」
太洋依舊紅著臉，一張嘴開開闔闔，似乎想要反駁，但最後一句話都沒有說出口。過了半晌，他才露出投降的表情，以手掌按著額頭，低著頭嘆了一口氣。那神情簡直就像是泡澡泡太久，導致頭昏眼花。
「……你真不愧是英國人，推理能力跟福爾摩斯一樣強。」

「我不認為自己說出了什麼足以媲美福爾摩斯的厲害推理。任何人只要從白天觀察你們的互動到現在，應該都能看得出來吧。」

「但是……我是很認真思考著留學的事情。既然要留學，就必須離開日本，所以我認為還是維持現在的關係比較好……」

「……這就是『佳人與成就無法兼得』的道理吧。」

查爾斯看著剛剛因為驚嚇而掉在地上的雞肉，怒氣沖沖地說出了這句譏諷之語。那塊雞肉掉在沙灘上，表面沾滿了沙子，就算是貪吃的查爾斯也只能放棄。

「就算是這樣，我認為你還是應該告白。」

「咦？」

我對查爾斯那句托爾斯泰（Leo Tolstoy）的名言充耳不聞，對太洋如此說道。

「與其留下遺憾，不如忠於自己的心情。」

此時在我的記憶深處，浮現了一張老人望向遠方的臉孔。那景象有如凋零的花朵，在我的心頭微微搖曳。太洋凝視著我，瞳孔微微放大，顯得有些驚訝。

我不敢肯定，在接下來的一個小時之內，他是否能接納我的意見。

來來去去的海潮聲，帶走了飄落在我跟他之間的沉默。

一群學生們結束了烤肉活動，朝著西邊前進。走了大約二十分鐘，沙灘忽然斷絕，前方的土地微微隆起，形成了一片雜木樹林。

這裡的樹種以松樹為主，因此我推測這應該是一座人工種植的防沙樹林。目的地聽說就在穿過這片樹林的另一頭。太洋是活動的主辦者，因此一直走在前方為所有人領路。我一問之下，原來就連走在太洋身邊的日和，也不知道接下來到底會看見什麼。有人說無知就是幸福，我聽著他們的幸福歡笑聲，再度取出懷錶。那是我從當年還待在倫敦的時候，最心愛的道具之一。

八點二十九分。

只剩下三十一分鐘。我感覺自己的心跳聲，彷彿與秒針的聲音合而為一。

「我們到了。」

一行人好不容易走出了樹林。海潮聲再度變大，刺激著我的鼓膜。但幾乎就在同一時間，四周響起了歡呼聲。

樹林的另一頭原來不是沙灘，而是巨大的岩石，不斷有海浪打在上頭，濺起無數的水花。

但真正值得關注的，並不是那一邊發出咆哮，一邊彷彿會將我們所有人吞沒的巨大浪頭。太洋所說的「很棒的東西」，似乎是在淺灘處的上方不斷翻飛的無數星辰。

「好美……這是螢火蟲嗎……？」

那些在空中忽明忽暗的大量發光體，正是數不清的螢火蟲。

無數的螢火蟲飄盪在漆黑的夜色之中，彷彿在舉辦著一場海潮聲中的舞蹈會。有些螢火蟲停在從大小岩縫穿出的灌木枝椏上，有些正在空中和同伴們胡鬧嬉戲，編織出了一幅宛如夢境一般的幻想景色。

牠們燃燒著那只有一個星期左右的短暫生命之火，在極為有限的時間裡歌頌著生命的美好。

「……真是太讓人驚訝，沒想到在這種海岸地區竟然棲息著這麼多的螢火蟲。」

「嚇一跳吧？這個地方是打工處的前輩告訴我的，聽說這一帶不是海岸的淺灘，而是河川的出海口，所以會聚集很多螢火蟲。你們一定都很驚訝吧？」

仔細想想，如果這一帶的土裡含有的水分不是淡水而是海水，不可能長出那麼茂盛的草木。

在一陣又一陣的海潮聲的夾縫之間，可以聽見細微的水流聲，原來那是河川的潺潺流水。

我抬頭一看，天上正有一條巨大的龍，夾帶著大量的星雲，朝著外太空盡情遨遊。

一群美麗的螢火蟲，正與那條龍一同點綴著大空。

我必須坦白承認，眼前的這幅景象真的很美。

我將它清晰地烙印在視網膜上。

我甚至不想忘記那細微的海浪所製造出來的泡沫聲，以及帶動著每一根頭髮的海風所帶有的氣味。

即使我明知道睡了一晚之後，這些感情都會像夢幻泡影一樣消失。

「真的是太美了！我們快來拍照吧！放在IG上，搞不好會爆紅！」

「有可能會爆紅嗎？說穿了其實就只是螢火蟲而已。」

學生們一邊討論，一邊興奮地尖叫。

他們有的從海岸的方向拍照，有的跳進了那一大群螢火蟲之中，每個人都吵鬧不休。

我只是坐在岸邊，靜靜地看著他們。有幾個人跑了過來，要我和他們一起拍照。

一陣歡鬧之中，我偶然轉頭一看，太洋與日和正並肩坐在距離其他人稍遠的岩石上。

「真的好美，我自從長大之後，就不曾再看見螢火蟲了。」

「我也只有從前在爺爺的家附近看過而已。爺爺過世之後，就再也不曾見過。」

「聽說現在能夠看見螢火蟲的地方越來越少了。你帶我們來之前，自己先來看過了？」

「呃，嗯……是啊。告訴我這個地方的那個前輩，也說他已經好一陣子沒來了，所以我得先來確認一下。」

「原來如此，你還特地花時間先確認過了……謝謝你帶我們來這裡。」

這一定能夠成為一生的回憶。

日和說完之後，露出了微笑。太洋搔了搔頭。

我將視線從兩人身上移開，低頭望向一直沒有收起的懷錶。

——八點四十二分。

「那個……日和……」

太洋的聲音雖然帶了三分怯意，卻似乎下定了決心。

「呃……妳或許會覺得很突然……但我絕對不是因為喝醉的關係……」

「嗯……」

「其實我……心裡有句話，一直想要告訴妳，又怕給妳添麻煩……其實我對妳……」

下一瞬間，我的聽覺接收到的不再是太洋的聲音，而是將他的聲音徹底掩蓋的刺耳水花聲。

太洋嚇得有如驚弓之鳥，轉頭望向傳出聲音的方向。

就在他的視線前方，正有一大片白色的水花向上飛濺。

原來是幾個男學生爬上了一塊巨大岩石，一個接著一個跳入海裡。過了幾秒鐘，第一個跳下水的年輕人浮出海面，深吸一口氣後哈哈大笑。

「哇，真的太爽了！太洋，你也快跳下來吧！」

旅行的快樂加上酒精的麻痺，讓幾個男學生陷入了一種亢奮狀態。

他們不顧危險，一個個全往海裡跳。

旁邊雖然有幾個學生嘴裡喊著「危險」，但他們也是嬉皮笑臉，手裡拿著手機拍照，甚至是瞎起鬨，並非真的覺得危險。

我當然可以阻止他們，但我並沒有這麼做。

「太洋，不要啦。」

日和試圖阻止，太洋卻只是笑著說了一句「別擔心」，便起身奔了出去。

他跳過一顆顆岩石，跟著幾個朋友爬上了那巨岩。

「他是不是打算只要有勇氣跳下去，就是要向心儀之人告白？」

查爾斯的口氣帶了三分訕笑。

「……這個麻煩你保管一下。」

我沒有回應查爾斯的話，只是解下懷錶，將鍊子掛在牠的脖子。

「去吧。」

我似乎看見查爾斯的藍色眼珠發出了閃光……大概是我的錯覺吧。

就在這個時候，太洋往岩石的表面一踢，以兩腳向下的角度跳向海面。

但是在起跳的那個瞬間，太陽的腳好像滑了一下。他的身體在空中出現不安定的傾斜現象，最後是以背部朝下的角度落入海中。在旁邊圍觀的學生們登時哈哈大笑。

在他們的眼裡，太洋那跳水失敗的模樣或許相當滑稽吧。

查爾斯脖子上的懷錶指針一秒、一秒地往前進。過了許久，太洋還是沒有浮上來。

最早察覺不對勁的是日和，她憂心忡忡地站了起來。其他學生們還以為太洋在開玩笑，他們一邊拍打水面，一邊笑罵。

「太洋……怎麼不見了？」

日和奔到水邊，以接近吶喊的聲音說道。

其他學生們皆傻住了，愣愣地看著那一波波黑色的浪頭。
我從他們的身邊穿過，一步步踏入海中，宛如踏下通往冥府的階梯。
當我聽見制止聲的時候，我的身體已經完全進入了那液態的黑暗之中。

十

今晚沒有月光。
所以正適合看螢火蟲。聽說在沒有月亮的夜晚，螢火蟲的活動力會大幅提升。
為了配合這一點，我刻意將旅行的日子安排在新月之日。
我一直以為這個決定並沒有錯。直到我被漆黑的大海吞沒，喝下了大量的海水，因為太黑而分不清楚上下，我才開始感到後悔。
因為落海的姿勢不佳，我的背部直接撞擊海面，感覺疼痛不已。這股劇痛出乎我的意料之外，讓我在進入海中的瞬間完全慌了手腳，不小心灌下了好幾口海水。
我感覺喉嚨像抽筋了一樣，完全沒有辦法呼吸。我越是掙扎，身體反而越是快速沉入海中。

完全沒有辦法向上浮起。

我不禁感到懷疑，難道我其實正朝著海底拚命游？

因為沒有月光，我根本分不清楚海面是哪個方向。

（誰來……救救我……）

我拚命呼救，卻只感覺口中不斷吐出泡沫。朋友們應該都在附近才對，但我看不見他們，聽不見他們的聲音。唯有大量的氣泡在搖擺中逐漸消失的聲音，刺激著我的鼓膜，彷彿是在對我發出同情的笑聲。

不知不覺，我開始在心中呼喊日和的名字。

——日和，其實我一直很喜歡妳。

不管我說出多麼愚蠢的話，妳都不曾對我生氣。有時我只是開玩笑，有時我是認真的，不管我說了什麼，從來不曾換來妳的譏笑。每當妳露出笑容，總是像陽光一般燦爛。

妳很認真地支持我的留學夢，從來不曾取笑我。

正因為如此，我沒有辦法向妳告白。

既然無法說出口，我打算為我們兩人打造一段最完美的回憶。

我的唯一目的，就只是如此而已。

明明是如此單純的想法，為什麼會變成這樣的下場？

這到底是……怎麼搞的？

「十和田太洋。」

在逐漸模糊的意識之中，我似乎聽見了說話聲。

「我很遺憾，你將會在這裡死去。」

啊……這個聲音是……

「我是死神，來到這裡是為了送走你的靈魂。」

什麼也看不見。

明明什麼也看不見，但是……

在我的前方視野之中，隱約浮現了一個身穿黑色衣服的年輕男人。我正在水裡拚命掙扎，他卻優雅地漂浮在水中。我快溺死了，他卻沒有對我伸出援手。

「所以當初我才會勸你不要留下遺憾。」

為什麼這個人能夠在水裡說話？

黑色的頭髮、白色的皮膚……這個人的全身除了黑色與白色之外，沒有其他任何顏色。

唯獨那一對宛如夕陽一般鮮紅的雙眸，在漆黑之中異常醒目。

此時我連掙扎的力氣也沒有了，只能任憑身體緩緩下沉。

「我不想死。」

我想要開口說話，但發不出聲音。死神不知是讀出了我的嘴唇動作，還是讀出了我的心中意念，此時竟然微微皺起眉頭。

「我還不能死，我還有很多想做的事情……我想要留學，而且我想要向日和告白。」

在這人生之中的最後一場夢境裡，死神以手指輕撫著臉頰，對著我說道：

「你還有來世。」

在意識即將消失的前一刻，我不禁想著……死神的這句話，只是一句安慰之詞嗎？

「到了來世，你還會再一次愛上她。」

——這怎麼可能……？

在喪失意識的那一瞬間，我笑了。雖然我的臉上帶著笑容，但我流下了淚水。

我知道那是一種相當笨拙的表情。

不過既然死神這麼說，或許是真的也不一定。死神告訴我，來世的我將會談一次轟轟烈烈的戀愛，就好像一年只能見一次面的牛郎與織女。

就在這個時候，我感覺到身體變輕了。

所有的疼痛彷彿都已離我遠去。

+

無人觀看的電視螢幕上，不斷播放著溺水意外的消息。

原本應該擁有光明燦爛前途的年輕人，在海邊戲水時不慎溺斃，可說是相當常見的意外事故。在年輕人剛溺水的時候，同行的朋友們甚至都沒有發現他已經溺水了。

年輕人就在沒有受到救助的情況下，孤獨地死於漆黑的夜晚之海。

〈男大學生死亡　疑似酒後跳海〉

我聽著電視上的新聞播報聲，一手端著茶杯，另一手操控著電腦螢幕。聳動的網路新聞標題，吸引了大量的留言，這些留言逐一進入了我的眼簾。

〈喝了酒還跳進夜晚的海中，只能用愚蠢來形容。〉

〈我反而感到好奇，他認為自己不會死的自信到底從何而來？那根本是自殺的行為，不是什麼意外事故。〉

〈自己死了就算了，還給其他人添麻煩。這可不是一句年輕氣盛就可以原諒的事情，真不曉得他的父母怎麼會教出這樣的孩子。〉

……不知道為什麼，這些留言讓我越看越是心情煩悶。

那種感覺就好像是置身在倫敦煙霧事件❸中一般，讓我忍不住皺起了眉頭。類似的新聞，對我來說已經是家常便飯了。若是平常的我，肯定不會抱持任何關心，也不會有任何感想，就只像是再一次聽見救護車的示警笛聲。

「喂，我好餓。」

坐在我腳邊的查爾斯抱怨道。

於是我關掉了電腦，順便也關掉電視，慢條斯理地站了起來。

查爾斯似乎以為我要拿吃的給牠。牠一邊發出像貓一樣的嗚叫聲，一邊跟在我的身後。但我並沒有理會牠，轉身走向完全不同的方向。背後登時響起了抱怨聲，我同樣充耳不聞，走進了位於向陽處的工作坊。

我按下門口附近的開關，開啟了一扇南向窗戶的窗簾。原本有如暗房一般昏暗的空間，登時受明亮的陽光籠罩。

工作坊裡的牆壁及地板上隨處可見五顏六色的顏料。正中央有一座畫架，畫架上蓋了一塊白布。

我毫不遲疑地走了過去，扯下那塊神祕的白布。

白布的底下隱藏著一條銀河。那是我昨天才剛完成的圖畫。
銀河的周圍有著無數螢光冉冉而上，彷彿受到了那巨大光輝所吸引。
「喂，我說我好餓。」
查爾斯追了上來，一直在我的背後說著相同的臺詞。
牠大概打算一直纏著我，直到我實現牠的要求吧。
但不知道為什麼，我的視線被那些飄上天際的無數螢火蟲深深吸引住了。
我已不記得昨晚是抱著什麼樣的心情畫下這幅圖。當我將十和田太洋那陽光色彩的靈魂碎片溶入膠液，製作成顏料，畫在畫布上時，我是抱著什麼樣的感情？
我好希望能夠想起來，但我的腦海一片空白。
沒有結晶化的淚珠沾濕了我的臉頰，讓我在淡淡的驚愕中回過神來。
「……查爾斯，我為什麼在哭？」

❸倫敦煙霧事件：指發生在一九五二年的倫敦嚴重空污事件。該事件是史上最嚴重的空污事件之一，造成超過一萬人死亡。

我以手指掬起滑落的淚珠。查爾斯並沒有回答這個問題。
淚珠反射著夏季的豔陽，顏色是名副其實的無色透明。
夏天彷彿正隨著蟬聲逐漸遠去。

第三話

女高中生與夕陽

原來要進入學校的校舍屋頂，一點也不困難。

這年頭的網路真的是太方便了。從前難以覓得的商品，現在只要按一下滑鼠按鍵就可以買到。各種的知識及技術，都可以在網路上找到教學影片。我查了開鎖的技巧，練習了好幾次，成功打開了通往屋頂的門，悠悠哉哉地跨出了門外。頗有涼意的秋風，颳得水手服裙子上下翻舞。我緊緊按住了不安於室的黑髮，抬頭仰望天空。這裡距離天堂有多遠呢？我不禁產生了這樣的疑問。

正當我在胡思亂想的時候，一群野雁排列成了整齊的V字形，飛越我的頭頂。在那群野雁的前方，是一顆彷彿壽命將盡的太陽，以其臨死前的鮮血，染紅了宛如以刷子刷薄了的雲層。血紅色的天空，彷彿隨時會有鮮血滴落。真是太美了。我不禁如此讚嘆。

「初雁鳴飛渡，世人心憂秋❹。」

我詠唱著《古今和歌集》中最喜歡的和歌，獨自走在屋頂上。

彷彿早已遭人遺忘的鐵絲網，在這空無一人的屋頂上，維持著那扭曲的面貌，孤獨地望著天空。如今的我，不就跟這鐵絲網一樣嗎？扭曲的同情心，讓我伸出了手，輕輕觸摸鐵絲網上的網格。很久很久以前，這些網格應該有著柔和的碧綠之色。

鐵絲網的另一頭，有著令我嘆為觀止的壯闊景色。

山巒稜線的凹陷處，夕陽正綻放著充滿了怨念的血紅色光輝。那彷彿火焰般的光芒，覆蓋了整個世界。

因為那夕陽的緣故，每座山巒都被染成了紅色或黃色，看起來驚豔奪目，令人無法直視。我再也按捺不住，抱著焦急的心情翻越了鐵絲網。

扭曲變形的鐵絲網似乎已不太能承受重量，但我將穿著拖鞋的腳跨上去時，它還是撐起了我的體重，但我不禁想要向它道謝。我費了不少的力氣，才終於翻過它，成功站在校舍屋頂的邊緣處。

我以全身感受著秋風，整個人有種神清氣爽的感覺。

或許這是我自出生以來，第一次感覺到心情如此輕鬆。

❹ 原文是一首和歌，出自於《古今和歌集》，作者為紀貫之。譯文試改寫為五言對句。

聽說我是個「沒人要的孩子」。

我的母親嫁進了一個可怕的家庭。說得好聽點是名門望族之家，實際上卻是「傳統」經過嚴重扭曲之後產生的怪物巢穴。當初我母親是在相當平凡的公司裡，邂逅了相當平凡的父親，原本以為結的是一場相當平凡的婚姻。對這樣的母親而言，婚後的新生活當然是極盡痛苦之能事。

剛開始的時候，母親在公公、婆婆的央求下決定一起生活。沒想到婆婆的可怕程度，足以比擬古代傳說中的妖怪。不論大小事情，她都可以挑我母親的毛病。只要是親戚的聚會，母親的家世肯定會被拿出來當作取笑的對象。

這聽起來簡直像是在古代才會發生的事情，但在這崇尚自由的現代，確實還是有著這種只能在愚蠢的優越感中尋找生存意義的可憐生物。

怪只怪母親太沒有看人的眼光，自己嫁進了那愚蠢生物的巢穴裡。母親的婚姻生活，打從一開始就是個悲劇，直到結束時依然是個悲劇。公公、婆婆得知母親生下的第一胎是女孩子，不僅大為光火，而且還立刻為兒子準備了另一個結婚對象。

母親要求支付贍養費，得到的回答竟然是「用錢就可以打發，真是謝天謝地」。就這樣，母親在譏笑聲中遭逐出家門。不過也幸好是這樣，我自從懂事之後就不曾見過那完全缺乏社會常識的祖父、祖母。

我那一輩子沒見過面的父親後來有什麼下場，我完全不知道，也不想知道。

母親在離婚之後無依無靠，為了獨力將我撫養長大，只好拚命工作。如果說過度重視金錢的人是守財奴，那麼過度重視家世的人應該可以稱作「守家世奴」吧。母親不小心遇上了這種人，雖然只能自認倒楣，但她一定很不甘心，想要為人生扳回一城。

為了不讓自己懷胎十月生下的孩子過著悲慘的人生，母親把全部的精力與關愛都投注在養育孩子上。為了讓女兒成為一個不論到哪裡都不會讓母親丟臉的人，母親對女兒實施了相當嚴格的英才教育。她不惜花大錢購買昂貴的鞋子及服裝來裝扮女兒，用盡一切手段讓女兒成為一個「前途充滿希望的理想女兒」。為了回報母親對我的愛，我從小到大也拚命扮演著一個理想的女兒。但是上了國中之後，事情漸漸有了變化。

自從我進入青春期，我開始察覺我們母女的關係不太對勁。

有一次，某個朋友對我這麼說：「楓，妳一天到晚把媽媽掛在嘴邊，可見得妳的世界是以妳媽媽為中心。」

在聽朋友這麼說之前，我一直深信我跟母親的關係，就只是人類世界裡非常正常的母女關係。我跟朋友們之間的價值觀差異，讓我感到非常錯愕。那些朋友們每個都跟母親相當疏遠，因此當她們得知我幾乎一整天黏著母親之後，她們簡直把我當成了異類看待。就從那一刻起，我才得知我們母女的關係不太正常。

青春期的少女最害怕的事情，是被排除在同儕的小團體之外。

當然我也不例外。為了不在學校遭到孤立，我必須盡量迎合他們的價值觀。

這也意味著我必須在精神上與母親分道揚鑣。自從下定了決心之後，我好幾次故意反抗母親。

沒想到這卻讓母親產生了精神上的疾病。就好比過去完全不帶有自我意志的「所有物」，如今突然開始主張「我是擁有自我意識的活人」，任誰都會一時無法接受。母親為此煩惱不已，認為自己一定是在教育上有哪個環節出了錯。最後她竟然在朋友的介紹下，加入了一個來歷不明的可疑宗教團體。或許她以為只要向充滿智慧的全能之神祈禱，就能讓女兒變回單純的「所有物」吧。

自從母親開始接觸那個宗教之後，我便打從心底瞧不起母親，甚至開始否定母親對我的養育之恩。

我不認為我必須拋棄自己的人生，只為了滿足母親對我的期待。

然而對我來說最大的問題，是我心中對母親的厭惡與憎恨，逐漸轉化為對朋友的羨慕與嫉妒。我羨慕她們擁有正常的家庭，羨慕她們從小正常長大，羨慕她們能將這珍貴的正常生活視為理所當然。

自從有了這樣的心態之後，我與朋友們逐漸疏遠，最後終於徹底遭到孤立。

原本我跟母親的關係雖然不正常，但至少還能維持和諧。我徹底斷絕和母親之間的關係，一開始只是為了迎合朋友們的價值觀。沒想到這樣的決定，最後卻讓我失去了朋友，說起來實在是相當滑稽的一件事。

因為國中時期有了這樣的風風雨雨，所以升上高中的時候，我選擇了鄰縣的私立高中。至少在那樣的學校裡，我不用擔心會有人認識從前的我。

可惜我這個人的最大缺點，似乎在於喜歡做出錯誤的決定。進入了私立高中之後，我依然選擇過著自我孤立的生活，最後終於成為遭到欺負的對象。

那些野蠻的肢體暴力及言語攻擊，似乎都來自於相當單純的理由。因為我的言行舉止總是表現出一副高高在上的態度，讓周圍的所有人都認為我是一個目中無人的狂妄之輩。

我不否認自己故意選擇了孤獨。畢竟當時的我只把書本當成朋友，不與任何人往來。但所謂的目中無人云云，完全只是那些人腦袋裡創造出來的幻想。如果她們真的不滿意我的態度，大可以選擇不跟我有任何交集，這麼做應該能夠讓她們的精神維持平靜才對。但她們選擇的做法，卻像是拚了命要對我糾纏不清。我實在不曉得像這樣的一群蠢蛋，為什麼能夠考上這所私立學校。

但既然事情發展到了這個地步，我實在不認為雙方有必要繼續給自己找麻煩。既然我一開口說話就會惹她們生氣，不如乾脆別開口了。基於這樣的想法，我一直維持著沉默與不反抗的態度。

但不知道為什麼，她們對我的仇恨似乎一天比一天激烈。

尤其是小梨。她是專門欺負我的那個小團體裡頭的帶頭人物。在她的眼裡，我似乎就像是背叛了耶穌基督的猶大一樣十惡不赦。

「妳去死啦！我看到妳就煩，不准再給我來學校！」

那恫嚇的口吻，實在不像是個女高中生。

但我聽她這麼吆喝，反而感覺像是放下了心中的一塊大石。

因為她的一句話點醒了我。原來我還有「死」這條路可以走。

為什麼在此之前，我的腦袋裡從來不曾出現過「死」這個選項，我也說不出個所以然來。

到目前為止，我應該有很多機會做出「死」這個結論。例如當我在電視上或手機螢幕上看見「自殺」之類的字眼時。例如當我遭到欺負，全班同學包含老師都假裝沒看見時。例如當我告訴母親自己遭到欺負，母親卻不理不睬，只要求我「好好向神明祈禱」時。

仔細回想起來，打從我出生到現在，從來不曾有人真正理解過我心中的痛苦與悲傷。不被理解，代表我沒有辦法適應這個世界，也代表這個世界不需要我。就好像煮湯的時候，浮在表面的湯渣一樣，被撈除也是理所當然的事情。

我甚至感到有些後悔，實在應該早點這麼做才對。

心中帶著些許的失落感，閉上了雙眼。就在這時，我聽見了腳下傳來一陣喧鬧聲。

似乎是有人察覺我站在屋頂上，因此吸引了很多人在下面圍觀。

我聽著野雁的叫聲，緩緩張開了眼睛。那些抬頭看著我，或是指著我大聲呼喊的人群之中，包含了那些在我遭到欺負的時候，選擇視而不見的同學及老師。他們全都嚇得臉色蒼白，我低頭看著這一幕，心裡實在是覺得很可笑。

我不認為他們之中有任何一個人會在乎我的死活。

否則的話，他們不會對我遭到欺負的事情坐視不理。

既然不在乎，現在又何必驚惶失措？

「你們不用這麼擔心，我沒有留下什麼點名加害者的遺書。」

我嘴裡這麼咕噥，同時臉上露出了微笑。校舍有四層樓高，我可以肯定那些人不知道我在說什麼。

反正不管我說得再多，霸凌的行為也會被當成「打從一開始就沒發生過」。

我不想把人生最後的時間，花在這沒有意義的事情上。不管我再怎麼努力，都不可能讓自己被他人理解，或是被他人需要。我想不到應該繼續活下去的理由。

既然如此，至少在死亡的瞬間，我希望自己能夠融入這美麗的晚霞景色當中。

我將會與眼前的太陽及群山一同變成鮮紅色，逐漸融化，最後完全消失。我不需要任何的調查與追究，只需要當我薄井楓打從一開始就不存在。沒有錯，我想要消除自己存在於這個世界上的證據。

因為我的出生本身就是一件沒有意義的事……

「薄井楓。」

——差不多該跳了……

就在我抱著這樣的想法，探頭望向樓下的瞬間，我聽見有人呼喚著我的名字。

那是成年男人的聲音。並非來自下方，而是來自我的身後。

去。

難道是有老師跑到屋頂上來了？如果是的話，現在可沒有時間讓我繼續感傷下去。

在被人強拉回地獄裡頭之前，我一定要趕快跳下去才行。

「妳不用緊張，我來這裡的目的並不是要阻止妳。」

驀然間，我彷彿感覺到一陣涼爽的微風穿透了我的胸口，輕輕拂過緊繃的心臟。

「我是死神，來這裡的目的是為了引導妳的靈魂前往冥府。妳也可以當我是死亡的見證人。既然妳喜歡看書，應該能夠理解我想要表達的意思。」

那個人的聲音是如此爽朗而冰冷，足以讓我產生難以言喻的幻覺。不過冰冷的意思並不是冷酷，而是說話的方式幾乎沒有抑揚頓挫，聲音清脆而響亮。

我將手伸到背後，抓住了鐵絲網，接著才緩緩轉過頭來。一個陌生的男人，正佇立在我的眼前，默默地承受著秋風的吹拂。我可以肯定這個人並不是學校的老師。因為他的年紀很輕，實在不像是老師，而且五官輪廓很深，並不像是日本人。

雖然他的日語說得相當流暢，但皮膚顏色顯然是歐美的白人。中性的俊美臉孔，正符合時尚業界常使用的「皮膚白皙的美男子」之類的形容詞。

要是學校裡突然來了這麼一個男老師，那些像花癡一樣的女學生肯定不會安安分分聽課吧。

話說回來，這男人未免長得太美了。我心裡如此暗想。不僅美，而且兩邊眼窩中的紅色眼珠更綻放出令人頭皮發麻的異樣神采。

「……你是誰？你剛剛說『死神』？」

「沒錯，我接到了上司的命令，來送妳最後一程。妳打算要自殺了，不是嗎？」

「我是這麼打算沒錯……到底是誰派你來的？應該不會是級任導師吧？」

「我說過，我是來送妳最後一程。我可以明白地告訴妳，我的目的並不是要勸妳放棄自殺的念頭，這點妳可以安心。就算妳三秒鐘之後就跳下去，我既不會拉住妳，也不會責怪妳。阻撓自殺不在我的業務範圍之內，更何況我向來認為凡人如果能夠選擇自己要死在哪裡，那是一件非常幸福的事。」

男人的身上穿著熨燙得毫無皺紋的雪白襯衫，以及黑色的西裝背心、西裝外套。他不僅自稱死神，而且還說了一堆讓人摸不著頭緒的話。難不成這是最新的自殺勸阻話術？藉由假裝漠不關心，吸引企圖自殺者的注意……

「薄井！快把門打開！快打開！」

驀然間，通往屋頂的那扇門外傳來了劇烈的敲門聲，令我嚇得全身一顫。

那聲音實在太刺耳，讓我一時驚惶失措，全身動彈不得。但是老師只是大聲喝罵，並沒有破門而入。我不禁感到有些納悶，那扇門應該沒有上鎖才對，為什麼老師沒有辦法將門打開？

難道是我下意識將門鎖上了？但是老師應該擁有那扇門的鑰匙，要打開門鎖一點也不難，為什麼就是沒有人開門朝著我衝過來？

「我在門上動了一點手腳，暫時只有妳才能打得開。我能明白人生的選擇權若遭他人奪走，心情一定會很差。」

這個人不僅是死神，而且還擁有讀心術？

我心裡才剛產生疑惑，他已經像自言自語一樣回答了我的問題。

不，等等……只要觀察我的視線，或許要猜出我心中的想法並不困難。

但是在這個當下，我已經認定眼前這個人真的是死神。

事實上只要冷靜想一想，就會明白死神什麼的實在是極盡荒唐之能事。但從另一個角度來想，或許要一個即將自殺的人保持冷靜，比相信死神的存在更加荒唐。此時的我不僅接納了死神的存在，而且明顯感受到自己的情緒相當激昂。興奮之情在我的胸口油然而生，那是我已經好幾年不曾有過的感受。

「太好了，出現了死神，代表我真的會死。」

他聽見我這句話，瞇起了那彷彿象徵著逢魔時[5]的紅色雙眸。

那細微的動作，在我的眼裡不知為何竟異常耀眼，卻又能感受到三分憐憫之意。

「我本來以為死神是更加可怕、更加邪惡的東西。例如約瑟夫．賴特（Joseph Wright）的《老人與死》那幅畫裡頭的死神。」

「妳希望我幫妳背負薪柴嗎？」

「噢，你這死神還挺博學。沒有錯，那幅畫是以伊索寓言的故事為題材。」

「我對繪畫略知皮毛，何況我跟約瑟夫．賴特還是同鄉。」

[5]「逢魔時」（逢魔が時、逢魔が刻）指的是白天與黑夜交界處的傍晚時分。日本人在傳統上認為這個時間特別容易出現妖魔鬼怪。

比起他與誰同鄉，更讓我吃驚的是原來死神也有「同鄉」這個概念。

這麼說來，這個死神出生於英國？一個出生於英國的死神，怎麼會跑到日本的這種鄉下地方來？我的心中不禁產生了這樣的疑問。

「你放心，我不會像那故事一樣，為了活下去而把死神叫出來。」

我正享受著與這俊美、睿智的死神對話，太陽卻逐漸西墜，不肯稍作停留。距離黃昏結束，只剩下沒多少時間了。

「我死了之後，還能再見到你嗎？」

我非常想要知道這個問題的答案，所以我盡量問得言簡意賅。

剛剛的風趣對話，讓我對這死神產生了一點好奇心。那紳士般的舉止，實在是令人百看不厭。何況那機智、博學卻又有些不食人間煙火的談吐，更是讓我樂在其中。我甚至覺得有些懊惱，為什麼沒有早點遇上這個死神？

「如果妳希望再見面，確實有這個可能。」

「真的嗎？」

「如果上司認為妳有成為死神的才能，我們就有機會再見到面。老實說，上司很看好妳，認為妳很有發展性……對一個馬上就要死的人使用發展性這個字眼，我知道有些古怪。」

「你的意思是說，我或許能夠跟你一樣，從此不再是個人？」

「只是有可能而已，未來掌握在妳自己的手上。」

我信了。我認為這是死神對我的祝福。

從另一個角度來想，或許死神這句話是對我的人生的最大諷刺。但我當時根本沒有想這麼多，心情就像是憑空獲得了一對翅膀，開開心心地朝著前方的虛空跨出了一步。

「生日快樂，楓。」

那是我在凡間所聽到的最後一句話。全身有種輕飄飄的感覺，彷彿自己正在做著某種違背道德的行為。欺凌著鼓膜的風聲，讓我感覺心曠神怡，忍不住閉上了雙眼。宛如正在燃燒世界的夕陽紅光滲入了我的眼皮，輕輕包覆著我的全身。

我好開心。我終於獲得了自由。

＋

少女所就讀的高中，校門旁種了一棵雞爪楓。

這是一棵非常壯觀的楓樹，樹齡至少超過五十年。枝葉有如火焰一般向上延伸，跨越了灰色的水泥磚牆，伸展到學生們上下學的路上。

我站在那楓紅的下方，背對著水泥磚牆，仰望那沙沙作響的紅色枝葉。

半晌之後，一枚樹葉無聲無息地飄落，離開了它的同伴。

那樹葉毫無抵抗能力，只能在風中任憑擺布，最後落在我的掌心。

「睹楓方知秋，山風勿拂葉❻。」

我忍不住隨口詠出了來到日本後讀過的一本古老詩集裡的詩。

落在手中的那枚紅葉看起來還很油亮水嫩，但在離枝落下的瞬間，它就已經死了。

想到這一點，我不禁能夠稍微體會當初詠詩者的心情。

此時正值晚秋的夕照時分。薄井楓辭世至今已經過了數日，學校恢復了原本的寧靜。當然這只是外表看起來而已，學生們心裡作何感想就不得而知了。薄井楓的死，想必對許多學生造成了相當大的衝擊。這段記憶就像是一種烙印，將會對這些學生未來的人生造成一定程度的影響。

「妳看那個人……」

放學的鐘聲響起，身穿制服的少年少女們陸續走出校門。不知不覺時間來到了放學後，返家的學生們各自走向不同的方向，談笑聲與道別聲此起彼落。

幾名女學生看見我站在校門旁，不由得面面相覷。

接著她們開始交頭接耳，那神祕兮兮的表情彷彿是魔法師們正在談論那個「不能說出名字的人」❼。接下來她們各自尖聲大笑，各自回到了她們那平凡而理所當然的生活之中。

我在這人群之中尋找著一個身影。

身穿與薄井楓相同的制服，有著一頭短髮，身材高挑的女孩子。

---

❻原文同樣是一首和歌，出自於《古今和歌集》，作者不詳。

❼此處的「不能說出名字的人」應是影射《哈利波特》故事中的大反派角色佛地魔（Voldemort），他在故事中總是被稱為「不能說出名字的人」（He-Who-Must-Not-Be-Named）。

「小梨綾香同學。」

她獨自走出了校門，並沒有和任何人走在一起。我淡淡地喊了她的名字，她聽到呼喚，先是錯愕地睜大了眼睛，接著轉頭朝我望來。她跟我四目相交，因運動而曬得微黑的臉頰轉為紅潤。

「妳是小梨綾香同學？」

「呃……對……我是……」

照理來說，她應該有一群跟班才對，但如今她的身邊一個人也沒有。直到剛剛為止，她的手上一直拿著手機，但一聽到我的呼喚，她立刻將手機藏進背後，聲音也有些緊張。我將剛剛落在掌心的楓葉收進懷裡，背部移開了水泥磚牆，走到她的面前。

「妳好，很抱歉打擾妳了。我知道突然將妳叫住有些失禮，但我很想問妳幾個問題。」

「呃……你是誰？」

「我不是什麼重要的人，就不說名字了。但我可以向妳保證，我絕對沒有不良企圖。妳現在正要前往車站，是嗎？如果妳不介意的話，請在抵達車站之前，回答我幾個問題。」

不斷有學生走出校門，有如波浪一般朝兩人推來。綾香露出了一臉遲疑的表情。不過這不能怪她，畢竟任誰看見我，都會覺得我是個怪人，何況這年頭治安不好，幾乎不可能有人會毫無戒心地一口答應陌生人的要求。

綾香煩惱了許久，視線左右飄移，最後說道：「到了車站，我就要走了。」

搭電車通學的學生相當多，這些學生三三兩兩走在從學校到最近車站的沿路上，形成了一長串的學生人龍。或許她認為我就算有什麼不良企圖，也不敢在這麼多人的地方亂來吧。於是我跟她並肩邁步而行。

「真是不好意思，突然來找妳，還對妳提出這種要求。」

「沒關係……你看起來不像日本人，是混血兒嗎？」

「不，我是土生土長的英國人……應該吧。」

「應該？」

「老實說，我沒有從事現在這個工作之前的記憶。直到現在，我還是搞不清楚自己原本的身分是什麼。」

「咦？喪失記憶？沒想到這世上真的有這種人。」

「嗯……應該有吧。這世界上存在著很多以妳的常識及價值觀難以想像的事物。」

此時我們走在一條靜謐的住宅區巷道內，我再度仰起了頭。

某一戶民宅的庭院裡，有著一棵柿子樹，上頭結滿了鮮紅色的成熟果實。

那些柿子大概再過不久，就會因重量太重而墜地吧。柿子樹這麼做原本是為了繁衍後代子孫，但它的種子將沒有機會落地生根，果實會撞擊堅硬的柏油路面，在無人問津的情況下迎接腐爛的悲慘下場。

「對了，今天妳怎麼沒有跟妳那些朋友們一起走？還是妳跟她們平常都是分開上下學？」

就在通過柿子樹下的時候，我隨口問了這個問題。沒想到綾香的表情突然變得僵硬。為什麼你會知道我的交友狀況？我事先猜想她會怎麼問，而且已經準備好了一些理由，來回答她這個問題。但沒想到她完全沒有這麼問，也沒有問出我事先設想好的其他問題。
或許這意味著我問了一個讓她完全不想回答的問題。
只見她緊閉雙唇，微微低著頭，接著以很快的速度說道：
「……你說有幾個問題要問我，應該不是這個問題吧？」
「啊，好吧。畢竟時間不多，我就不說閒話了。我想問的問題是……為什麼妳希望薄井楓去死？」
此時我們的前後還有著其他的學生。
但綾香驟然停下了腳步，彷彿她整個人從空間中遭到了剝離。
原本微微泛紅的臉頰瞬間失去血色。那臉色甚至不是蒼白，而是鐵青。穿在制服上的秋季大衣被風吹得獵獵作響，彷彿在闡述著她的心情。
「你……為什麼要問這個問題？」
「對楓下令去死的人，不就是妳嗎？」
我只是單純描述了事實，綾香的雙唇卻開始劇烈打顫。同時她的五官扭曲變形，不曉得是因為過於驚恐，還是因為過於憤怒。驀然間，她拔腿狂奔，深藍色的百褶裙隨之上下翻舞。

「妳選擇逃走，代表妳心中帶著罪惡感？」

因此我朝著綾香的背影，以今天又被上司指責太過冷漠的口吻，問出了這個問題。

「妳這個反應，讓我鬆了一口氣。這年頭有很多加害者看見受害者真的死了，反而會哈哈大笑呢。」

我只是說出了心中的真實感受，並沒有嘲諷或取笑的意味。綾香猛然停下了腳步，轉頭惡狠狠地瞪著我，那表情簡直像是與我有不共戴天之仇。

「別說得好像是我害死了她一樣！校長也在電視上說過，根本沒有人欺負她，是她自己不想活了，跟我有什麼關係！」

「既然跟妳沒關係，為何妳會如此生氣？對了，我想要提醒妳一點，如果因為今天這件事情，讓妳以為什麼事都可以靠恐嚇來解決，那可就大錯特錯了。」

「你突然跑來對我說這些做什麼？我要叫警察了！」

「如果妳希望跟我一起回答警察的問題，那妳就叫吧。」

我隨口說出的一句話，竟然讓綾香嚇得有如驚弓之鳥。

校方為了顧及校譽，想盡一切辦法掩蓋校園裡有霸凌事件的事實，但知道真相的學生絕對不在少數。如果事情鬧大，真相肯定會不脛而走。畢竟要堵住所有人的嘴，幾乎是不可能的事情。

自己要是引起了警察的關注，將來真相傳開來的時候，肯定會惹禍上身……勉強還能維持冷靜的綾香，腦袋裡多半在想著這樣的事情。

許多學生陸續從我跟她的身旁通過。有些學生似乎察覺了不對勁，不斷對我們投以狐疑的視線。而停下了腳步的綾香，則似乎出現了過度呼吸的症狀，不僅肩膀上下劇烈擺動，而且臉上冒出了大量的汗珠。

看來她能夠滿不在乎地毀掉他人的人生，卻很害怕自己的人生被毀掉。

這雖然極度矛盾，卻是凡人的常態。

「妳打算何時回答我的問題？」

「什麼？」

「妳為什麼希望薄井楓去死？這是我唯一感興趣的事。」

一個年僅十六歲的少女，怎麼會恨一個人恨到希望對方去死？其恨意到底源自何處？

薄井楓生前憎恨著這個世界。她的心靈本身是空洞的。她就只是憎恨著生下了自己的母親，憎恨著讓母親精神失常的父親，憎恨著生下了父親的那對素未謀面的祖父母，憎恨著容許那種人存在的這個世界。她雖然恨，但她並沒有復仇的欲望，她只是讓自己從這個世界上消失。

就如同擁抱著名為孤獨、自棄與覺悟的死寂世界。

那為她帶來了死亡的小梨綾香，又是個什麼樣的人？她為什麼如此憎恨薄井楓，寧願冒著讓自己的人生陷入危機的風險，也要對她持續霸凌？我想知道這一點的理由。或者應該說，我有一種非知道理由不可的衝動。

「既然妳不回答，那我就說出我的推論了。例如薄井楓可能對妳做出了某種危害。像是打妳、踢妳，或是將妳的東西毀損、奪走或藏起來，就像妳對她做的那樣？」

「……」

「如果不是的話……那是不是她曾經殺害或傷害妳的父母、兄弟姊妹或親朋好友？當然也有可能是毀謗中傷、單方面地否定價值觀，或是其他造成精神痛苦的行為。要不然就是宗教觀的差異？妳曾經遭到她的歧視？妳有把柄落在她的手上，她藉此威脅妳？還是……她欠錢不還？」

「……」

「如果我們假設妳的沉默都代表否定，就只剩下一個理由，那就是根本沒有理由，妳就是單純討厭她？」

「……」

「原來這就是理由？搞什麼，真沒意思。」

我相信她的最後一次沉默，帶有肯定的意味。因為她原本一直瞪著我，在那一瞬間卻低頭看著自己的腳，不敢與我四目相交。這樣的結果，讓我感到相當沮喪。

我在吸取了薄井楓的記憶之後，多次在她的記憶中看見一個面目猙獰有如邪惡巫婆般的少女，那就是小梨綾香。只有在霸凌薄井楓的時候，她才會露出那副可怕的臉孔。

我目睹如此巨大的人格變化，當然會以為小梨綾香的行為背後必定有著充分的理由，這也是人之常情。

當然不帶感情的我，這麼說似乎沒有什麼說服力。

「就算是憎恨的心情，凡人有時候也可以讓它變得非常美麗，就像是施了魔法一樣。薄井楓正是最好的例子。所以我才會想要知道妳的理由……但聽完之後，我真的很失望。」

說完這幾句話之後，我已決定離開。一來過度受到凡人注意會對未來的業務執行造成影響，二來該問的事情都已經問完了，我沒有理由繼續逗留在這裡。

我轉身邁步，沒有任何遲疑。

然而就在這時，背後響起了既像是尖叫又像是怒吼的聲音。

「我就是看那個高傲的賤人不爽！家裡有錢又怎麼樣？成績好又怎麼樣？長得漂亮又怎麼樣？她不跟其他同學往來，說穿了就是因為她瞧不起大家，不想混在我們這群笨蛋之中，不是嗎？她可真是幸福，從小就像是溫室裡的花朵，沒有吃過苦，跟我完全不一樣。她沒有在家混吃等死的哥哥，沒有每天晚上大吵大鬧，一天到晚吸引警察上門關切的混帳父母，這不是很不公平嗎？所以我無論如何，一定要把她拉下來。我要讓她知道，每個人都應該是平等的！哈哈哈，那賤人平時一直裝出滿不在乎的表情，但我叫她去死，她竟然真的就死了！平常她那麼瞧不起我，到最後卻那麼聽我的話，到底誰才是笨蛋？哈哈哈哈！」

小梨綾香越說越是激動，我心裡猜想，大概連她自己也不知道自己在說什麼吧。

她突然變成了楓的記憶裡那個面目猙獰的巫婆，像發了狂一樣哈哈大笑。

於是我掏出手機，朝著笑個不停的綾香拍了一張照，接著確認剛剛拍的照片。

只見照片裡的綾香仰著頭捧腹大笑，頭頂上出現了幾個數字：「61.30」

我使用的是死神專用的照相APP，能夠看出拍攝對象的剩餘壽命。

頭頂上的數字，代表綾香接下來的壽命還有大約六十一年。

我心想，既然她還有這麼長的壽命，有幾句話應該要告訴她。

「喂！我可沒有答應讓你拍照！我真的要叫警察了！」

「在妳叫警察之前，我想問妳一個問題……妳說薄井楓家境富裕，從小像是溫室裡的花朵，這些話是誰告訴妳的？」

「哪需要有人告訴我？看她的穿著就知道了！她每天故意穿著名牌的鞋子及外套來學校，不就是為了向我們炫耀嗎？」

「不，妳錯了。那都是她的母親硬要她接受的東西，並非她心甘情願穿在身上。她真正喜歡的東西，母親從來不曾買給她。」

「什麼？」

「……薄井楓已經過世了，或許我不應該隨便洩漏她的個人隱私，但我必須告訴妳，她其實從小在單親家庭長大。打從她一出生，她的父親就以『不要女兒，只要兒子』為理由，將她們母女拋棄了。她的母親因而得了心理疾病，一心只想要讓女兒將來釣個金龜婿，好讓女兒的父親刮目相看。因為這個緣故，楓的母親從小要求她必須乖巧、聽話，而且外表端莊漂亮。說穿了，她只是母親自我安慰的道具，就像是一個洋娃娃。至於這樣的處境算是幸福，還是有如監獄裡的囚犯，那就見仁見智了。」

綾香聽到這裡，嘶吼聲才終於止歇。

只見她滿臉驚愕之色，瞪大了眼睛，彷彿連眨眼也忘了。至於她此時眼裡看見了什麼，就只有她自己才知道了。

「但至少在楓的心底，她想要的不是獲得母親所相信的幸福，而是從母親的束縛中解脫。她選擇從校舍的屋頂跳下去，因為那是她打從出生之後，唯一能夠自己選擇的未來。過去她一直在等著有人能夠幫助她……但最後她決定讓自己從這個心願中解脫。妳跟她都一樣，其實妳們想要的東西，都在唾手可得的地方。」

這次真的是最後一句話了。

我留下了失魂落魄的綾香，轉身離開。

沿著原路往回走，來到了剛剛那庭院裡種植著柿子樹的民宅。

果不其然，柿子已掉在地上。

不知是誰曾經從上頭踩過去，人行道上到處都是過熟柿子裡頭的紅色果肉，有如爛泥一般。

「嗨，你今天的情緒有點激動呢。」

我走進學校前方的一條沒有人的小巷子裡，忽聽見頭頂上傳來說話聲。

「你平常很少對他人抱持關心，今天卻動了肝火，可真是稀奇。難不成你就是喜歡日本傳統的大和撫子[8]型女性？過去我可完全不知道呢。」

---

[8] 大和撫子是日本人在傳統上所認定的一種完美女性形象。大致上有著溫柔、賢淑、端莊等特徵。

「查爾斯，依照規定，無論是死者生前是什麼樣的人，我們都不能褻瀆。」

「我可沒有褻瀆。這些年來已經很少看到那麼盲目又思想矛盾的少女了，我沒想到你會這麼喜歡她。」

對方毫不理會我的忠告，連續兩次大刺刺地違反了上司訂下的規矩。

我無奈地轉頭望向聲音傳來的方向。民宅的圍牆上，一隻黑貓正悠閒地做著日光浴。

「能不能請你不要說這些容易造成誤會的話？我今天跑到這個地方來，已經有覺悟會被上司罵了，請你不要再增加讓我們被罵的原因。」

「那可真是抱歉，我倒忘了，死神就跟天使一樣，不能對特定的凡人過於友善，是嗎？」

查爾斯故意裝模作樣地如此說道。接著牠起身打了個呵欠，順便伸了個懶腰。

夜色正從巷子的尾端逐漸往我們的方向侵蝕過來。

令楓深愛不已的火紅夕陽，今天多半也會孤獨地死去吧。

「說吧……你明知道會遭到責罵，為什麼還幹這種蠢事？難不成你偷偷瞞著我，開始有了被虐的興趣？」

「你今天講起話來比以前更毒辣了，查爾斯。你那麼反對我做這件事嗎？」

「如果你這麼認為的話，代表你還太嫩了。」

伸完懶腰後，查爾斯在圍牆上重新坐了下來，瞇起了那對藍色的眼珠。像這樣調侃我，或是對我做的事情挑三揀四，幾乎已經成了牠每天的例行公事。我心裡感慨這個夥伴實在很難相處，同時再度拿出我的智慧型手機。點下待機畫面上的肉體透明化APP，讓自己的身體有如融化一般消失在夜色之中。

「我的目的並不是要把小梨綾香搞得暈頭轉向，只是想知道她敵視薄井楓的原因。楓曾經讓我看見了魔法，我以為只要來找小梨綾香，就能再看一次相同的魔法。」

「原來如此。受到霸凌而自殺並不是什麼稀奇的事情，所以我一直感到很好奇，為什麼你會那麼執著於薄井楓這個女孩。看來楓的記憶深深打動了你？」

「不，或許只是基於一點膚淺的同情心。我沒有靈魂，所以很清楚過著行屍走肉般的人生是一種什麼樣的感覺。她明明有靈魂，卻到死都活得像個行屍走肉，這不是很悲哀嗎？原本在她的前方，應該有著無限的可能性……」

我一邊說，一邊將手伸進懷裡。

指尖除了碰觸到那枚紅葉之外，還有另一個沒有生命的冰冷物體。

我拿出了那物體。那是一只小小的玻璃瓶，裡頭的靈魂碎片發出清脆的聲響。

那正是楓的靈魂碎片。她的靈魂顏色，是所謂的唐紅色（亮紅色）。

就像是那天傍晚，楓在屋頂上所看見的那即將死亡的夕陽。

這可說是她的靈魂之中，唯一帶有顏色的部分。

楓的靈魂在離開肉體後的顏色，絕大部分都是黑色或灰色。

雖然我已經從事這個工作很久了，卻從不曾見過如此污濁的顏色。如今回想起來，我還是感到嘖嘖稱奇。

楓在活著的時候，心就已經死了。所以她不管看見什麼，都不會有所動搖，就像是結凍的石頭一般。

能夠讓她唯一感覺到美麗的事物，就是臨死前所看見的夕陽餘暉。

我一想到她的人生之中除了夕陽之外，竟然從來不曾被其他任何事物打動，心情便會更感到相當感傷。

我們因為沒有靈魂，所以無法感受到生命的喜悅。她擁有靈魂，卻同樣無法感受到生命喜悅。我們跟她之間，到底哪一邊比較悲哀？

「……除了自殺之外，還有很多逃避現實的方法。凡人的壽命雖然打從出生的時候就決定了，但是要過什麼樣的生活，卻可以自由選擇。如果她抱著拋開一切的心情離家出走，或許她能夠以更幸福的方式迎接死亡。但她卻選擇放棄，不僅放棄了這個世界，也放棄了自己。」

這樣的事實，讓我不禁悲從中來。每一次想起她，我的心頭都會萌生理應早已遺忘的感情。這是我第一次有這樣的感覺。

我高高舉起她的靈魂碎片，對著紅色的絢爛天空。

陽光透過那紅色的水晶碎片，看起來格外光彩奪目。

「查爾斯，為什麼凡人總是把大部分的時間花在注視醜陋的事物上？明明只要稍微抬起頭，就能看見美麗的世界。」

在一個人也沒有的暗巷裡，我獨自對著自己的使魔問道。

使魔搖晃著牠那肥胖的尾巴，以一貫的口吻說道：

「每個凡人都是近視眼，想讓他們看見遠方，必須要先讓他們戴上眼鏡才行。不過像你這樣看得太遠，倒也不是一件好事。」

我看得遠，是因為我的身邊什麼也沒有。所有的一切都誕生在讓我觸摸不到的地方，而且熠熠發亮。但也正因為如此，我才能感受到那些事物的美好。打從很久很久以前，我就是這樣的人。雖然我完全不記得成為死神之前的事，但我總覺得生前的我也是這樣的人。

查爾斯說得沒錯，在漫長的時間裡，我一直在追求著自己得不到的事物。我就像楓一樣放棄了希望，卻也像綾香一樣死命地追趕著……不知道為什麼，我總有這樣的感覺。

明明沒有任何證據，楓的靈魂卻帶給我一種似曾相識的感覺，這到底是怎麼一回事？

「只差一點了，約翰。」

當時的我正全神貫注地看著小瓶子裡那虛幻的走馬燈，完全沒有注意到查爾斯對我的呼喚。或許我正在逐漸回想起某些重要的事。但是夕陽已完全消失，答案今天也隱藏在黑夜之中。

死神的夜晚來臨，一切再度回歸於無。

第四話

死神與綠寶石

我坐在位於羅素廣場（Russell Square）的宅邸內，攤開報紙，嘆了一口氣。我平日愛看的《泰晤士報》（*The Times*）上頭，有一整個版面只印了一排斗大的標題：〈開膛手傑克再度現身〉。

今天早上我頂著冷入骨髓的寒風，走進了報行，放眼望去每一份報紙上頭竟然都在報導著相同的主題，令我不禁懷疑這些報紙都是由同一家報社所發行。

「開膛手傑克……」

我皺起眉頭，心裡早已厭煩了這個話題，但我還是坐在我最喜歡的搖椅上，讀起了那份報紙。蜷曲在我腳邊的黑貓查爾斯，正忙著舔牠自己的前腳，更是對這個新聞一點興趣也沒有。

牠對此不感興趣，也是理所當然的事。畢竟明年國與國之間很可能就要爆發全面戰爭，報紙上所談論的卻不是日漸惡化的外交局勢，而是凶殘可怕的連續殺人魔，這是多麼諷刺的一件事。

一旦發生戰爭，世人將不再像現在這樣嚴厲譴責屠戮寶貴性命的殺人魔，反而會大加讚美屠戮敵人的士兵。

「不是有傳聞指出開膛手傑克在二十年前就死了嗎？怎麼會在這個時候，又從地獄回來了？哈德遜夫人[9]，妳有什麼看法？」

「我不是哈德遜夫人，請你別再用這個名字叫我。」

「我以為用這種方式提出建議，能夠讓妳對我最愛讀的小說感興趣。何況如果妳夢想要跟中產階級結婚，妳應該要改掉不愛看書的壞習慣。」

「這不關你的事！何況這算什麼提出建議的方式？在我看來只是找我麻煩而已！無論如何我絕對不會去讀什麼推理小說！」

「唉，妳的先入為主觀念實在是強烈到讓人佩服的地步。」

我再度攤開報紙，遮住眼前送來紅茶的艾莉·坦納，結束了這場毫無意義的對話。

艾莉瞪了我好一會，可怕的視線彷彿要將報紙射穿，但最後她只是將托盤夾在腋下，朝我嘆了一口氣。在她那長長的睫毛下方，有著足以證明愛爾蘭血統的綠色

---

[9] 哈德遜夫人是柯南·道爾筆下著名神探福爾摩斯的房東。

瞳孔。如今她以那雙眸看著我，感慨地說道：

「我聽說小說裡的哈德遜夫人可是房東，身分跟我這卑微的女傭可完全不能比。相較之下，你的身分還比較接近哈德遜夫人。」

「噢，這麼說也有道理。那妳晚上要在這裡住下來，讓我當房東嗎？」

「咦？」

「這年頭全日制的女傭越來越少，但我就是喜歡反其道而行。何況最近的倫敦出現了個舊時代的人物，平添不少風險。」

「……少爺，你在擔心我的安全？」

「我為什麼要擔心妳的安全？」

「因為那開膛手傑克呀！聽說這個二十世紀的開膛手傑克，跟當年十九世紀的開膛手傑克不一樣，他可是什麼人都殺。而且根據倫敦警署公布的犯罪紀錄，這傢伙的犯案時間並不固定，受害者也沒有共同特徵，所以你擔心我每天通勤會有危險，不是嗎……？」

「艾莉……妳是永遠的安妮．雪莉（Anne Shirley）[10]。」

「……那是誰啊？」

「想知道答案，就多讀點書吧。我說妳是個天真的傻女孩，妳還真的露出一副傻乎乎的模樣。看來要等到妳實現夢想，現在才剛開始的二十世紀恐怕都已經結束了。」

艾莉花了整整十秒鐘的時間，才明白我的話中之意。

她氣得一張臉漲得通紅，以宛如要震裂大地般的腳步聲走了出去。

「我去買東西！」

她忽然大喊。那聲音即使是在槍林彈雨的戰場上，也能聽得一清二楚。接著她就像一陣狂風般衝出了家門。我心想，她大概是買午餐去了吧。這座小小的城池恢復了寧靜，我終於可以好好享受艾莉為我泡的大吉嶺紅茶。

撇開個性強硬、易怒不談，艾莉其實是個相當勤奮、優秀的女傭。

---

❿安妮．雪莉是露西．蒙哥馬利（Lucy Maud Montgomery）筆下作品《清秀佳人》（*Anne of Green Gables*，或譯《紅髮安妮》）的女主角，有著喜歡幻想的天真性格。

她是我家裡唯一的女傭。在如今這個時代，就算是名聲響亮的大貴族，要維持領地運作也不是一件容易的事。為了生計而拋棄領地、解雇僕傭的例子比比皆是，像我這區區的鄉紳第三子，能夠過現在的節儉生活已經該滿足了。

反正我並不打算像真正的鄉紳一樣進出社交界，女僕只是單純照顧我的生活起居，艾莉一個人已綽綽有餘。說得更明白一點，就算完全沒有僕傭，我一個人生活也完全不成問題。但我不喜歡整理東西，所以還是有艾莉在會好一點。

每隔一段時間，我的書齋就會被各種古往今來的書籍淹沒，廚房也會變成宛如地獄一般的景象。所以我刊登徵人啟事，雇用了艾莉。

艾莉．坦納，居住在倫敦東區（East End），二十二歲。

照理來說這個年紀的女性差不多應該要找到終身伴侶了，但她似乎一直沒有遇上她心目中的白馬王子。或許主要的原因還是在於脾氣太大吧。

雇用她的時期太長，可能會被她發現我不老不死的特性，所以我很希望她能夠在適當的時機找個人嫁出去。

「也罷，反正這女孩調侃起來很有意思，跟她一起生活不會無聊。查爾斯，你應該也這麼想吧？」

查爾斯完全不理會我的問題，一副準備入眠的態度。我找不到其他人可以嚼舌根，無奈地聳了聳肩，繼續讀起報紙。

開膛手傑克。

這個從去年開始將整個社會搞得人心惶惶的殺人魔，連死神也感到相當頭痛。因為他實在是太神出鬼沒，就算我們一接到來自上司的電報，立刻趕往現場時，也只會看到已經遭到殺害的送終對象。因此就算是在死神界，也沒有人知道開膛手傑克的真實身分。

距離死亡最近的死神，竟然連這個「死亡藝術家」的臉也沒看過，這實在是相當滑稽的一件事。說起來丟臉，他可能比我們更有資格以死神自居。

「電報傳達消息的速度太慢了。這年頭電話越來越普及，如果能夠善加運用的話……」

我一邊看著報紙，一邊發著牢騷。

開膛手傑克的再次出現，對我們來說是一大威脅。

因為我們趕不上他的速度，死神抵達現場的時間不夠快，往往導致無所依歸的死者靈魂四處飄遊，最後不知去向。類似的案例，在倫敦街頭發生過很多次。

這麼一來，我們就必須在街頭到處奔走，尋找失落的靈魂。靈魂如果沒有好好加以引導，有可能會變成惡靈，對活人造成危害。尤其是死於非命的靈魂，變成惡靈的機率更高。在我們死神界，我們習慣稱這種遊蕩的靈魂為「殘留者」。找出這些因為無法前往冥府而四處飄遊的「殘留者」，也是我們死神的職責之一。畢竟這是我們的工作，我們一定會盡力而為，但如今「殘留者」的出現是凡人所造成，並非我們死神的過錯，我們當然會相當生氣。

「在這種情況下，要是又爆發戰爭，全倫敦的死神恐怕都會過勞而死。為了避免這個最糟糕的情況，我們一定要趕快將開膛手傑克揪出來，交給警察才行……」

到目前為止，警方並沒有掌握任何目擊證詞。唯一的共同線索，是所有的受害者都是被人以相同的凶器亂刀刺死。因此報紙上所公布的凶手側寫畫像，都有著宛如哥布林一般的醜陋面貌。如果開膛手傑克真的像這樣醜到讓人不想多看一眼的程度，我實在不想跟他正面對決。

「……不曉得他的瞳孔是什麼顏色？」

比起凶手的名字及背景，這一點更讓我感到在意。

報紙上的殺人魔畫像，有著凹陷的眼眶、黯淡無光的瞳孔，以及空洞的眼神。

+

我在少爺的家裡工作，到如今已即將邁入第三年。

少爺雖然是上流階級出身，但性格謙和，從來不把身分的差異掛在嘴上。他常常和身為女僕的我閒聊，還允許我以同輩的態度對他說話。他唯一的缺點，是知識太過淵博，老是愛說一些莫名其妙的大道理。

少爺幾乎沒有朋友，多半正是因為他太過聰明，而且有著喜歡揶揄、取笑他人的壞習慣。

不，理由並非只有這一點。

當然這只是我毫無根據的想像……我認為少爺難以與大多數的人維持正常的人

際關係，是因為他的眼睛顏色有些奇特。

身為一個在大英帝國到處擁有土地的大地主的兒子，少爺竟然一直沒有結婚的對象，而且還過著獨居的生活。第一次見面的時候，少爺就曾經告訴我，這一切都是因為他的眼睛的關係。

當時我心想，少爺告訴我這件事，或許是在暗示我「不要追問任何關於他的家庭的事」。所以從那天之後，我從來沒有提過他的家人。

少爺不僅相貌俊美，而且才智過人，只因為眼睛的關係，性情變得有些古怪，想起來實在是一件相當令人惋惜的事。但是當初我第一眼看到他的時候，也是嚇得兩腿發軟，所以我並沒有資格批評別人。然而我必須強調，開始服侍少爺的不久之後，當初我對他的感想都像進入了黃水仙的季節的殘雪，全部消融得無影無蹤。

而且如今……我深深為自己的失禮感到慚愧。

如今我身上穿著厚大衣，圍著圍巾，戴著手套，帽子戴得極低，正準備從柯芬園（Covent Garden）返回少爺的住處。

我的右手提著菜籃，裡頭放著準備用來製作魚蛋燴飯（kedgeree）的香芹、蛋及煙燻小鱈魚。少爺下午預定要出門，所以我還買了小扁豆湯的材料，讓他先喝了湯，暖暖身子之後再出門。

畢竟今年倫敦的降雪機率高得異常，街景今天同樣受到淡淡的白雪包覆，頂著看起來相當沉重的灰茫茫天空，給人一種陰鬱的感覺。每個人都將下巴埋在大衣的衣領及圍巾之中，低著頭往前邁步，簡直就像是走向處刑臺的死刑囚犯。

驀然間，我看見石板路面上印著一些奇形怪狀的幾何學圖形。

多半是在道路上往來的租賃馬車或是汽車所留下的痕跡吧。

偶爾會有雙眼蒙上了布的馬匹奔馳過身旁，發出鐵蹄翻飛的噠噠聲響。我明明已經習慣了馬糞的氣味，卻還是忍不住皺起了眉頭。今天的倫敦有著比以往更濃的濃霧，如果不將一半的臉埋進圍巾裡，肯定會因為惡臭而咳嗽不已。

「冬天的倫敦真的很糟糕，幾乎讓人沒有辦法呼吸。」

路人操著美式英語的說話聲鑽入了我的耳中。

說這句話的人，多半是從美國來到英國的某戶人家的女傭吧。

與我擦肩而過的兩名婦人的閒談，讓我越聽越是大感認同。

羅素廣場是許多中產階級名士所居住的地方，或許還沒那麼糟，但我所居住的庶民地區，環境真的非常惡劣。因此剛剛少爺以開玩笑的口吻說出「晚上在這裡住下來」的建議時，我一時之間不禁有些心動。

我默默地走著，內心回想著今天早上與少爺之間的對話。

每當少爺說出調侃之語，我總是會以強硬的口吻反擊。這一方面是我的缺點，另一方面其實也是一種抗議。因為少爺總是不明白我的心情，所以我只好用這種拐彎抹角的方式表達心中的抗議。但我也不禁心想，少爺早已明白我的心意，他只是故意假裝不知道而已。

畢竟少爺是個相當睿智的人，將世界上的每件事情都看得極為透徹。像這樣的人，實在不太可能看不出一個女傭對他懷抱著逾越本分的情感。換句話說，其實他早已心知肚明，只是故意裝傻。想到這裡，我便感覺到胸口隱隱作痛。

然而腦袋深處卻有另一道聲音，在對自己說著：「這不是理所當然的事嗎？」

不管再怎麼樣，少爺畢竟是鄉紳的兒子，而我不過是一名女傭。

身分的差距猶如一道高牆，就算擁有翅膀，也沒有辦法輕易飛越。少爺他並沒有做錯任何事，他只是看清了現實而已。

打從一出生就不愁吃穿的上流階級青年，怎麼可能會對一無所有的勞動階級少女動情？說穿了只是因為少爺對待下人太過和善，讓我一時之間意亂情迷罷了。我到底什麼時候才能夠真正認清現實，從美夢中清醒？

我一再告訴自己不要再作白日夢，卻總是難以自拔……

「艾莉……妳是永遠的安妮．雪莉。」

就在這個時候，剛剛少爺對我說的那句話驀然浮現在我的腦海，讓我停下了腳步。

我愣愣地站在道路中央，望著前方一扇設計洗鍊的綠色門扉。

從懸掛在屋簷下的招牌來看，這應該是一間租書店。

對過去的我來說，那就像是一個專門折磨人的空間。我本來以為自己這輩子絕對不會踏進那種地方。

沒錯，對我來說，讀書是一種折磨。從以前到現在，我只要一看見在書頁上擠得密密麻麻的文字，就會頭暈目眩，兼之頭痛欲裂。但我不禁感到好奇……少爺所說的那個安妮・雪莉到底是誰？

這一點讓我產生了興趣。我不知道那個安妮・雪莉出現在哪一部作品裡，是個什麼樣的角色。但從這名字看來，應該是個女人沒錯。

憑我的能力，要光靠一個名字找出那本書，實在是天方夜譚。但我非常想要知道少爺說我是安妮・雪莉的理由。當然我很清楚答案可能會讓我更加沮喪，但我還是下定了決心，走向那間租書店。

轉動門把的同時，我聽見了清脆響亮的鈴鐺聲。

下一瞬間，濃濃的舊書氣味朝我湧來。店內比我原本所想像的要更加擁擠得多，擺了好幾座書架，上頭擠滿了大量的書本。

放眼望去全是書、書、書。我感覺那些五顏六色的書籍封面已經將我包圍，我一緊張，全身竟動彈不得。剛剛完全只是靠著一股氣勢走進店內，事實上因為從來不曾走進租書店的關係，我根本不知道該怎麼找書。

「妳找什麼書？」

仔細想想，我手上還拿著菜籃，心裡已開始為自己的衝動感到後悔。就在這時，身旁忽然響起了聲音。

我嚇得縮起了肩膀，轉頭一看，從兩排書架中間走出一個身材高挑的男人。

雖然我心裡想著要趕緊回答對方的問題，卻因為一時緊張的關係，我竟然張口結舌，一句話都說不出來。

為什麼我會那麼緊張？理由就在於那是一個非常年輕的紳士，而且容貌俊美到令人難以置信的程度。

在倫敦東區，過去我從來不曾見過如此英俊脫俗的青年，這讓我完全亂了方寸。我心想，這個人多半是貴族子弟吧。

怎麼偏偏在這種高攀不上的大人物在店裡的時候踏進來……我不禁暗自咒罵自己運氣太背，同時趕緊鞠躬道歉：

「對不起，打擾了……我只是想找本書……」

「妳想找什麼書？如果不介意的話，我來幫妳找吧。」

「不，不用了。怎麼能麻煩貴族幫我做這種事……」

對方的身分並不見得一定是貴族，只是我如此猜測而已。但因為心情太緊張的關係，我竟然脫口說了出來。那身穿黑色大衣的年輕人愣了一下，接著他取下圓禮帽，笑著說道：

「妳不用緊張，我也是勞動階級。真是抱歉，讓妳誤解了。」

「咦……啊，對不起……是我自己亂猜……」

這件事要是被少爺知道，自己的笑柄就又多了一條。我羞得滿面通紅，手足無措地連連道歉。眼前這個年輕人實在長得太過俊逸出眾，就算他自稱是名門貴族的嫡長子，我也完全不會懷疑。

尤其是那令人印象深刻的藍棕色瞳孔，有如完美的玻璃工藝品，足以奪走每個人的心。五官輪廓很深，或許帶有一點俄羅斯的血統。

但是他說的是字正腔圓的英式英語，沒有任何奇怪的腔調。

哪像我，因為父母都是愛爾蘭人的關係，直到現在說話還是有愛爾蘭腔調。

髮色有如染上了黑夜一般，黝黑卻優美，不像我的頭髮，看起來像是生鏽的黃棕色，讓我不禁為自己感到丟臉。

「真……真的很對不起！因為你的舉止儀態相當紳士，所以我以為你一定是上流家庭出身……」

「謝謝妳的讚美。我的身分是巴斯克維爾伯爵家的第一男僕。男僕就像是宅邸的門面，所以我相當重視自己的穿著及舉止。」

「噢，原來如此。」

我得知了年輕人的職業，除了恍然大悟之外，卻也感到相當驚訝。

第一男僕（first footman）在僕傭制度之中的階級相當高，權力僅次於管家（butler）。

何況只有身材高挑、五官端正的男人，才能夠被選為男僕。眼前這個年輕人的第一男僕身分，代表的是他的外表及能力受到了貴族的認同。

「其實我以前也曾經是德罕子爵家的女僕。但當時的我只是實習身分，還沒有升為正式女僕，就遭到了解雇。」

「原來如此……我記得德罕子爵數年前曾經遇上投資詐騙，是嗎？」

「是啊，正是因為這個緣故，所以他解雇了相當多的僕傭。巴斯克維爾伯爵在現在這個年代還有雇用男僕的財力，其他的貴族一定都很羨慕他吧。」

「老實說，我們巴斯克維爾伯爵家族也是戒慎恐懼。伯爵聽見德罕子爵賣掉宅邸的消息，臉色都發白了。這年頭有太多貴族沒有辦法繼續維持領地，或許在這附近找個醫生或律師的家裡幫傭，未來的人生還比較安泰一點。」

年輕人說得煞有介事，從他的表情實在看不出來他有幾分認真。

我本來擔心店裡要是有其他客人，聽了我們的對話可不太妙，幸好店內除了我們之外似乎沒有其他人。

「話說回來，既然你是貴族宅邸的男僕，那這家店的店長呢？」

「店長在裡頭忙其他的事情。我是這裡的常客，店長請我幫忙顧店一下。」

「請客人幫忙顧店？這裡的店長可真是古怪。」

「是啊，但也多虧了店長，我才能遇上美麗的女客人。」

年輕人說得面不改色，口氣就像是閒話家常一般，令我再度滿臉通紅。接待拜訪宅邸的客人是男僕的重要工作之一，因此讚美初次見面的婦人對他來說恐怕就像家常便飯一樣。明知如此，我還是感覺耳根灼熱。艾莉，妳真是個傻蛋。我在心裡暗罵自己。那只是單純的客套話而已，為什麼要當真？

「對了，妳在找什麼書？」

「呃……其實我連書名也不知道。」

「唔，那妳記得內容嗎？」

「內容也不清楚，只知道有個人物叫安妮．雪莉。」

「安妮．雪莉……？噢，《清秀佳人》嗎？」

這已經是我第幾次被他嚇一跳了？他一聽到這個名字，立刻就說出了書名，接著便走進書架之間。不一會，他就走了出來，輕輕將一本書遞到我的面前。那是一本冰綠色封皮的書，封面畫著一個女人的側臉。

「這是最近來自加拿大的一本長篇小說，妳要借嗎？」

「這本書裡……有安妮．雪莉這個人？」

「是啊，她是這本書的女主角。我前陣子才讀過，相當有意思。」

這個年輕人似乎和少爺一樣，是個很愛讀書的人。我拿著那本遠自加拿大渡海而來的書，整個人傻住了。沒想到這麼快就找到書，反而讓我不知如何是好。

「妳要找的不是這一本？」

年輕人或許是見我的反應不太對勁，沉默了片刻後歪著頭說道。這時我回過神來，心中一驚，以緊張的口吻說道：

「不，就是這一本！真的很謝謝你。我只是沒想到真的能夠找到，所以吃了一驚……謝謝你的幫忙。」

「請別這麼客氣，能夠幫上忙是我的榮幸。不過……為什麼妳要借這本《清秀佳人》？」

「呃……有個朋友說這本書很棒，推薦我找來看。」

「原來如此，那位朋友推薦妳看這本書，卻忘了告訴妳書名，看來這位朋友有些冒失呢。」

年輕人笑著說道。我聽他這麼說，登時明白他已看出我只是打腫臉充胖子。但我總不能說是因為遭雇主取笑才想來借書，登時再度滿臉通紅。

「那麼我們就來辦理借書手續吧。它的續集《艾凡里的安妮》要一起借嗎？」

「不，不用了。先借一本就好。老實說，我不太愛看書……像我這樣的人，也適合看這本書嗎？」

「嗯，女主角安妮是個十多歲的少女，故事讀起來一點也不難。而且……『根據我的經驗，只要有心，任何事物都能樂在其中，但首先要抱著樂在其中的堅定決心。』」

「咦？」

「這是安妮在故事中說過的話。只要妳下定決心好好享受這本書，安妮一定會引導妳到故事最後。」

我感覺臉頰依然灼熱不已。

因為年輕人的口吻是如此輕描淡寫，眼神是如此溫柔。

此時我的心情，就像是第一次得到洋娃娃的少女。我緊緊抱著那本《清秀佳人》，辦理了借書手續。才辦到一半，真正的店長就回來了。年輕人不必再顧店，提議送我回少爺的屋子。

當然剛開始的時候，我拒絕了他的好意。但他見我右手提著菜籃，直說書放進菜籃裡一定很重，所以主動說要幫我拿菜籃。

我被他的紳士話術吹捧得暈頭轉向，最後只好接受他的好意。雖然說是「只好」，但其實我一點也不勉強。能夠跟他這種超級美男子並肩走在街上，讓我感覺既害羞又驕傲。

「對了，我還沒報上姓名呢。」

抵達少爺的屋子之後，年輕人將圓禮帽輕輕往上推，開口說道：

「我叫詹姆斯．奧斯特羅格。放假的日子，我經常陪著伯爵到倫敦來。下次有機會再見面，要不要一起喝杯茶？」

「我很樂意。我叫艾莉．坦納，你叫我艾莉就行了。」

「好，那麼也請妳叫我詹姆斯。期待下次與妳邂逅，艾莉。」

詹姆斯以充滿魅力的雙眸如此說完之後，忽然以行雲流水般的流暢動作拉起我的手，在手背上輕輕一吻。或許是因為我內心深處也這麼期盼的關係，這次我竟然沒有臉紅，而是抱著心滿意足的心情，接納了詹姆斯的吻。

我的心情不知已有多久不曾如此激昂了。

當詹姆斯轉身離開時，我忍不住直盯著他的背影。

「詹姆斯……」

我看著他逐漸遠去，像說著夢話一樣不停呢喃著他的名字。
下次不知道什麼時候才能再見到他？如果明天就能見面就好了。
明明才剛道別，我已經開始想念起他這個人了。

+

「嗯，或許妳終於遇到妳的白馬王子了。」
我一手拿著餐後的紅葡萄酒，對著送上酒杯及醒酒器的艾莉說道。只見她一副心不在焉的模樣，歪著頭說了一聲「咦」。
「那個姓奧斯特羅格的青年，在妳看來年紀和妳相差不遠，不是嗎？情人是未來的宅邸管家，將來應該不用擔心生計問題。」
「少爺，你別開玩笑了。我跟他可是今天才剛認識而已。而且這個年頭越來越多貴族宅邸不雇用僕傭，就算他是未來的宅邸管家，也不見得能夠安心……」
「不，雖然現在雇用男僕的貴族已經不多了，但大部分的貴族要維持正常的生活，還是得要有管家才行。將來就算巴斯克維爾伯爵沒落了，奧斯特羅格遭到解雇，以他曾經當過第一男僕的資歷，只要拿到正式的介紹信，轉職到其他貴族的家裡擔任管家應該不成問題。話說回來，他只不過是和妳在街上不小心肩膀碰撞，就為了道歉而幫妳拿東西回來，可真是了不起的紳士。妳可不能錯過這麼好的機會。」

「這……這跟那是兩碼子事。」

艾莉以顫抖的聲音說完之後，像逃命一樣跑進了地下廚房。

她那慌張的神情，在我看來並非只是單純的害臊，而是瞞了一些祕密沒說。不過我並不特別在意，反正她這個人是藏不住祕密的。

只要等上一陣子，答案就會水落石出吧。我一邊讀著最近才剛取得的普魯斯特（Marcel Proust）最新作品，一邊享受著餐後酒。讀了幾段之後，我取出懷錶看了一眼。

快要晚上八點了。艾莉應該準備要回家了。

我拿起平時總是放在桌角的呼喚鈴，搖了兩下。

艾莉花了比平常更久的時間，才從廚房走出來。

「我差不多要回二樓了。」

我朝艾莉說道。艾莉點了點頭，收拾起桌上的杯子，我轉身走出餐廳。我先走進書齋，隨手把書放下，接著走向二樓的更衣間。等了一會，心裡估算艾莉應該已經結束了晚餐的善後工作，該從地下室走上來了，於是我走下樓，披上大衣。艾莉正要準備回家，看見我站在門口，吃驚地瞪大了眼睛問道：

「少爺，你要出門嗎？」

「嗯，我要到國王十字車站（King's Cross station）辦點事情。」

「現在已經很晚了，而且外頭正下著雪，為什麼不明天再出門？」

「已經跟人約好了，總不能不去。反正我也要出門，我送妳到車站吧。今晚妳搭地鐵回家，我幫妳出票錢。」

「咦？真的可以嗎？」

「今天我心情不錯。既然我說要幫妳出錢，妳就欣然接受吧。」

艾莉遲疑了一會，最後決定向我道謝，穿上大衣。平常她都是從地下室的後門進出，今天我特地為她打開了玄關大門。

受到霧氣籠罩的煤氣燈，隱約照亮了細雪紛飛的倫敦街頭。我與艾莉並肩走向公園的方向，看見一輛正在等待客人的租賃馬車，於是一同上了車，吩咐車伕前往國王十字車站。從車窗望出去，窗外的景色相當冷清。

當然下雪、天氣寒冷是原因之一，但是光因為這一點，不可能讓街上的路人變得如此稀少。我豎起耳朵聆聽，只聽得見我們這輛馬車的車輪聲、馬蹄聲及馬匹的喘息聲。

「……好安靜。」

在另一頭望著窗外的艾莉似乎也想著相同的事情，嘴裡呢喃說道。

「如今整個倫敦的民眾都在害怕著那個十九世紀的怪物。」

我隨口說道。坐在身旁的艾莉聽我這麼說，身體微微一震。

「這次的案子，還是沒有辦法抓到凶手嗎？」

「誰知道呢。這次警察也賭上了尊嚴，說什麼也要將這個殺人魔緝捕歸案，不曉得最後會是哪一邊獲勝。不過說真的，凶手已經殺了七個人，還沒有被逮捕，其實警察早就已經輸了。」

「真是太可怕了。都已經發生了工業革命，整個時代都已經跟以前不同了，為什麼殺人魔還是沒有從這個世界上消失？」

「再過不久，我們的祖國恐怕就要向外國開戰，到時候所有的人都會變成殺人魔，妳這句話聽起來像是在譏諷我們的祖國。」

「也可以這麼說。少爺，一旦發生戰爭，你應該也會被徵召入伍吧？」

「是啊，還有那個奧斯特羅格，應該也會收到召集令。」

「為什麼突然提到他？」

「理由妳應該比我更清楚。」

「……少爺，你的嘴真壞。」

「謝謝，常有人這麼說。」

艾莉像個孩子一樣噘起了嘴，將頭別到一邊不再理我。

兩人都不再開口說話，耳中只聽得見馬車行駛在夜晚道路上的聲響。

沿路上經過一座座的煤氣燈，馬車最後抵達了車站。

我請車伕稍微等候片刻，先下了馬車之後，將手伸向艾莉。她先是愣了一下，接著才有些靦腆地將手放在我的手上。

我看著她小心翼翼地走下馬車的踏板，於是將夾在腋下的手杖重新拿好，對著她說道：

「列車剛好要進站了，我送妳上月臺吧。」

「不用了，謝謝你的好意。你不是已經跟人約好了嗎？可別遲到了。」

「噢……我好像確實這麼說過。」

「咦？」

「沒什麼。讓那傢伙等一下，不是什麼大不了的事情。」

艾莉露出詫異之色，但沒有繼續追問。

我們兩人走進車站，穿過剪票口。我送她上了剛抵達的列車之後，朝著她微微揚起軟呢帽，說道：

「那我告辭了，回家路上小心一點。」

「少爺，謝謝你特地送我到這裡。」

艾莉推開座位旁的窗戶，朝我道了謝。我因為平常的壞習慣，差點又要說出譏諷之語，幸好我最後忍住了。今晚實在不適合胡亂說話。

因為從今天開始，艾莉或許將邁向嶄新的人生階段，我打算給她一個小小的祝福。我不認識詹姆斯．奧斯特羅格這個男人，不清楚他是個什麼樣的人，但既然他能打動艾莉的心，想必應該是個值得艾莉託付終身的好青年。

在這種緊要關頭，我當然不能胡亂說話，打擊艾莉的信心。

艾莉這個女孩雖然待人處事有些冷漠，但基本上還算是一個善良的人。既然是善良的人，我很希望她能夠遇上一個善良的異性對象，好好走完接下來的人生。千萬別被一個潛伏在凡間卻自稱鄉紳之子的死神欺騙了感情，而耽誤終身大事。

「明天見，祝妳有個好夢。」

我將揚起的帽子重新戴好，說完這句話便轉身離開。

「啊……少爺！」

就在我準備走向剪票口的時候，背後忽然傳來呼喚聲。

我轉頭一看，只見艾莉將上半身探出了車窗。

「少爺……我……我……」

那一瞬間，艾莉看起來像是陷入了神情恍惚的狀態。水汪汪的一對眼珠，彷彿正在作著美夢，正在對著我傾訴她心中的渴求。

但我沒有回應她的渴求。

我壓低了帽簷，靜靜地等著她開口說話。

列車的笛聲讓艾莉從夢境中清醒過來。工業革命所創造出的巨大鋼鐵蜈蚣，發出了宛如嘆息的聲音，似乎隨時會開始移動。

「……少爺，你也要小心一點，不要太晚回家。」

「我知道。」

「還有，你應該要更加重視朋友。如果一天到晚做失禮的事，遲早會被朋友拋棄。」

「……這我也知道。」

最後我又補上了一句「我盡量」。艾莉笑了出來，那笑容帶著三分困擾與三分無奈，彷彿隨時會掉下眼淚。鋼鐵蜈蚣就這麼載著她通過我的面前，消失在倫敦的夜色之中。我看著列車遠去，感慨地聳了聳肩，這次真的轉身邁步，走向馬車。駕車的車伕一直在寒冷的車站外等著我，我向他道了歉，吩咐他載我回到住處屋宅。

馬車內少了一個人，感覺分外冷清，我以手肘拄著臉頰，默默地等待馬車抵達屋宅。

當我走進屋子的玄關大門時，柱上時鐘正指著晚上十點。我隨手脫下大衣，走進書齋，為了轉換心情而站在書桌前。書齋的角落，查爾斯坐在唯一的椅子上，對著我露出若有深意的眼神。

「……有什麼想說的，你可以直接說出來。」

我沒有辦法忍受牠的視線，終於打破了沉默。查爾斯什麼話也沒說，只是瞇起了眼睛，以舌尖舔了舔鼻頭，接著就忽然跳下椅子，走得不知去向。

……真難相處的貓。

我嘆了一口氣，操控桌子四個角落的機關，取下桌板。

桌板的下方，藏著只有我和上司才知道的寶箱，寶箱裡頭放著數不清的玻璃瓶。我拿出裡頭特別喜歡的一瓶，高高舉在頭頂，對著明亮的燈光。那鮮豔的色澤從不曾消褪或變得黯淡，讓我不禁陶醉地瞇起了眼睛。

「……艾莉，如果我告訴妳，我雇用妳是因為愛上了妳的眼睛，不知妳會露出什麼樣的表情？」

妳是否會笑著說我是個怪人？我很希望妳能這麼說。

因為連我也覺得自己很滑稽。我們死神每天晚上入眠，都會遺落所有的感情，就算是再重要的感情也不例外。

所以我每天早上都必須迎接空蕩蕩的心靈，卻又再一次愛上妳的雙眸。

艾莉，妳不認為這比許多無聊的喜劇作品更像喜劇嗎？

†

「為什麼妳的話題總是圍繞在妳家的少爺身上？」

邁入新的一年，又過了大約一個月的時間，某天詹姆斯突然對我這麼說。倫敦的冬天相當漫長，這又是個寒冷的日子。

我不知已有多少日子沒有看過天空放晴了。今天的窗外天空依然覆蓋著鉛灰色的烏雲，我甚至不禁開始懷疑那就是天空原本的顏色。一如往昔，走在街上的行人們每個都垂下了頭，有如死刑囚一般。

「啊……對不起……真的嗎？」

這裡是位於利物浦街車站（Liverpool Street station）附近的一家茶館。我與隔了三星期沒見的詹姆斯相對而坐，心情就像是剛在記憶喪失的狀態下醒來。

每次與他見面，我都會因為太過興奮的關係，話匣子停不下來，這點我確實有自知之明。但我完全沒有意識到自己一直在說著少爺的事，經詹姆斯這麼一提，我登時滿臉通紅。

到這天的午後為止，我與詹姆斯已認識了兩個多月。

我向少爺請了半天的假，詹姆斯也同樣請了假，在這裡度過兩個人的時光。

我們的身分都是傭人，平常能夠見面的機會不多，但我們還是靠著書信往來，建立起了頗為親密的關係。詹姆斯相當博學，他所寫的信就像是知名詩人所寫的詩歌，每當我想起那些內容，總是感到害羞不已。

打從當初第一次見面，他似乎就對我抱持好感。像我這樣的女人到底有哪一點好，我自己也不明白。當然我也漸漸被他吸引……

不論任何時候，詹姆斯總是保持著沉著冷靜，同時兼具睿智與俊美。

他就像是擁有我天生缺少的一切優點。

從這個角度來看，他與少爺有幾分相似。

或許這意味著，我很容易被那些擁有我所缺乏的優點的人吸引。但這種感情真的就是世人所說的愛情嗎？抑或只是單純的憧憬？我自己也說不出個所以然來。詹姆斯不斷對我說出各種甜言蜜語，我反而一直猶豫不決，沒有辦法全心全意接納他。沒想到就在這種時候，又遇上了這種事。

詹姆斯說我的話題老是圍繞在少爺身上，讓我感到相當尷尬。

當然我不是刻意要這麼做。但我的冒失言論，可能已經在不知不覺中傷害了他。一想到這一點，我就害怕得兩腿發軟。如果我跟他的立場反過來，我好不容易才撥出時間和意中人見面，對方卻老是在談其他女人的事，我能夠忍受這樣的對待嗎？

我試著想想此時隔著小桌子與我相對而坐的人，如果是少爺的話，會是什麼樣的情況？

驀然間，我感覺胸口隱隱抽痛。但是另一方面，我又感覺到極度驚愕。因為我發現就算是在眼前這一刻，我腦中所想的依然是少爺，而不是眼前的詹姆斯。

「真……真的很抱歉，詹姆斯。我沒有惡意，只是因為找不到其他的話題……我自己知道我是個相當無趣的女人。」

「不，我並不這麼認為。當妳在談到少爺的話題時，妳的雙眼閃閃發亮，真的美極了。雖然妳沉默不語的時候也很美，但我還是比較喜歡看妳閃爍動人的模樣。」

「咦？」

「我想妳應該是愛上了妳家的少爺。」

詹姆斯雙手交握，將形狀姣好的下巴擺在上頭，口氣既像是在盤算著什麼，又像是在測試著什麼。就在這一瞬間，我那原本陷入貧血狀態的身體驟然變得灼熱，彷彿體內有一把火在燃燒。我霎時面紅耳赤，不敢直視他的眼睛。

「不……你誤會了……我跟少爺沒有什麼……」

「妳不用刻意隱瞞。打從一開始，我就知道妳一定愛上了某個人。」

「不，真的不是你想的那樣……」

「妳想要告訴我，那只是妳的單相思，是嗎？嗯，我想應該也是吧。畢竟上流階級的紳士與女傭之間的愛情，只會存在於小說情節之中。」

他的口氣毫無抑揚頓挫，彷彿狠狠朝我甩了一巴掌。

原本因為慌張而發熱的身體，瞬間降至冰點，我只能毫無意義地低頭看著茶杯。

「所以我明白妳急著想要尋找新戀情的心情。因為妳在感情上陷入了困境，所以妳將我當成了現實上的替代方案。不過我希望妳不要誤會，我並沒有生氣。我在追求妳的同時，其實早已看穿了妳的內心世界。我還是想跟妳在一起，即使妳愛著其他人也沒關係。」

我抬起頭，將視線從那宛如鏡面的伯爵紅茶的表面移開，望向詹姆斯。

他也凝視著我，臉上的微笑與過去毫無不同，宛如包容著我的一切。

「但我也知道這只是我一廂情願的想法，所以我希望妳能把妳的決定告訴我。」

「我的決定……？」

「沒錯，妳希望接受現實，和我一起過著平凡的人生，還是希望繼續珍惜妳對少爺的感情，以此作為妳的精神糧食？我希望妳能做出抉擇……」

詹姆斯無視著我的迷惘，從懷裡取出一樣東西。那是一枚白色信封，他將那信封放在桌上，朝我推來。

「去年的年底，巴斯克維爾伯爵的長女訂婚，下個月兩家將在倫敦舉行餐敘，屆時我也會隨伯爵一同前往。」

「唔……這是好事一樁……」

「為了牽成這樁好事，我可是費了不少苦心。伯爵原本想要將長女嫁給年齡大上十四歲的美國富豪，理由當然是覬覦對方的財富。然而大小姐本人卻與貧窮的瓊斯子爵兩情相悅，大小姐拜託我幫忙說服伯爵，最後我順利促成了大小姐與瓊斯子爵的婚事，大小姐因此送給我這個當作謝禮。」

我聽了伯爵家婚事背後的醜聞，一顆心七上八下，伸手拿起那枚信封。我以眼神詢問詹姆斯是否能將信封打開，詹姆斯默默點頭，於是我戰戰兢兢地撕開了信封。

信封內有一張便條紙，以及貌似門票的紙片。便條紙上寫著一排字，字跡流利工整。

「二月六日下午五點開演，蘇荷區（Soho）西街（West Street）大使劇院（Ambassadors Theatre）？」

「嗯，那天大使劇院要上映莎士比亞的《威尼斯商人》（*The Merchant of Venice*）。大小姐為我們買好了票，六日的晚上，所有隨伯爵前往倫敦的僕傭，都可以前往觀賞。如果妳選擇了我，我希望妳當天能到劇院來。」

「詹姆斯……」

「不管妳最後做出什麼樣的決定，我都欣然接受。當天如果妳來了，我可以向妳發誓，未來不管發生什麼事，我都會深愛著妳。」

我愣愣地坐在椅子上，腦袋一片空白。我甚至無法判斷，詹姆斯對我說出的這些話，到底是讓我感到開心，還是讓我感到難過。我不知道該怎麼形容這種既像是飄在雲端又像是墜入深淵的感覺。

距離公演還有十天的時間。在這段時間裡，我必須決定未來將與詹姆斯建立什麼樣的關係。

我沒辦法再像過去對少爺那樣，對詹姆斯抱持著模稜兩可的心情。

他有他的人生，我有我的人生，我必須決定兩人的人生是相交還是訣別。看不見前方的道路，任何人都沒有辦法前進。我並沒有驕傲到在這種情況下要求詹姆斯一直等下去，何況這對詹姆斯來說太失禮了。

畢竟他已經對我展現了最大的誠意。

我將便條紙與門票裝回信封內，沉默不語。

半晌之後，我才下定了決心，抬頭說道：

「……我明白了，請給我一點考慮的時間。雖然我有些三心二意，但是請你相信，你的心意讓我相當感動。」

我以殷切的口吻說道。詹姆斯笑著點了點頭。他伸出了纖細卻又帶了三分陽剛的手掌，與我放在信封上的手掌交疊。

過了一會，我們離開了茶館，享受了片刻的購物之趣，便踏上了歸途。詹姆斯說他今天也要送我回家，因此我們一起走回了位於老街（Old Street）的公寓。

「你趕得及搭火車回去嗎？」

「妳放心，送妳回家再離開還是綽綽有餘。對了，《艾凡里的安妮》妳讀了嗎？上次見面的時候，妳不是在煩惱要不要讀續集？」

「還沒有……《清秀佳人》這故事很有趣，但我實在沒有勇氣確認安妮回到『綠山牆之家』之後的人生。」

太陽不知何時已下山，四下只聽得見我們兩人踏在雪上的聲音。

我吐了一口白色煙霧，抬頭仰望陰鬱而鈍重的夜晚天空。

「故事的最後，安妮放棄上大學的夢想，回到了養母的身邊。安妮想要照顧養母的想法真的很了不起，我不認為這是一個錯誤的決定。但是當安妮為了這個正確的抉擇而放棄夢想時，她的心中有著什麼樣的感受……？」

前陣子我趁著工作的空檔，終於將《清秀佳人》看完了，前後共花了超過一個月的時間。如今我回想著書中的情節，呢喃說出了自己的感想。故事裡的安妮．雪莉，是個喜歡作夢、愛說話、不服輸，卻又讓人無法討厭的女孩。

讀完了這本書之後，我一直在思索著少爺當時為什麼將我比喻成安妮．雪莉。或許他是在嘲笑我只會作白日夢，也或許他是拐彎抹角地指責我不服輸的性格，當然也有可能只是隨口說說，並沒有什麼特別深的意義。但至少我在讀完了作品之後，打從心底認為安妮這個少女實在是非常可愛。所以我不禁天真地想像著，或許少爺對我也抱持著相同的感覺……

「詹姆斯，安妮回到綠山牆之家後，過得幸不幸福？」

我仰望著天空問道。詹姆斯隔了片刻才回答：

「這妳得自己確認才行。安妮不是也說過嗎？『未來還會有很多新發現，這不是很棒的事情嗎？如果全部都是早就已經知道的事情，那就一點也不有趣了。』」

我瞪大了眼睛，朝詹姆斯望了一眼，接著露出微笑，說道：「這麼說也沒錯。」我凝視著腳下，殘留在雪地上的腳印深深烙印在我的眼中。不久之後，我們抵達了公寓，我依依不捨地放開了他的手腕。

「下個月我會一直等著妳。」

他說完這句話之後，一如往昔在我的右手上輕輕一吻。我目送著詹姆斯走向車站的方向，內心感受到殘留在手腕上的體溫正在逐漸消失。

他的身影終於消失在煤氣燈的亮光中。我不由得輕輕嘆了一口氣。

「我得自己確認才行……」

我反覆思考著詹姆斯所說的話，想像十天後的未來。

這是我這輩子第一次到正式的劇院觀看表演。我有點擔心，不曉得像我這種不學無術的人，是否能看得懂劇情。

不，還有一個更重要的問題。觀眾席上坐的必定都是有錢人，如果我真的要接受詹姆斯的邀請，我得先準備一套不讓自己丟臉的禮服……

「難得詹姆斯邀請我，總不能讓他沒面子。」

我嘴裡如此咕噥，同時轉身走上階梯。

就在我想要打開公寓的大門時，我察覺了不對勁。

似乎有人正在看著我。

那視線就像一道枷鎖，將我牢牢綁住了。

我轉頭望向身後，靠著煤氣燈的微弱亮光，嘗試找出那視線的主人。

但在看得到的範圍之內，並沒有任何可疑人影。雪光籠罩下的街道此時一片死寂，令人有種整條街的人都已死於非命的錯覺。

——開膛手傑克！

那聲音突然迴盪在我的腦海，令我的心臟為之凍結。

那個甦醒自十九世紀的可怕妖魔。

警方一直沒有辦法破案，去年底才剛有一個人被殺，到了今年年初又多了第九名受害者。或許我就是那值得紀念的第十個。

我的心中突然產生了強烈的恐懼，全身顫抖不已。就在這個瞬間，頭頂上忽然傳來詭異的聲響，讓我嚇得尖聲大叫。聲音竟然不是來自左邊、右邊或是背後，而是頭頂上。雖然我的嘴唇直打顫，但我還是鼓起勇氣抬頭，望向那三層樓建築物的樓頂附近一帶。

似乎有一樣東西，正在那裡蠕動著。看起來是一團黑茫茫的物體，有著宛如凶器一般的長喙。

「嘎！」

突如其來的鳴叫聲，讓我全身一震。

那是一隻烏鴉，但體型大得令人難以置信。

如果沒有聽見鳴叫聲，我可能會懷疑那是一頭大鷹或大鷲。

如此巨大的烏鴉，讓我想起了小時候聽過的傳說故事。據說亞瑟王曾經被人以魔法變成一頭巨大的烏鴉。眼前那頭烏鴉是如此威風凜凜，讓我不禁懷疑牠真的是亞瑟·潘德雷岡（**Arthur Pendragon**）。

牠停在天窗的頂端，不知為何一對眼珠直盯著我看。

「應該……不是倫敦塔的烏鴉吧？」

位於泰晤士河畔的倫敦塔，有一群守護著英國的烏鴉。

那些烏鴉皆受細心照顧，因為牠們是英國王室的象徵。據說那些烏鴉如果離開，英國就會滅亡。雖然我不知道那些烏鴉的數量有多少，但假如眼前的烏鴉真的是來自倫敦塔……我趕緊甩了甩腦袋，將這不吉利的想法拋出腦外。

最近的倫敦實在不太安寧，不僅有可能發生戰爭，而且還有殺人魔到處橫行。或許是因為這個緣故，自己才會產生那些負面想法……我在心裡鼓舞自己振作起精神，踏入了公寓大門。

我急忙掩上門板，將寒風擋在門外。此時外頭又傳來「嘎」的一聲鳴叫。

那叫聲簡直像在呼喚著我。我的腦海才剛浮現這樣的想法，下一刻我卻迷惘了。為什麼我會有這樣的錯覺？難道我真的是活生生的安妮．雪莉？

「……不管了，總之今晚先睡了。」

一定是因為今晚太亢奮的關係，腦袋已經累了。我嘆了口氣，如此告訴自己，舉步走向房間。那烏鴉似乎又叫了第三次，但我不再理會。

這天晚上，我喝了一杯熱牛奶，將詹姆斯給的信封放在枕頭下，就這麼沉沉睡去。

大烏鴉在那深夜之中又開始鳴叫，簡直像是預告著有些事情正要發生的古老鐘聲。

✢

但願今天不要再接到任何電報。我坐在窗邊，以手拄著臉頰，心裡如此想著。窗外傳來了大本鐘的鐘聲。

現在幾點了？我凝視著漆黑的窗外，將手伸進懷裡，取出了懷錶。

晚上八點多。公演應該已經結束了吧。

「詹姆斯邀請我去看戲。」

四天前，艾莉紅著臉這麼告訴我。她向我請了半天假，從星期五的下午到晚上，也就是今天。我二話不說便答應了。

「但我沒有適合穿去劇院的服裝。我的衣服都太寒酸了。一想到這一點，我就擔心得睡不著覺……」

她對我說出了她的煩惱。於是我帶她去了哈洛德百貨店（Harrods），為她買了一件東洋風格的洋裝，以及一件附帶毛皮的大衣。我並沒有後悔這麼做。

「其實我很想訂製一條獨一無二的首飾給妳，可惜時間不夠，只能買現成品。」

我一邊說，一邊將一條綠寶石首飾遞到她的面前。艾莉驚訝地摀住了嘴，那一對宛如綠寶石般的雙眸已微微濕潤。

「妳平常很認真工作，這是妳應得的報酬。如果妳不收下，我只好戴著它參加夜晚的宴會了。」

艾莉原本不敢收，是我堅持要她收下。我不確定這麼做是不是有些過頭了。

但我很想要送她一點餞別的禮物。因為接下來她將進入全新的人生階段。

「好看嗎？」

出發前往劇院前，她換好了裝，不安地如此問我。她頸子上的短毛深深烙印在我的心頭。穿上正式服裝、塗上了口紅的艾莉，看上去十足是個良家女孩。

「如果妳能夠早一點打扮成這樣，或許妳的夢想能夠在二十世紀結束之前實現。」

除了這種酸言酸語之外，我不知道該對她說什麼才好。或許這就是我跟她之間最適當的關係吧。

「少爺，真的很謝謝你……我出發了。」

臨走之前，艾莉特地來向我道別，她看起來非常幸福。

我閉上雙眼，回想著她那對與脖子上的綠寶石互相輝映的美麗雙眸。

「O Lord our God, Be Thou our guide, That by thy help, No foot may slide……」

我哼唱起了〈西敏鐘聲〉（Westminster Quarters）的旋律，聽著那不斷響起的鐘聲，以及火爐裡的薪柴發出的嗶剝聲響。沒有艾莉的夜晚，實在是太安靜了。

當然就算是她在家裡的時候，她也不是隨時都在我的身邊。即使如此，我還是感覺整個屋子異常冷清。

差不多該招募新的女傭了。我一邊這麼想著，一邊尋找查爾斯的身影。牠很喜歡待在書齋，晚上通常會蜷曲在火爐前，但今天晚上牠好像跑到別的房間去了。

傍晚的時候，艾莉才剛出門，查爾斯便一直糾纏著我，彷彿希望我將艾莉攔住，別讓她離開。當時我沒有理會查爾斯，或許因為這個緣故，牠有些不開心了。

查爾斯對於每天給牠飼料的艾莉非常恭順，卻很愛跟我這個真正的飼主鬧脾氣。一遇上什麼不滿的事情，牠就會表現出一副不理人的態度。

除非我跟牠之中有一方讓步，否則冷戰會一直持續下去。

看來貓也跟人一樣，一旦活得太久，就會變成老頑固。牠也不想想看，當初牠被母貓拋棄，在路旁發抖時，是誰救了牠……

「你也跟我一樣孤單嗎？」

那是個相當寒冷的冬夜，恰好就跟今天一樣。我在狹窄的巷道裡，發現了一隻全身漆黑的小貓。

「真是好巧，我跟你一樣，一直是孤單一人。」

因為寒冷與飢餓的關係，那隻小貓似乎隨時會倒地不起。牠以一對藍色的眼珠望著我，輕輕地「喵」了一聲。那聲音既沙啞又微弱，彷彿隨時會用盡力氣。我將牠抱起，回到了那沒有管家的屋子。照顧垂死小貓的過程中，我不由得想起了那個說我是「惡魔之子」的母親。雖然母親將我拋棄，但祖父基於一絲同情，留了一點遺產給我。多虧了這些遺產，我才能夠過著三餐溫飽的獨居生活。

不過正因為如此，我才能生活得自由自在，沒有繼承家業的煩惱，也不必在枯燥乏味的社交界裡打滾。從這個角度來想，或許擁有這樣的眼睛是一件非常幸運的事……我想到這裡，猛然回過神來。

……等等，這是誰的記憶？從前接觸過的某個死者的記憶嗎？

不，不對。在這記憶裡頭，出現了還是一隻小貓的查爾斯。

這記憶到底從何而來？

難道是我在成為死神之前的記憶？

但是照理來說，我應該沒見過小貓時期的查爾斯才對。因為當初我在「霧金」

的引導下來到這棟屋子時，查爾斯早已在屋內，而且已是一隻盛氣凌人的年輕成貓。「這隻貓也是使魔嗎？」當時我這麼問霧金，牠只簡短地回了一句「不是」。「不然這裡怎麼會有一隻貓？」我接著又這麼問，霧金是怎麼回答的……？

我的記憶完全陷入了混亂的狀態。就連向來冷靜的我，此時也有些慌了手腳。

我不斷要求自己保持鎮定。

這大概是過去我所回收的靈魂所帶有的記憶，跟我自己的記憶混雜在一起，導致記憶出了錯。死神有時候確實會出現像這樣的狀況。畢竟我們必須送許多人最後一程，到後來記憶出現混亂也是很正常的事。

今天晚上早點休息就行了，不用擔心。

只要睡一覺醒來，我又會恢復有如空殼一般的狀態。

到時候所有的感情都會受到排除，我的心情不會像現在這樣亂成一團，也不會對單一的凡人如此執著。沒錯，快睡吧。我什麼也不願意想起來……

然而就在我準備走向寢室的時候，門口的方向傳來了門鈴聲。

「電報！」

緊接著是電報配送員的呼喊聲。我深深嘆了一口氣，帶著滿心的不耐煩走向玄關。

我以有些粗魯的動作打開了門。熟識的配送員聳起肩膀，露出一臉錯愕的表情。我看他的手上拿著兩枚小小的信封，於是問道：

「兩封都是我的？」

或許是因為我的口氣太凶的關係，配送員一時說不出話來，只能頻頻點頭。

我搶下兩枚信封，隨口說了一句「謝謝」，便關上了門。

「我們的上司真的很不會挑時間，有時我實在懷疑他是故意的。」

我在走廊上迅速拆開信封，嘴裡自顧自地發著牢騷。在這種時候忽然來了緊急的工作，而且一次還來兩件，實在是糟透了。第一件的送終對象是二十四歲的男性，死亡地點是老街附近的小巷內。第二件則是……

「……咦？」

我發出了錯愕的驚呼，下一瞬間立刻抓起掛在旁邊的黑色大衣。完全沒有時間做出門前的準備及打理，立即衝出家門。剛好一輛租賃馬車迎面駛來，我大聲吆喝，將其擱下。上了馬車之後，我朝著滿臉錯愕的車伕說出欲前往的地點，並吩咐他盡可能加快速度。

「不可能……」

我緊緊握著兩封電報，在搖晃的馬車內發出了呻吟。

今晚我必須送終的另一個對象，名叫艾莉・坦納。

我絕對沒有看錯。

那正是我心愛之人的名字。

+

走出地下鐵車站，站在熟悉的倫敦東區土地上，剛剛所在的蘇荷區的熱鬧氛圍猶如一場美夢。

那是因為倫敦的庶民地區實在太過蕭條，不管是受霧氣包圍的煤氣燈，還是家家戶戶的緊閉門窗，甚至就連地上的積雪，都帶給人一種無限的陰鬱感。我吐著白色的氣息，心裡想著整條街道未免太過安靜了一點。

直到剛剛，我們還受無數的音樂、喝采及衣著華美的人群所包圍。如果可以的話，我多麼希望能夠一直待在那個閃耀動人的夢境之中。

但如今眼前的一切，才是我的現實，才是我這種人應該待的地方。

沉溺於夢境的時間已經結束了。我在陰暗而寒冷的現實之中，找到了唯一的希望之光。

那道光芒是如此溫柔、如此美麗，穿著高級的羊毛大衣。

當我輕輕碰觸那道光，就會感受到一股包圍著我的暖意。

所以我決定跟他一起走下去。

「好看嗎？」

「很好看。雖然審判的橋段有些可怕，但後面真的是充滿了歡笑。沒想到莎士比亞也會寫這樣的作品。」

「莎士比亞的作品確實以悲劇較為有名，但我很喜歡他寫的喜劇。尤其是《威尼斯商人》，我個人非常喜歡。『並非只有黃金才閃閃發亮』……妳不覺得這句話說得很好嗎？真的很感謝大小姐為我們準備了今晚的門票。」

兩人就這麼閒聊著無關緊要的話題，並肩踏上歸途。

詹姆斯說他今晚會住在倫敦，所以不必像過去幾次見面那樣趕著離開。夜晚的倫敦東區相當冷清，不像蘇荷區那樣到處是酒館及音樂廳。明明是星期五的夜晚，家家戶戶都已熄了燈，整條街彷彿都已進入夢鄉。

但也因為如此，我才能夠獨佔詹姆斯的腳步聲、衣物摩擦聲，以及那沒有什麼抑揚頓挫的說話聲。今晚的他，就連鞋子踏在雪地上的聲音，聽起來也如此美妙。

「艾莉，今天真的很謝謝妳來見我。」

「應該道謝的人是我。謝謝你帶我欣賞如此美好的戲劇……你不後悔嗎？」

「後悔？就算找遍全世界，也找不到比我更渴望獲得妳的男人。就在今晚，我終於能夠獲得妳最閃亮的部分，我怎麼可能會後悔？」

詹姆斯向來說話口氣平淡，此時卻以充滿感性的口吻說道。

他凝視著我，眼神中滿是激情與陶醉，令我不禁有些羞赧。我不知道他對我的愛已經強烈到這種程度。

不，其實我已隱約察覺到了，只是不敢承認而已。

——右手想要抓住幸福，左手就會放掉寶物。

母親曾經說過，這就是人生。

我很害怕失去左手裡的寶物，所以一直緊緊抓著不放……

但如今我的右手已抓住了新的幸福，所以我能夠挺起胸膛告訴自己，我的決定並沒有錯。

就讓左手暫時空著吧。如果過於貪心，我可能又會忍不住伸出右手。

「艾莉，妳在我的眼中是如此閃亮動人。」

我在心中立下了一個小小的誓言，此時詹姆斯依然熱情地說著甜言蜜語。

「我從小就喜歡閃亮動人的東西，總是會受到深深吸引。那或許可以說是一種憧憬吧。因為我這輩子都與閃亮動人的東西無緣。」

「咦？為什麼這麼說？」

「艾莉，我現在雖然在富麗堂皇的貴族宅邸裡工作，但我小時候其實是在東區這一帶貧民窟生活的孤兒。我每天都在思考活著的意義，做的事情不是撿破爛，就是偷東西……有一次，我看見有一具屍體漂浮在泰晤士河上，還偷走了屍體懷裡的財物。」

詹姆斯一邊走一邊說道。這突如其來的自白，讓我倒抽了一口涼氣。

從詹姆斯現在的形象，實在很難想像他有著如此悲慘的過去。我忍不住轉過頭，睜大了眼睛望著他。

「貧民窟的孤兒？你說的是真的嗎？」

「是啊……我只是一直沒有告訴妳。艾莉，妳不覺得這是很滑稽的事情嗎？我明明找不到活下去的理由，明明好幾次埋怨這個世間沒有活下去的意義，卻又想盡各種辦法要讓自己活下去，就算自己的身上沾滿了屍臭也在所不惜。當然每年到了冬天，我都會想要跳進泰晤士河裡一了百了……但一直到死都沒有辦法反抗這個世界的人生實在太悲哀，我心有不甘，所以最後總是會放棄尋死的念頭。但是像這樣的日子過久了，要維持心靈的完整幾乎是天方夜譚，當然我也不例外。如今我的胸口已經開了一個大洞，不管我要將什麼寶物收藏在心中，都會像漏水一樣，從破洞流洩出去。」

詹姆斯以戴著黑色手套的手掌輕輕按著胸口。他那動作簡直像是胸口真的有一個洞，他想要阻止洞裡的東西隨著心跳向外溢漏。

「但是……你到現在還活著。」

「是啊，沒錯。我還活著。因為我在黑暗中徘徊多年之後，終於看見了一道曙光。」

「曙光？」

「沒錯，曙光。雖然那光芒非常微弱，在黑暗中馬上就消失了，但是那瞬間閃過時的燦爛鋒芒，實在是令人嘆為觀止，讓人忍不住想要一看再看。這就是我還活著的理由。我想將那閃耀動人的光深深烙印在我的眼底。」

過去詹姆斯從不曾表現出如此激昂的情緒。他滔滔不絕地讚美著那道讓他想要活下去的光芒。我不知道他口中所說的光芒指的是什麼，但我默默地傾聽著。因為我決定要跟眼前這個男人一起走下去，我想要多知道一點他心中的想法。

「對了，艾莉……妳相信靈魂的存在嗎？」

「靈魂？唔……雖然關於靈魂的具體描述，都是別人告訴我的，但我相信靈魂是真的存在。少爺以前曾經說過，所謂的靈魂，其實就是心靈的容器。如果沒有了靈魂，心靈就會像流水一樣到處流動，並不會停留在胸中。我們能夠好好珍惜心中的喜悅、悲傷、快樂與痛苦，不漏掉任何一點感情，正是因為神賜給了我們一個名為靈魂的寶箱……有了這個寶箱，人才能夠維持本性。」

「噢……名為靈魂的寶箱？真不愧是妳的少爺，這樣的形容不僅非常有詩意，而且相當精確。寶箱……真是美妙的字眼！」

詹姆斯說完這句話，驟然停下腳步，拉住了我的手。

我吃了一驚，正有些不知所措，他繼續以陶醉的口吻說著有如美酒一般的甜言蜜語。

「沒錯，確實是寶箱，艾莉！名為靈魂的寶箱裡頭，藏著各種色彩繽紛的寶石。這些寶石有時會在瞬間炸裂開來，綻放出猶如煙火一般的動人光彩。雖然絕大部分的人都看不見，甚至大家都說根本沒有那種東西，但我真的看得見，而且可以看得一清二楚。如果那不是靈魂，那什麼才是靈魂？」

「詹……詹姆斯……？」

「每個人的靈魂光輝都有著不一樣的色彩。有些人的靈魂非常污濁，一點也不美。住在東區的人，絕大部分都有著污濁的靈魂。像妳這樣擁有美麗靈魂的人，可說是相當難得。正因如此，我才會被妳深深吸引。妳一直在追求著無法實現的愛情，為了愛而不斷燃燒自我，那光芒是如此閃耀動人。」

「呃……詹姆斯……？」

「就在今天晚上，我終於要得到妳的閃亮光芒了。過去我所得到的閃亮光芒，都無法與妳相提並論。尤其是今晚，妳的光芒更是耀眼動人。我已經沒有辦法再忍耐了。我現在立刻就想看見妳的靈魂光輝。」

「詹姆斯，你到底在說什麼……」

這一切發生得太過突然。

我完全無法理解詹姆斯到底想要表達什麼。

明明說的是同一國語言，我卻有種聽了一長串異國語言的錯覺。感覺腦袋一團混亂，而且心中恐懼不已。詹姆斯抓著我的手，兩眼閃爍著異樣的神采。在那黑暗之中，他的眼白看起來異常白皙，宛如正在熠熠發亮，令人毛骨悚然。

我嚇得想要甩開他的手，卻感到力不從心。

他的力氣好大，將我牢牢抓住了。我不曉得他到底是有什麼不對勁。

我錯愕地朝他望去，沒想到這一望，我心中的恐懼更增添了十倍。

詹姆斯的左手竟握著一把打磨得閃閃發亮的尖刀。

「我要再次向妳說聲謝謝，艾莉。謝謝妳的赴約，我一直在期待著這一天的到來。」

「詹……詹姆斯……」

「對了，最後我再告訴妳一件事。我從來不曾有過真正的名字。我必須很遺憾地告訴妳，在這個世界上，根本不存在詹姆斯·奧斯特羅格這個男人。」

說完這句話之後，他的左右兩側嘴角微微上揚，我這才恍然大悟。

他沒有名字，因為他真正的名字是開膛手傑克。我這傻乎乎的腦袋終於想通了這一點，同時我的喉嚨發出了尖叫。

我激動地將眼前的怪物奮力推開，同時奔進了路旁的一條暗巷裡。

那是一條老舊而狹窄的巷道。

我不知道這巷道的盡頭會通到哪裡，但我只能拉起裙襬，朝著深處倉皇逃命。背後傳來了呼喚聲及腳步聲。

艾莉……艾莉……那不斷迴盪的聲音，不帶一絲一毫的焦躁與憤怒。有的只是令我背脊發麻的歡愉與興奮。

為什麼我過去一直沒有察覺這個人的真面目？

為什麼……為什麼……為什麼……

「為什麼……！」

我竭力嘶喊呼救，但巷道裡一個人也沒有。

我以為我終於獲得了屬於我的幸福，屬於我的人生，屬於我的未來。

但是當我拋下了左手的寶物，得到的卻是這樣的結果。

這比許多無聊的喜劇作品更像喜劇。

胸口的綠寶石首飾自大衣中露了出來，不停地劇烈搖曳。我的腦海浮現了那個人的身影。他祝福我的選擇，目送我離開，沒想到卻是這樣的下場，我該怎麼向他道歉？

就在我想著這些類似逃避現實的問題時，驀然間一股冰冷的觸感，滑入了我的大衣，以及我的皮膚之中。

我甚至還沒有感覺到疼痛與絕望，眼淚已經先奪眶而出。

身體不顧我的意志，力氣瞬間流逝，我撲倒在冰冷的地面上。

接下來我再也發不出半點聲音。小刀在沒有月光的夜晚裡閃爍著鋒芒。我看著那刀尖，感受著溫熱而重要之物正從我的身體汩汩流出，融化了周圍的白雪。

驀然間，我的手腕被人抓住，一股強大的力量逼得我不得不翻過身來，呈仰躺的姿勢。接著我聽見了瘋狂的笑聲，刀尖再度揮落。好燙……在這天寒地凍的日子，那有如寒冰一般的刀刃貫穿我的皮膚，我所感受到的竟是無比的灼熱。

——少爺……！

在這宛如地獄一般的處境之中，我不停地想著那個人。

少爺，我其實深愛著你。即便我們註定要分開，我很後悔沒有對你表白我心中最真實的想法。雖然這是不會有結果的戀情，我還是希望讓你知道，有一個人曾經深深愛著你。

「嘎！」

就在我的意識變得朦朧的時候，一道刺耳的鳥類鳴叫聲鑽入鼓膜，彷彿撕裂了正在放下的幕簾。

現在落幕還嫌太早！那聲音宛如在如此訴說著。鳴叫聲與振翅聲從天而降，以驚人的氣勢朝著開膛手傑克猛撲而去。

烏鴉……已經沒有辦法發出聲音的我，在心中如此呢喃。來自深邃夜空的漆黑巨鴉，以其尖銳的叫聲及強力的翅膀干擾著開膛手傑克。

那頭烏鴉……難道是……

我回想起了十天前的晚上，我回到公寓，也看見了一頭巨大的烏鴉。

如今勇敢挑戰殺人魔的巨大烏鴉，是否就是那天晚上的烏鴉？

開膛手傑克忽然遭到來自天空的攻擊，一時慌了手腳，手中的小刀脫手飛出，掉落在地上。

他慌忙彎下腰，想要撿拾小刀，但一隻戴著手套的手，搶先一步抓住了小刀的黑色握柄。

「謝謝你，霧金。」

那是幻聽嗎？

如今我最想聽見的那個人的聲音，鑽入了我的耳中，伴隨著噴灑而出的大量鮮血。

+

這是從很久、很久以前就已決定的事情。我們上司的決定絕對不會出錯。就算天地逆轉、天崩地裂、地獄降臨人世，也沒有辦法改變。

在漫長的死神生活之中，這應該已是基本的常識。

寒冷的冬夜裡，艾莉倒在血泊之中。我跪在她的身旁，詛咒著這個世界。

「少……少爺……」

艾莉以蒼白的雙唇呼喚著我，那斷斷續續的聲音有如剛學會說話的幼童。

我不知該回答什麼，只能以手掌輕輕觸摸她那沾滿了血與淚的臉頰。

「少……爺……對……不起……虧你還……特地……為我……」

「……好了，艾莉。不用說了。」

艾莉兩眼無神地凝視著我，眼淚滾滾流下。

她那濕潤的瞳孔，在此情景下竟異常美麗……美到讓我忍不住想要笑出來。那兩顆受到眼淚洗滌的綠寶石眼珠，比裝飾在胸口的真正綠寶石還要美麗得多。正因如此，我才會深愛著她。忍不住愛上了她。

或許這是對我的懲罰吧。

如果艾莉沒有遇見我，或許她能夠死得更加幸福。不……或許「如果艾莉沒有遇見我」這種自以為是的想法，就已經逾越了我的本分。

就在這時，大本鐘響起，宛如在嘲笑著我的無力與空虛。

「少……爺……最後……我有……一句話要……告訴你……」

「什麼話？」

「其實……我……一直對……少爺……」

那是一個靜謐的夜晚。

薄薄的積雪，彷彿為這個世界蓋上了蓋子，讓整個世界鴉雀無聲。

我耳中只聽得見鐘聲，以及她那沙啞的聲音。那是她在這凡間的最後一句話。

於是我面帶微笑，對著她說道：

「『在妳那雙眸的注視下，我的心裂成了兩半，一半屬於妳，另一半也屬於妳。』」

到頭來，我只能說出這種避重就輕的回答。或許這正是我跟她之間最適當的關係吧。

「……結束了？」

最後一滴淚珠滑過艾莉的臉頰，我將她的靈魂送往了冥府。背後傳來低沉而老邁的說話聲。我原本一直握著她的右手，捨不得她的體溫流失，此時聽到那說話聲，我輕輕放下她的手，起身轉頭望向身後。

一隻漆黑的烏鴉，在雪白的地面傲然倨立。

殺人魔則在其後方地上不住打滾，摀住了雙眼，發出痛苦的呻吟。

我舉起奪來的小刀，在寒風中使勁一揮，甩去刀刃上的鮮血。

「霧金，請你讓開。」

「既然你叫我讓開，我只好讓了。」

站在殺人魔前方的使魔張開了鳥喙。

「但是……貓眼，我想你應該很清楚，死神不能對凡人動手。看看你的腳下吧。一旦你跨越了這條界線，你就沒有辦法再繼續當死神了。」

有著烏鴉外貌的使魔，以平淡而冷漠的口吻說明了死神的規矩。我聽牠這麼說，低頭望向雪地。剛剛從刀刃上甩出的鮮血，在地面上劃出了一條紅色的界線。

但我毫不猶豫地跨過了那分隔兩界的界線。

「你以為我會在乎嗎？反正我已經無路可退了。」

「為什麼？」

「因為我想起來了，霧金。我想起來自己真正的名字，以及成為死神前的記憶。」

眼前這隻烏鴉是我的使魔，牠的體格比倫敦塔的烏鴉要巨大得多。此時牠不再說話，只是瞇起了雙眼，眼神中流露出了異樣的情感。那是感慨嗎？還是同情？

事實上那不是感慨，也不是同情。但我直到許久之後，才體會了牠的心情。

「好吧，既然你有所覺悟，那就隨便你吧。」

巨鴉故意發出巨大的振翅聲，飛上了天際。牠不僅是我的使魔，更是我成為死神之後的導師。我心裡明白未來可能再也沒有機會見到牠，不由得仰望夜空，目送著牠離去。

「嗚……嗚嗚……艾莉……艾莉在哪裡……？」

振翅聲逐漸消失，漆黑的翅膀完全融入了漆黑的夜空。

我低頭望向在我腳邊呻吟的殺人魔，心中的一切情感驟然消逝。

已經不再是死神的我，照理來說不會再失去感情。但不知道為什麼，對於眼前這個男人，我的心中沒有任何感慨。

剛剛我一刀揮出，已割開了他的眼球，如今他就像是一團失去了視力的肉塊。

若要勉強說出我對他的感想，大概就只有一抹同情。在我的眼裡，他只是個有著凡人外貌的污穢之物。

出生時是污穢之物，死亡時也是污穢之物。我不禁暗自咒罵這個夜晚。

我以死神的身分送終的最後一名凡人，竟然是與自己有幾分相似的殺人魔。

「艾莉已經離開了，開膛手傑克。」

殺人魔聽見了我的聲音，他一邊呻吟，一邊伸出左手亂揮。

「不，應該稱呼你為『約翰．梅弗里克』。我真是驚訝，沒想到你身為凡人，竟然能夠看見靈魂的光輝。」

「……你是誰？我的名字並不是約翰．梅弗里克……」

「這是將你養育長大的殺手為你取的名字，不是嗎？養育者跟名字都是必須好好珍惜的東西。」

我完全把自己的事情拋在腦後，朝著殺人魔踹了一腳。他滿臉都是鮮血，癱倒在地上，我一腳踩在他的胸口，讓他好好感受躺在雪床上的滋味。

「嗚嗚……艾莉……放開我……我要親眼看見艾莉的光芒……」

「很可惜，你這個心願無法實現了。她的靈魂已經被我接收了。我做這個工作這麼多年，連我也沒見過這麼美麗的靈魂。但你就連靈魂碎片也見不到。她的靈魂光輝，永遠都是我的了。」

「啊啊……啊啊啊啊啊……」

殺人魔在得知艾莉的靈魂已經離去後，發出了痛苦的哀號，在地上不斷翻滾。那胡亂擺動四肢的模樣，看起來就像是四腳朝天的甲蟲。我俯瞰著他，就像是看著一個快要壞掉的無聊玩具。

「對了……我本來想要帶走你的眼珠，可惜剛剛一時沒有細想，把它們割壞了，想起來實在是有點可惜。傳說中的殺人魔有著什麼樣的眼珠，我本來很感興趣。」

我一邊踩著不斷掙扎的殺人魔，一邊以極為熟稔的動作翻轉刀尖。接著我緊握刀柄，讓全身回到從前還是殺人魔的狀態。

「也罷，算了。反正蒐集眼珠，這也是最後一次了。我所蒐集的最後的眼珠，必須是艾莉的綠寶石……再見了。」

我毫不留情地說完這最後一句話，將小刀捅入殺人魔的胸口。

這個二十世紀的怪物，心臟插了一把刀子，就這麼結束了生命。

送終業務結束。我最後送走的一顆靈魂，不僅黝黑、混濁、無可救藥，而且空洞到令人感到悲傷的程度。

+

這一天，天使沙利葉將一名死神送進了某宅邸。

剛醒來的死神雖然身穿白色襯衫及黑色背心，但內在處於完全空白的狀態。沒有名字，沒有記憶，也沒有眼珠。

死神在天使的牽引下慢慢往前走，不時伸出左手在空中亂揮。這種有如在無底洞內游泳的感覺，讓死神產生了此生第一次的迷惘。

「……天使沙利葉，我想要一把手杖。」

死神閉著無法視物的雙眼，皺起了眉頭說道。雖然知道向上級提出要求是很失禮的行為，但這種狀況下如果沒有手杖，可說是哪裡也去不了。沒想到那天使在飄著老舊壁紙氣味的位置停下腳步，淡淡地笑著說道：

「別擔心，再忍耐一陣子吧。」

那難以判斷性別的慈和話語，震動著死神的鼓膜。過了一會，死神聽見拉開門板的吱嘎聲響，同時腳下的觸感改變，似乎是踩踏在長毛的地毯上。

明明此時的季節早已入春，不知為何卻有一種踩踏在清晨的新雪上的錯覺。這股錯覺在死神的心中激起漣漪，驟然間，眼瞼的內側閃過一些景象的零星碎片。然而接下來卻有一道聲音，將那些景象完全遮蔽。

「你們來了。」

那是完全陌生的男人嗓音。死神心中微微一驚，下意識地停下腳步。就在這個瞬間，原本牽著手的手套觸感忽然憑空消失。

死神失去了天使的牽引，頓時只能站在沒有一絲光芒的漆黑世界中發愣。

他維持著沉默，靜靜地感受著周圍的動靜。但四周卻是一片死寂，好一會都沒有半點聲響。

「天使沙利葉？」

死神朝著前方的空間呼喚，卻沒有得到天使的回應。

「我不是天使沙利葉。」

剛剛在黑暗中說話的那個男人，代為回答了這個問題。

「……你是誰？」

「這個嘛，你就姑且稱我為查爾斯吧。」

那聲音並不掩飾自己使用的是假名。

有那麼一瞬間，死神隱約覺得那男人的聲音似曾相識。但身為死神，心中一切感情及記憶的震盪都會在瞬間消散於眼前的黑暗之中。

「新來的，從今天開始，這裡就是你的家，我是你的使魔。我負責將你訓練成能夠獨當一面的死神，將生死兩界的定律託付至你的手上……聽起來很帥氣，但說穿了我只不過是帶罪之身。要不然的話，也不會被迫進入這擁擠的肉體裡。雖然對查爾斯很不好意思，但與其變成這副模樣，我還寧願當科學怪人。」

對方的口氣充滿了譏諷的意味，接著不知從哪裡跳了下來。

落地的腳步聲非常輕，讓死神感到頗為納悶。

「對了，聽說你沒有眼珠？一個瞎子很難勝任死神的工作，所以上司要我給你兩顆眼珠。」

查爾斯的聲音傳來的位置比剛剛低得多。完全處於空白狀態的死神不知如何回答，只能像個人偶一樣靜靜地站著。

「……我本來主張不應該給你眼睛，但上司說應該給你一點機會，就像當初的我一樣。上司做事總是不講道理，偏偏又喜歡在奇怪的地方追求公平。而且說起來你實在很幸運，這裡剛好有很多眼珠。你放心，我會挑一對最適合的給你。」

死神聽見了玻璃碰撞的清脆聲響。

似乎是查爾斯正在物色合適的眼珠。半晌之後，牠從大量的玻璃瓶中咬起一隻，放在死神面前。

「就這個吧。雖然稱不上是我的寶物，但也算是高檔貨色。」

死神伸出左手摸索，指尖碰觸到冰冷的玻璃瓶。

「這很適合你。沒錯，非常適合你。」

微微搖擺的玻璃瓶中，兩顆落日正在望著死神。

「快去照照鏡子吧。我很好奇，你會如何稱呼這個紅色？」

間奏　黑貓與華爾滋

「嗨，艾莉。好久不見了。上次我回到這裡，已經是多久以前的事了？因為太久沒打掃的關係，到處都是灰塵，等等得叫他來好好打掃一番才行。畢竟不知道什麼時候又會被調回倫敦來。我們被調到日本，到今天剛好滿一年了。該怎麼說呢，日本是個非常有趣的國家。日本跟英國一樣是個島國，所以在出發之前，我一直以為日本應該有很多地方跟英國相似。沒想到實際到了日本一看，所有的一切都是天差地遠。其中最讓我驚訝的一點，是宗教觀的差異。在日本，我們的上司竟然有八百萬種稱呼，連我也沒有辦法完全記住。除非要我在日本也工作一百年，那當然另當別論。一百年……沒錯，已經一百年了。妳相信嗎？從我們在哈洛德百貨店購物的那一天起，到今天已過了一百年。妳的笑容、妳泡的紅茶的滋味，以及妳那笨拙的愛爾蘭腔調，對我來說都像是昨天才經歷的事。莎士比亞的《馬克白》有這麼一句經典臺詞……『就算是暴風雨的日子，時間也會不停流逝。』但我最近有個感想，那就是不管時間再怎麼流逝，有些暴風雨就是不會離去。不，或許是我故意將暴風雨留在身邊，不讓暴風雨離開也不一定。如今妳正在哪裡，享受著全新的人生？妳是否會笑我傻，一直在這裡承受著暴風雨的吹襲？但這也是沒有辦法的事，畢竟他一直沒有清醒。就算是我，當年也只花了二十年左右就醒來了。或許這正代表著他無法對這個世界敞開心胸，我倒也不是不能理解。當然也有可能是我的問題。回想過去，霧金的指導技巧總是非常高明，高明到有時會讓我相當惱怒。如今不曉得那傢伙正在哪裡，變成了什麼模樣？我也很想走上相同的道路，但我不確定他的靈魂是否能夠順利清醒。或許妳根本不想思考關於他的事情。在一百年前，我的心情也和妳一樣。但如今我反而開始對他這個人產生了興趣。我希望妳別生氣，別罵我無情無義。因為我自己也很吃驚。雖然我剛剛那麼說，但他到了日本之後，其實也慢慢產生了變化。或許我們重逢的日子已經不遠了。我真的很期待與妳重逢的那一天，艾莉。見了面之後，我希望妳能陪我跳一支舞。說起來丟臉，這還是我第一次向女士邀舞。如果對象是妳的話，我有自信能夠跳一首美妙的華爾滋。所以我總有一天一定會去迎接妳。在那之前，就讓我與這暴風雨一同跳舞吧。畢竟光是有靈魂，就是一件難得的事。不論迎接幾次的早晨，悲傷都不會消褪，這是多麼美好的事情。艾莉，我希望在那最後一刻，我眼前所看到的靈魂，有著與妳的瞳孔相同的顏色。」

第五話

追夢者與惡魔

似乎下起了春雨。

因為拉上了遮光窗簾的關係，室內有些昏暗。雨聲若有似無，就像洋裝的裙襬在地板上摩擦一般，那瑟瑟聲響聽起來特別舒服。

如果那真的是洋裝的摩擦聲，這代表波瑟芬妮（Persephone）已從冥府回到了凡間，往來於各地的原野，催促積雪消融⓫。

這天凌晨，我在半睡半醒之際，正沉浸在那不知是夢境還是幻想的世界裡，耳畔忽然響起了智慧型手機的聲音。

那是斷斷續續的冰冷電子鈴聲，並非我平常聽慣了的「鵝媽媽童謠」。

我勉強睜開了還想闔上的雙眼，伸手往手機的方向摸去。抓住了手機，點開螢幕一看，通知欄裡亮著代表新郵件的標示圖。

〈惡魔警戒通知〉

點開郵件一看，標題非常簡單明快。

「惡魔」兩字讓剛睡醒的思考迷霧緩緩消散。

「……查爾斯。」

我在單人床上坐起了上半身，呼喚了夥伴的名字。

但是在牠那外觀類似搖籃的窩裡，卻不見牠的身影。

天還沒有亮，牠跑到哪裡去了？

我決定晚一點再把惡魔的事告訴牠，於是換上外出服，走出了寢室。

一邊扣著襯衫的鈕釦，一邊走向客廳。好幾具人偶規規矩矩地坐在錦緞沙發上。它們一看見我，全都慌張地站了起來。多半它們並沒有料到主人會這麼早起床。

「早安，你們有沒有看見查爾斯？」

我好不容易扣完了全部的鈕釦，朝著人偶們問道。整齊排列在眼前的人偶們面面相覷，雖然臉上表情毫無變化，但是從它們歪著腦袋的動作，可以得知它們並沒有看見查爾斯。

「好吧，沒有看見就算了。早餐照平常的時間準備就行了。對了，你們從今天起，暫時不要離開這棟屋子。昨天聽說有惡魔出現在我的轄區裡，惡魔是以凡人的

⓫ 波瑟芬妮是希臘神話中冥神黑帝斯的妻子，她會在春、夏兩季從冥府回到凡間，並在秋、冬兩季返回冥府。

靈魂為食物，你們的動力來源也是凡人的靈魂碎片，很可能會成為惡魔獵殺的對象。」

我以主人的身分提出警告，人偶們全都嚇得直打哆嗦。

大小姐模樣的人偶伸手摀住了嘴，女僕模樣的人偶們互相抱在一起，士兵模樣的人偶則維持揹著步槍的姿勢，身體卻不住發抖。

庭院裡有一座小小的菜園，它們有時會為了採收蔬菜或香草而離開屋子。當然它們體內的靈魂只是極小的碎片，一般的惡魔應該是看不上眼才對。

但有些惡魔因為太過飢餓的關係，已經徹底喪失了理智。在一個飢餓的人眼裡，一顆小小的豆子可能也是美味的大餐。

「我會在屋子裡採取一些防止惡魔入侵的手段，只要待在家中，應該就沒有危險，但查爾斯到底跑到哪裡去了……？」

我曾經聽說過，所謂的使魔，其實是將凡人的靈魂置入動物的屍體之中。死神沒有靈魂，不會成為惡魔攻擊的對象，但擁有靈魂的使魔就很難說了。查爾斯總是想到什麼就做什麼，難以捉摸的程度就跟真的貓一樣。我心裡頗為牠擔心，但決定先完成防止惡魔入侵的儀式再說。

我在屋子裡到處擺放還沒有開花的天藍牽牛，一邊祝禱一邊灑聖水，在玄關處懸吊銀製十字架，在廚房旁邊的後門及大型的格板窗附近點上以白鼠尾草製成的薰香。

在我的聖域裡，除了置入人偶中的靈魂碎片之外，還有許多準備用來製作成顏料的靈魂碎片。惡魔如果聞到氣味找上門來，那可就不得了了。

為了保險起見，我設下了重重結界，讓我的城池固若金湯。

所有的儀式都完成之後，時間已接近中午了。

我聽著綿綿細雨敲打在玻璃上的聲音，抹去額頭的汗水，仰望天空。

從工作坊的窗戶望出去的天空雖然有一點雲層，但還是相當明亮，與冬天陰霾不開的天空有著天壤之別。

「日本的春天來得真早……」

我愣愣地望著天空，嘴裡如此呢喃。雖然還不到櫻花盛開的季節，但氣溫已經溫暖得多，白天有時甚至還會流汗。

驀然間，我看見了放置在房間角落的畫架。

我不知道該把那幅畫擺在哪裡，只好一直連同畫架擺在房間角落。今天畫架上依然蓋著一塊白布，有如萬聖節的幽靈。

我下意識地扯掉了白布。這幾乎已經成為我每天必做的事情。心中抱著淡淡的期待，或許今天能夠開始為這幅圖上色。

但我一看到畫布上那以木炭輕輕描出的景色，心頭登時有一種難以言喻的情感，幾乎令我窒息。

想必昨天的我也是這樣，只是我不記得了。可能前天也是，大前天也是，再前一天也是……

眼前的這幅畫，打從去年的秋天起，就一直擱置到現在。

畫中的主題，是那天從高中的校舍屋頂上往下跳的薄井楓，在臨死前看見的景象。

我接收了她的靈魂之後，立刻就開始著手畫這幅畫。

結束生命之前，在屋頂上看見的那個血色的世界。我想要以畫筆記錄下她的一生中唯一認為美麗的景色。

但是當我完成了素描，準備要開始上色的時候，不知為何我竟遲遲無法下筆。我本來打算以楓遺留下的夕陽色靈魂碎片，描繪出那宛如成熟果實一般的火紅夕陽。然而我卻發現我甚至沒有辦法將她的靈魂磨碎。

我不知道到底是我內在的哪個心結，讓我沒辦法這麼做。

我只知道我實在沒辦法為這幅圖著上顏色。我甚至有種感覺，似乎我一旦為這幅圖上了顏色，我心中的某樣東西就會產生變化。所以最後我決定將這幅圖與畫架一同收起。

每當我想起這件事，我就會像今天一樣把畫拿出來看，並且感慨今天還是沒有辦法為這幅畫上色。明知道畫不出來，我實在應該早點把這幅畫塞進倉庫裡，別再放在心上，心情多少會輕鬆一些。

我凝視著純白的太陽，愣愣地站著不動，直到聽見鈴聲才回過神來。

那鈴聲代表著人偶們已經準備好了午餐。

我帶著難以釋懷的心情，重新將白布蓋在畫上，走向飄著鼠尾草香氣的餐廳。

進了餐廳一瞧，查爾斯竟然就在餐廳裡。牠蹲在餐桌旁的容器前，津津有味地吃著從英國進口的無穀配方貓糧。

「嗨，你今天早上怎麼在燒味道那麼難聞的東西？該不會出現了惡魔吧？」

「沒錯，就是出現了惡魔。今天凌晨的時候，我突然接到上頭的緊急通知。在這種緊要關頭，你跑到哪裡去了？」

「今天早上剛好有個聚會，我到附近的社交場所去了……」

「聚會？」

「貓的世界也有很多人際關係的問題要處理，尤其是在現在這個季節。」

查爾斯冷冷地說完之後，又將臉埋進貓糧裡。

我不曉得貓的世界到底有多複雜，我只知道牠真的成了一隻在這附近生活的貓，竟然還會跟其他的貓有所交流。

「你最近常常突然不知去向，難道都是跑去參加聚會了？我真沒想到你竟然會跟真正的貓混在一起。」

「少囉嗦，我只是跟牠們交換資訊而已。日本的貓妖（Cat Sith）非常優秀，所以我會跟牠們打好關係，但我可不打算跟牠們一起鬼混。」

「日本也有貓妖？」

「這個國家的貓妖稱作『貓又』，牠們的情報網非常發達。你知道嗎？日本的貓似乎能夠看見凡人看不見的東西。靠著跟牠們的關係，我接到了一個工作，我想你應該也會願意幫忙吧？」

查爾斯的語氣異常堅定，這似乎意味著我並沒有拒絕的權利。幸好我今天的預定送終業務只有三件，只要沒有臨時的緊急工作，時間上應該還算寬裕。

話說回來，有什麼工作會透過貓來傳達？或許是因為我的臉上帶著納悶的表情，當我就坐的時候，查爾斯抬頭看著我，不悅地哼了一聲，說道：

「One picture is worth a thousand words（百聞不如一見），總之你快把那些看起來很難消化的火腿蛋鬆餅塞進胃裡吧。如果真的出現了惡魔，可沒有時間讓你在這邊慢慢摸魚。今天你上工之前，我們先到那些貓說的地點去看看。」

查爾斯似乎是因為被我得知牠去參加野貓聚會的關係，心情看起來很差，每一句話都帶刺。我聳了聳肩，吃起我的早餐。

人偶幫我打開了客廳電視機，上頭正播報著晨間新聞。

今天我所看見的第一起新聞，是不良少年無照駕駛撞死人的車禍意外。我不禁皺起了眉頭，餐盤裡的水煮嫩蛋恰好流出了半液體狀的蛋黃。

所謂的惡魔，其實是凡人的負面情感的集合體。

例如當眾多靈魂的邪惡部分凝聚在一起，產生了自我意識，那玩意就叫做惡魔。沒有受到死神導引的靈魂，長時間遭到置之不理，會因為對人生的依戀及對活人的羨慕或敵意，而轉變為惡靈。像這樣的惡靈會互相吸引，當好幾個聚集在一起，很可能就會在一夕之間變成惡魔。

當惡靈的集合體獲得了人格之後，會因為對人世的不捨，而產生強烈的飢渴感。這種飢渴感會對惡魔造成相當大的折磨，而且沒有辦法靠進食一般的食物來消除。

唯有新鮮的靈魂，才能暫時緩解惡魔的飢渴之苦。

因此惡魔會不斷獵食凡人的靈魂。

但是靈魂與肉體之間結合得相當緊密。

要將靈魂從肉體中挖出來吃掉，並沒有那麼容易。

因此惡魔會誆騙凡人。

若將靈魂比喻為小鳥，那麼肉體就像是守護小鳥的鳥籠。只要將小鳥誘出肉體，就可以輕易吞食。

但有些較粗暴的惡魔，會使用更加直接了當的方法來獵食靈魂。

那就是把凡人殺死，趁著靈魂離開肉體的瞬間，將靈魂一口吞下。

然而凡人在面臨死亡之際，必定會引來死神。因此將凡人直接殺死之後吃掉靈魂的做法，必須冒相當大的風險。

在以前的時代，死神的送終對象的身分及所在地點，是靠書信或電報的方式通知死神，因此死神不見得能夠及時趕到現場。但是在現在這個時代，只要一通電話，死神就會立刻出發，趕往將死之人的所在地點。因此唯有已經走投無路的惡魔，才會採取如此危險的做法。

正因為如此，惡魔特別喜歡已死之人。

因為某種理由而沒有獲得死神引導，長期滯留在世間的靈魂，特別容易成為惡魔們下手的目標。

這些靈魂已經失去了肉體，等於是以赤裸裸的狀態飄蕩在世間，惡魔就算將它們吃掉，也不會被死神發現。被惡魔吃掉的靈魂，會成為惡魔的一部分，喪失其獨立性，永遠遭囚禁在不斷循環的飢渴感之中。

因此我們死神的工作，除了要引導將死之人的靈魂之外，還必須找出在世間遊蕩的死者靈魂，將其送回冥府。我們稱這個工作為「遣送業務」。雖然上司不會針對遣送業務做出任何指示，但死神必須背負每個月的業績壓力。

換句話說，每個死神都被數字追著跑。必須趁著執行「送終業務」的空檔，同時執行「遣送業務」，到處尋找徘徊人世的靈魂。死神們心裡都很清楚，如果沒有全力以赴，達成上司交代的業績，將會受到懲罰，被調派到業務最為繁重、環境最為嚴峻的地區。

上司雖然口頭上聲稱「苦惱之河（Acheron）對岸的事情，交由死神們自主裁決」，實際上還是把死神們掌控得死死的，只能說上司的領導能力實在是相當優秀。

「找到了，就是他。」

吃完早餐之後，查爾斯帶著我前往了一座位於市內的大公園。

這座城址公園相當有名，只要是住在附近的人一定都知道。公園佔地相當廣大，種植了大量的花草樹木。放眼望去可看見相當多的櫻花樹，每棵樹上結有著大量的花苞。再過一段時間，公園裡大概就會擠滿賞花的遊客吧。

最近這陣子下的雨都非常輕柔，彷彿在催促花苞趕快開花一般。日本人說這叫「催花雨」，這名稱取得實在巧妙。日本人相當擅長為這些自然現象取一個充滿情調的稱呼。

我一邊想著這些事，一邊轉頭，那男人就在不遠處。

看起來不到四十歲，這年紀照理來說應該是上班族，他卻穿著一身休閒的服裝，坐在園內散步道旁的長椅上。除了下巴有著稍微經過修整的粗獷鬍碴之外，外貌基本上沒有什麼特徵。

但有一點頗為古怪，那就是這個人的穿著似乎有些不符合現在的季節。上半身穿的是焦糖色的羽絨大衣，下半身穿著牛仔褲及雪靴，褲管塞進了靴筒內。脖子上甚至還圍了圍巾。
雖然因為下雨的關係，今天的氣溫低了一些，但也不至於需要穿成那樣。彷彿他的世界依然是寒冬的季節。
另外還有一點不太對勁，那就是此時明明下著雨，他卻坐在濕濡的長椅上滑著手機，連雨傘也沒撐。
雖然雨勢不大，但今天這場雨從凌晨就開始下了，沒有帶雨傘出門實在是有些不太合理。既然他這麼專注地看著手機，應該會想要避免液晶螢幕上沾滿了雨水才對。
「……確實很像是個『殘留者』。」
我將以上兩個疑點歸納出的結論告訴了查爾斯。
——殘留者。
意思就是基於某些理由而在人世間徘徊的靈魂。
一般人看不見他們的身影，但死神的工作是處理靈魂的相關事宜，當然瞞不過我們的眼睛。聖域附近似乎有幾隻貓也能夠看見殘留者的身影，查爾斯聲稱牠正是從牠們的口中得知了這個男人的事。對於化身為凡人的我來說，這聽起來實在是有些不可思議。

「如何？現在你相信我說的話了嗎？」

查爾斯似乎看透了我的心思，趾高氣揚地說道。

我朝著志得意滿的查爾斯瞥了一眼，隨口應了一聲，便不再理會牠。

從這男人的外觀看起來，他似乎還維持著生前的模樣，而且從他的身上也感受不到惡靈特有的混沌氛圍。這意味著他可能才剛死沒多久，甚至可能還沒有察覺自己已經死了。

多半是這兩種情況之一吧。不論是哪一種情況，殘留者通常都會反覆做著生前每天都會做的事情，或是臨死前正在做的事情。

他們會維持著生前的模樣，完全不在意周遭的時間流逝，只是忠實地反覆做著生前的行為。

對眼前這個男人來說，他生前每天最重要的事情，或許就是像那樣坐在長椅上，專心看著手機。要不然就是坐在長椅上看著手機的時候，因為某種理由而突然死亡。

為了摸索出真相，我試著模仿他的動作，拿出了自己的手機。

我打開網頁瀏覽器，輸入公園的名稱及「事故」、「凶案」之類的詞句一同搜尋，但沒有找到可能跟這個男人有關的線索。

這麼看起來，他的死亡地點很可能並不在這公園內。

「……查爾斯，在你看來，這個人為什麼死後依然在人間徘徊？」

「這我怎麼會知道？若不是某個死神偷懶沒做事，就是對人間有著太強的留戀，導致靈魂的臍帶沒有完全斷開……但我可以確定的一點，是這傢伙一整天就只是在這裡看著手機，沒有去其他地方，也沒有做出其他任何行為。」

「如果理由是後者的話……」

「沒錯，必須先斷開他對人世的留戀，否則很難將他送往冥府。不然還有一個做法，那就是先設法讓他發現自己已經死了，這麼一來他就會變成惡靈，到時候我們只要拿鐮刀將他斬除就行了，這比將靈魂送往冥府要簡單得多。」

「查爾斯，故意陷害還有機會得救的靈魂變成惡靈可是重罪。」

「只要不是故意就行了。就說因為得知有惡魔出沒，急著想要處理遊蕩靈魂的問題，沒想到那靈魂突然發狂，變成了惡靈。」

「你以為這種騙三歲小孩的謊言，能騙得過那個上司嗎？」

「當然騙不過，所以我也只是說說而已。」

使魔這破天荒的言行，實在讓我頭疼不已。

不過查爾斯的建議其實並非全無道理。

對這種「殘留者」來說，惡魔可說是最大的天敵。要是昨天開始在這一帶出沒的惡魔發現了他，可能會造成最糟糕的後果。

為了避免發生這種狀況，確實應該不計一切手段將殘留者送往冥府。

但如果他是因為對世間還有強烈的留戀而逗留於人世，那就不好處理了。

像這樣的靈魂，必須要先排除其留戀的原因，徹底斬斷靈魂與人世的臍帶。否則的話，就算送往冥府，也會自行返回人世。

所以我們死神在為將死之人送終時，會盡可能做到讓對方對世間不再留戀。當初為這個男人送終的死神或許這方面做得不夠好，也或許根本偷懶沒有為這男人送終。無論是哪一種情況，總之就是會給其他死神添麻煩。

「總之先跟他本人談一談吧，make hay while the sun shines（趁有陽光時曬乾草，打鐵趁熱之意）。」

「今天是雨天，沒有陽光。」

我毫不理會查爾斯的取笑，從樹後走了出去。

雨勢似乎比剛離開聖域時更強了一些。

「你好。」

男人所坐的長椅，位在廣場邊緣唯一一棵楠樹的樹下。

那長椅是由三張單人座的小木椅並排而成。

男人坐在左側的小木椅，我則走到右側的小木椅坐下。

我撐著一把黑色雨傘，那雨傘的漆黑程度，正與我穿慣了的西裝外套相去不遠。

在我們兩人所坐的長椅周圍，還有兩座相同形式的長椅，三座長椅圍繞著楠樹。

明明還有其他的長椅可以坐，這個人為什麼要故意挑我的旁邊坐下？

男人朝我望來，眼神中明顯流露著這樣的疑惑。我故意裝出若無其事的態度，以彷彿老朋友一般的口吻說道：

「櫻花已經快開了，卻還是這麼冷。」

「……咦？呃……是啊……」

男人的嗓音比我預期的還要低了半音左右。

因為天氣陰暗的關係，他的一頭短髮看起來像是黑色，但走到近處一看，才發現是深褐色。由於他的眉毛及鬍子都是黑色，我心裡猜想那頭髮應該不是原本的顏色。但以染出來的頭髮而言，那髮色似乎又過於自然。他有著漆黑的瞳孔及修長的單眼皮雙眼，薄薄的雙唇半開半闔，給人一種慵懶的印象。雖然坐著難以判斷身高，但應該比我高一些。

我近距離觀察著那男人，對方或許覺得被不認識的外國人直盯著看很不舒服，故意將頭轉向另一邊。

「不好意思，我經常在這附近看到你，請問貴姓？」

男人原本正要低頭繼續看他的手機，聽到我這麼問，朝我瞥了一眼。

他的臉色簡直就像是以「警戒」及「狐疑」這兩種顏料塗出來的。由於等等我還得去處理今天的第一件送終業務，所以我選擇的策略不是穩健而是效率。任何人突然被詢問姓名，都會產生戒心，當然他也不例外。

「……桃坂。」

但他有著典型日本人的寬宏大量，還是說出了自己的姓氏。當然口氣相當粗暴就是了。

「桃坂先生？請問是哪兩個字？」

「呃……水果的『桃』，土反的『坂』。」

「噢，櫻梅桃李的桃嗎？真是詩情畫意。」

「……你是日本人嗎？怎麼會知道櫻梅桃李這種話？」

「我在英國出生，但在日本住了很久。」

這一年來，幾乎每個送終對象都會問相同的問題，我每次給予的答覆也都相同。說完了這句早已說慣的臺詞，我故意保持片刻的沉默，傾聽著雨滴敲打雨傘的清脆旋律。在我們的頭頂上，楠樹的新芽前端逐漸累積雨水，最後化成碩大的水滴，朝著地面墜落。那水滴有時會撞在雨傘上，不知為何我特別喜歡那聲音。

「桃坂先生，請問你在這裡做什麼？我在這附近散步的時候，經常看到你。」

「我也類似散步吧。每天下班回家時，我經過這裡，都會休息一下再回家。」

「這附近綠色植物很多，確實能讓人放鬆心情。你家在這公園附近嗎？」

「呃……嗯，公園剛好就在我家和公司的中間。」

「原來如此，能夠住在這麼棒的公園附近，真讓人羨慕。」

我盡量注意自己的用字遣詞，在不激怒對方的前提下，慢慢套出我所需要的個資。

到目前為止，已經知道了姓氏及住處的大致位置，收穫算是不錯。就算只知姓不知名，只要能夠知道住址，就能夠以冥界的資料庫鎖定對方身分。

「對了，你好像一直在看手機？」

我繼續深入核心。桃坂露出吃驚的表情，迅速關閉了手機電源。不，以他按下按鈕的時間長度來看，應該不是關閉電源，只是讓畫面休眠而已。在畫面消失的前一刻，我明知道失禮，還是朝手機螢幕瞥了一眼。畫面看起來像是電子郵件的草稿頁面，上頭寫著密密麻麻的文字。

「你是在看影片嗎？我最近很喜歡用智慧型手機搜尋有趣的影片，或是聽音樂。不過我找的都是祖國的影片及音樂，對日本的創作者還不熟。你有沒有什麼特別推薦的音樂或影片？」

我故意裝傻，將話題扯往完全不相關的方向。

要是對方得知我偷看了他的手機螢幕，就算是向來以親切著稱的日本人，應該也會生氣吧。

「呃……我空閒的時候也會看影片，但沒有什麼能夠推薦給外國人的……音樂的話，倒是有一些可以推薦。」

「這麼說來，你看的大多是音樂方面的影片嗎？」

「嗯……是啊，我也稍微玩過一點音樂，所以有時會查一下最近流行什麼樣的曲子。」

「噢，你玩過音樂？會彈樂器嗎？」

「嗯……會一點吉他跟貝斯。」

「會彈吉他很帥呢。所以你做的是這方面的工作嗎？」

「不……從前確實想過靠彈吉他賺錢，但現在做的是完全不相關的工作。我已經對音樂失去了熱情。」

「明明有彈樂器的技能，不好好利用實在有點可惜呢。」

「會彈吉他的人太多了，只是因為沒有其他想做的事情，才一直彈著吉他。何況我現在有其他想追求的事物……」

「其他想追求的事物？什麼樣的事物？」

我歪著頭問道。桃坂給了我一個搪塞的微笑。原本他一直很大方地回答我的問題，但問到他現在正在熱衷的事情，他卻賣起了關子。

「對了，你在做什麼工作？上班日的早晨，怎麼會來這種地方？」

桃坂似乎是為了結束剛剛的話題，主動向我發問。我一聽到這句話，立即確信他並非對世間有所留戀，而是還沒有發現自己已經死了。因為他說現在是「上班日的早晨」。

我不知道在他的記憶裡，現在是幾月幾號，但今天是星期六，一般日本人不會認為今天是上班日。

而且他剛剛曾經說過，他是下班回家的時候，會在公園裡坐著休息一下。換句話說，他明明一整天都坐在這裡，但在他的記憶裡，他只是下班的時候在這裡坐一下。

這些矛盾都來自於一個現象，就是「循環」。

靈魂的記憶及行為，會在他死亡的那一天，或是前後數天之內不斷循環。以桃坂來說，他循環的部分相當詭異，是在他每天下班回家後，在這裡休息的那段時間。前後的記憶都遭到竄改，太陽及月亮的運行被排除在意識之外。說得更明白一點，就是喪失了時間的概念。就算太陽越過了他的頭頂，甚至是從白天變成了黑夜，他也不會察覺時間的流逝。

沒有察覺自己已經死亡的靈魂，會因為不肯接受自己的人生已經結束，而以這樣的方式欺騙自己。多虧了這樣的特性，我已經大致蒐集到了我所需要的個資。要將一個人的靈魂引導至冥府，最重要的就是要有讓對方想起真相的死亡證據。

「我的工作是嚮導，專門負責把某些人帶往某個地方。這有點難說明，或許你沒有辦法理解。」

我說完這句話後，輕輕站了起來。

靈魂沒有實體，但我不同。因為下雨的關係，我坐在長椅上，褲子有些濕了。但如果想成是取得個資的代價，實在是相當划得來。

「桃坂先生，我最近還會來這裡找你聊天，不曉得方不方便？」

「咦？可以是可以……但我也不是每天都在這個地方。」

「謝謝，我想要告訴你幾句話，但現在還不是時候……對了，我有一個請求。」

「什麼請求？」

「這只是一件很簡單的事情。請你幫我保管這串玫瑰念珠，到我們下次見面的時候再還給我。」

我從懷裡取出一串老舊的玫瑰念珠。念珠是黑曜石材質，以銀鍊串起，上頭還有一個十字架。這是我剛當上死神的時候，上頭跟使魔一起配給的死神七項道具之一。

如果我是出生在日本的死神，上頭配給的道具應該會是佛珠或護身袋，而不是玫瑰念珠吧。但不論是什麼形式，冥界配給的護符類道具都具有特別的守護力，能夠驅除惡靈之類的妖魔鬼怪。

死神並沒有靈魂，不必擔心遭到攻擊，但使魔及殘留者都容易成為惡魔覬覦的對象，因此護符之類的神聖道具還是不可或缺。我將這玫瑰念珠高舉到桃坂的頭頂，宛如賈克．路易．大衛筆下拿破崙的加冕儀式。

那宛如瞳孔一般閃亮的黑曜石，在桃坂的頸項緩緩垂落。他張大了原本半開半闔的嘴，對著我露出摸不著頭緒的表情。

但在他想起一切之前，我並不急著告訴他原因。

「你們日本人或許對玫瑰念珠並不熟悉，但是請放心，這並不是什麼諜報部門或祕密組織的信物，你就當它是一種護身符吧。」

「唔……」

「現在的你，比我更需要這個東西，所以請你暫時保管它。在我們下次見面之前，無論發生什麼事，請你務必將它帶在身邊。我們見面的時候，我會告訴你理由。那麼……祝你有個美好的一天。」

我對著一臉錯愕的他笑了笑，慢條斯理地舉步離開，他並沒有把我叫住。

一滴雨水自楠樹的樹枝上滑落，滴在我的雨傘上，發出清脆聲響。

不知道為什麼，那聲音特別讓我印象深刻。

+

桃坂董也，三十七歲，飛特族。

這就是我現在的身分。

飛特族這名稱聽起來很帥，但說穿了就是打工仔。實際上我的工作，其實是便利商店的店員。

因為我做的是夜班，所以收入並不算太差，但一個年近四旬的男人，卻在便利商店工作，連我自己都覺得有些丟臉。

我到底是怎麼搞的？為什麼會落得這個下場？我有時候會這麼問自己，但從來沒有想出個所以然來。因為我最後總是會告訴自己，想這些也是無濟於事。然而不管怎麼樣，我必須承認，現在我的處境和二十年前我所想像的未來，實在有著太大的落差。

年輕時的我，總是有股莫名的自信，認為自己將來多半是個差強人意的吉他手或貝斯手，受差強人意的樂團延攬，靠音樂為生，擁有差強人意的收入。

但現實實在太過殘酷，我連這個差強人意的夢想都沒有實現，就離開了音樂界。回想起來，我開始接觸音樂，是因為在高中的時候，沒有特別想參加的社團，朋友邀我加入輕音樂社，我就答應了。這種半吊子的心態，當然在演奏技巧上比不過那些打從一開始就打算走音樂這條路的人。

但因為我那時候沒有其他想做的事情，再加上當時的樂團成員都說畢業後會繼續投入音樂活動，所以我也跟著抱持這樣的想法。

我就這麼漫無目標地持續玩著音樂，直到二十六歲的時候，我才終於下定決心要離開音樂的世界。

我的音樂水平說穿了只是業餘的程度，沒辦法在音樂的世界脫穎而出。我厭倦了這樣的日常生活，最後終於落得黯然離開的下場。

仔細想想，我的人生開始走下坡，正是因為我過於天真，以為將來能夠靠搞樂團吃飯。

為了從事音樂活動，我在大學畢業後一直沒有找正職的工作。因此當我放棄音樂的時候，我就像是兩手空空來到了異鄉一般，一切都得從頭開始。

原本就少得可憐的存款，當然馬上就見底了。接下來我就陷入了每天必須為了三餐煩惱的無盡地獄。這樣的生活過了數年，我的人生一直沒有辦法步上正軌，就在我灰心喪志的時候，「靠音樂過活」這個從前的夢想再度浮上我的心頭。

我的內心再度燃起了遺忘多年的熱情。畢竟人生沒有辦法再這麼蹉跎下去，所以從那時候起，每到假日，我就會拎著吉他盒，在路旁自彈自唱。但我畢竟只是個吉他手，從前搞樂團的時候，我並不負責唱歌。因此我的歌喉並沒有特別好，幾乎不會有人停下腳步聽我唱歌。

果不其然，街頭表演的行動幾乎沒有任何收穫。但我還是抱著背水一戰的念頭，只要得知有樂團招募新人的消息，就積極應徵。

前前後後加入了幾個樂團，但有時是因為成員個性合不來，有時是因為吸引客人的能力不如預期，到頭來不是退出就是樂團解散。浪費了數年的光陰，換來的是第二次的人生挫折。

驀然回首，我發現我得到的只有賣掉吉他的少許金錢，以及三十多歲年紀卻還沒能成家立業的現實。因為不想吃苦，不想跟他人起衝突，多年來一直過著隨波逐流的生活，我付出了代價。當我回過神來，我發現這個代價就像是一頭擱淺在岸上的鯨魚屍體，因為腐爛而不斷膨脹。

接下來我又過起為了三餐必須身兼好幾份打工的生活。

我沒有想做的事情，也沒有目標，導致每天的時間都在空虛與枯燥中度過。

我很想要擁有一個家庭。

我也遇到過一些中意的異性對象。

但以我現在的收入，要維持一個家庭實在有困難。偏偏以我現在的年齡及工作資歷，實在很難找到正職的工作。

說到底，我就是一個在社會上混不下去的失敗者。在這個殘酷的世界，失敗者不管怎麼掙扎都不可能翻身。我只能咒罵著這個荒謬的世界，以及名為不景氣的無盡之夜，過著自甘墮落的每一天。

就在某一天，我彷彿看見了上天給我的啟示。

「『熱門網路小說翻拍成電影』……？」

不，老實說那只是一個可笑的天真念頭，稱不上是什麼上天的啟示。那一天，我在打工的時候無事可做，隨手拿起店裡書架上的雜誌翻看。

原本我只是想要打發時間而已。雜誌裡的一篇文章，描述了一個麻雀飛上枝頭變鳳凰的故事。某部業餘作家在網路上免費公開的小說，因為受到出版社青睞而出版成實體書，沒想到一炮而紅，成為暢銷書籍，如今又將翻拍成電影。我直盯著雜誌的頁面，半晌後在沒有人的店裡放聲大喊：「就是這個！」

老實說我根本沒有寫小說的經驗，甚至沒讀過幾本小說。但是從前搞樂團的時候，曾經創作過一些歌詞及樂曲。而且我心想，寫小說的成本並不高，只要有電腦及鍵盤、滑鼠就行了。

當時的我早已厭煩了一成不變的生活，因此二話不說便決定挑戰這個新的領域。

當天打工一結束，我立刻衝進書店，買了幾本教導寫小說的書籍，以及那本一炮而紅的網路小說。從那天之後，我就開始在那部小說當初發跡的網站上連載小說。

剛開始的時候，我寫的那些東西拙劣得像是小學生的作文，根本稱不上是小說。不過寫了一陣子之後，如今已有模有樣。

另外還有一個重點，那就是我只要一有空閒，就會盯著手機看，尋找如何增加讀者的方法。例如在社群網站、匿名留言板上打廣告，徹底模仿最受歡迎的作品，以及找一群利害關係一致的作家互相吹捧。

我拚命模仿成功的作家，以追求字數為最高宗旨，靠著這些努力，我的作品最近終於在讀者之間有了一定的口碑。

接下來我需要做的事情，就是等待。等待出版社發現我在網站上公開的作品，主動找我談出書的事宜。可惜到目前為止，我完全沒有接到相關的聯絡。

不論是讀者人數還是評價，我自認為都有中上的水準，但從我正式開始寫小說到現在，已經過了兩年，我完全看不到飛上枝頭的契機。在網站上認識的那些從來沒見過面的作家同伴們，一個個都獲得了職業作家的頭銜，偏偏就只有我完全等不到出人頭地的機會。
跟那些正式出道的作家比起來，我認為自己的作品毫不遜色。不，甚至可以說是略高一籌。為什麼我就是無法獲得出版社的認同？
為什麼是我……為什麼就只有我……
今天的我，依然抱著早已熟悉的焦慮與煩躁，從羽絨大衣的口袋裡掏出了從不離身的香菸。
我住的廉價公寓，每天都有缺乏常識的學生房客從早到晚吵吵鬧鬧。因此我必須在回到房間之前，多擠一些字出來才行。
但最近的我漸漸失去了寫作的動力，連載小說變得越來越困難。那種感覺就像是不管怎麼寫，都無法從厚厚的灰堆中爬出來。我的腦袋裡出現了名為憂鬱的血栓，堵塞了我的幹勁、靈感及文字。
「唉……或許我不適合寫小說吧。」
我發著早已不知發過多少次的牢騷，吐出一口苦澀的煙霧。清晨的公園裡沒有什麼人，簡直就像是與世隔絕一般安靜。不管我再怎麼發牢騷，也只有野貓、鴿子及烏鴉會聽見，所以我一點也不擔心。

「我明明覺得自己寫得不錯……只能說編輯真的是沒有眼光。」

我慵懶地仰靠在長椅上，自暴自棄地如此安慰自己。滿腦子的念頭有一半是自嘲，卻也有一半是真心話。

「我真的是運氣太背了……」

找不到好工作，創作找不到賞識者，沒遇上過一件好事。這種空虛的生活，我到底還要過多久？吞雲吐霧的同時，我也長長吐出了一口氣。

就算不寫小說，其實也沒什麼大不了。

我只是想要一個能夠引以為傲的成就。就像世界上那些活躍的音樂家或運動家一樣。就只是如此而已。

如果就這樣過著與成家立業、功成名就無緣的日子，一直到老死，那實在是太悲哀了。

唉，幾乎已經變成每天例行公事的自怨自艾，再次讓我的心情跌到了谷底。

我關掉了想不出內容的小說撰稿畫面，為了轉換心情而打開網頁瀏覽器，從書籤欄中點選網路小說相關留言板，確認有沒有留言者在上頭讚美我的作品。

「請問……」

身旁突然響起說話聲，讓我吃了一驚，手機差點脫手飛出。手機在我的手上彈跳了幾下，我趕緊抓牢，心裡鬆了口氣，才轉頭望向聲音傳來的方向。

「對、對不起……讓你嚇一跳了？」

說話的人是個陌生女人。

年紀大約二十五、六歲，身材嬌小，一頭及肩的波浪長髮是與我的羽絨大衣相同顏色的焦糖色。

自從在這個公園裡休息之後，這已經是我第二次被陌生人搭話。第一個是相貌俊美但一對眼珠紅得像裝義眼的英國人。沒過多久，又來了這個年輕女人。

不過至少這次看起來是日本人。

「如果我認錯人的話，先跟你說聲抱歉……請問你是大約十年前，經常在車站前面彈吉他的那位先生嗎……？」

女人那塗了口紅的美豔雙唇，說出了令我意想不到的話。

智慧型手機的螢幕剛好就在這時熄滅，彷彿知道自己的任務已經結束。

＋

這幾天我蒐集到了所有必要的個資。

桃坂菫也，享年三十七歲。死因為車禍意外。似乎是在下班回家的路上，沒有等綠燈就走上行人穿越道，結果遭大卡車撞死。

闖紅燈的理由，是因為邊走邊滑手機。他因為看手機看得太入迷，在走上行人穿越道的瞬間沒有察覺燈號已經改變，所以被車撞上。

大卡車的司機剛好那時候也分神了。雙方都沒有注意，再加上運氣太差，導致了這起意外事故。

「你差不多該採取行動了吧？」

今天我依然直盯著電腦畫面看。查爾斯趴在我的腳邊，不停以前腳洗臉。這讓我想起來，天氣預報說今天下午會下雨。

我轉頭望向客廳與餐廳之間柱子上的時鐘。時間已接近中午十二點。原來已經這麼晚了？人偶幫我泡的錫蘭紅茶早已涼了，我卻還傻傻地端著上了金漆的茶杯。

「我知道，查爾斯。但你再給我一點時間。我還想找出兩個人，這兩個都是從前董也所待的樂團的成員……」

「你從上個星期就找了一堆人問話，結果沒有一個人理你，簡直就跟阿波羅沒兩樣。我猜你該不會有個私生子，你想要找出賢者凱隆，傳授讓死者復生的祕術吧[12]？」

「不如說你原本是白貓，我一時氣憤，將你塗成了黑貓吧。」

「噢？如果你擁有想要將我變成黑貓的憤怒感情，那倒是挺耐人尋味。當初住在倫敦時的你，可是不管遇上什麼事，都像是個閱讀小說情節的旁觀者。現在的你，怎麼會如此努力想要找出救助殘留者的方法？在來到日本之前，你多半會選擇

⓬ 查爾斯這段話的典故出自希臘神話。在希臘神話裡，阿波羅雖然被形容成最理想的男性，卻有許多次遭意中人拒絕的紀錄。他的兒子阿斯克勒庇俄斯以半人馬賢者凱隆為師，學會讓死者復生的祕術。其他的對話也都是影射希臘神話，不再贅述。

直接用黃金箭將殘留者送往冥府，就像將彌達斯王的耳朵變成驢耳朵時一般毫不遲疑。」

「……別說得好像我取笑了潘的蘆笛一般。」

「你真的就像阿波羅一樣，是個『彆扭者』（Loxias）。就算你現在告訴我，你有一個雙胞胎姊姊或妹妹，我也不驚訝。」

我心想，查爾斯這傢伙真的是典型的「講一句頂三句」。

今天的查爾斯，似乎喜歡把我的每個言行舉止都比喻為阿波羅的醜聞。但在他那些譏諷之語裡頭，有一句話卻是說得一針見血，令我愕然無語。

傳說中阿波羅的箭能夠讓中箭者死得毫無痛苦。

我確實也擁有這樣的道具。

要將殘留者桃坂堇也送往冥府，實際上並沒有那麼困難。

要讓他明白自己已經死亡的必要情資，都已經蒐集齊全了。包含他過世的日期、時間、死因及地點等等，就像一幅完整的拼圖，沒有半點遺漏。

接下來只要將這幅圖畫鋪在他前往冥府的沿路上，就可以將他引導至冥府。但我已經將採取行動的時間延後了好幾天，如今時間依然不斷流逝，事態沒有任何進展。

雖然堇也的身上帶著驅魔的玫瑰念珠，但他很有可能因為某種契機而察覺自己已經死了，自行轉化為惡靈。考量到這個風險，不難理解查爾斯為什麼對我毫不留情地說出那麼多譏諷之語。但我心中還是遲疑不決。

我沒有辦法像之前對待其他死者一樣，滿不在乎地將堇也送往冥府。

因為在堇也死後，沒有一個人為他哀悼。

根據我這一百年來擔任死神的經驗，我得到了一個結論，那就是要將一個沒有察覺自己已經死亡的殘留者平安送往冥府，最好的方法就是找到一個與死者生前有密切交集的人，取得對方的協助。比起一個陌生的死神突然出現在眼前，告知「你已經死了」，當然是家人或親友含淚說出的話，比較能打動死者的心。因此我盡可能聯絡堇也生前的親朋好友，希望取得他們的幫助。

但是我拜訪了堇也的家人、朋友、同事，甚至是前女友，卻沒有一個人打從心底為堇也的死感到難過。因為事態毫無進展，導致連使魔也開始對我說起了酸言酸語。

董也生前似乎是個與他人壁壘分明，極少允許他人進入己方國界的人物。他這種強烈的「國家主義」，或許是源自於他所生長的環境。

董也的母親是個優秀的教師，父親則是個頑固的技職人員。

董也的上面有一個姊姊，這個姊姊也是個相當優秀的好學生，不管是學業還是私生活都找不到任何缺點。相較之下，董也不僅不太會念書，而且沒有什麼其他的才能。

實際上他只是比較平凡而已，這稱不上是什麼缺點。但從小到大，周圍的人總是喜歡拿他跟身為教師的母親、身為知名技職人員的父親，以及品學兼優的姊姊互相比較，導致董也一直有著強烈的自卑感。董也從小就認為自己沒有任何才能，因此總是刻意避免在他人的面前表現自己。

想必他已經受夠了遭他人恥笑的日子，不願意再因為他人的言語而受傷。

他甚至開始反抗造就了自己這種人格的家人，特別是與希望他繼承家業的父親發生了激烈衝突。為了激怒父母親，他故意選擇了與父母的希望背道而馳的方向，最後甚至離家出走。

從此以後，他有許多年不跟家人聯絡，家人不知道他住在哪裡，也不知道他從事什麼樣的工作。因為這樣的嫌隙，父母打從一開始就認定兒子已經死了，當得知兒子死亡的消息時，也不特別感到驚訝。以上這些話，是董也的母親親口對我說的。

就在上個星期，我假裝是董也的朋友，前往董也的老家表達弔慰之意，沒想到竟得到了這樣的結果。

另外我還拜訪了董也從前的朋友及女友，得到的反應也大同小異。他們聽到董也這個名字，反應都只是「幾乎忘了有這個人」。簡直就像是在衣櫥的深處發現了遺忘好幾年的舊衣服，布料早已被蟲子咬得坑坑洞洞。

那些人得知董也過世的消息，雖然都露出驚訝的表情，但沒有一個人悲傷、哭泣或是表達哀悼之意。

他們一向我道別，馬上就恢復了笑容，回歸到各自的日常生活，彷彿什麼事也沒有發生過。

因為這個緣故，如今我感到相當煩惱。

我心裡明白，事到如今我只能放棄尋找死亡的證人，靠我自己讓董也接受死亡的真相。剛剛我告訴查爾斯，我還想找出兩個人，那句話其實只是推託之詞而已。這兩個人跟我過去接觸過的那些人比起來，與董也的關係可說是更加薄弱得多。

換句話說，繼續尋找證人只是白費力氣而已。我身為靈魂的引導者，當務之急應該是避免董也的靈魂變成惡靈。

我的理性很清楚這一點，但不知道為什麼，今天的我還是不願意前往那座公園。

「叮叮叮……」

我正盯著電腦畫面上的冥府資料庫（裡頭儲存了近十年來的所有死者個資），空閒的雙耳忽然聽見了人偶們發出的鈴聲，那鈴聲意味著午餐已經準備好了。

擺在餐桌上的香腸薯泥散發著令人食指大動的香氣，盤底還搭配著顏色鮮豔的綠色豌豆。

我道了謝，取了餐點，主餐的旁邊還有一盤比利時鬆餅，配上生奶油及鮮紅的小紅莓。連餐後的甜點都準備好了，我只能說我們家的人偶們實在太優秀。但我看見雪白的生奶油上面那顆有如寶石一般閃亮的小紅莓，突然有種不太舒服的感覺。

剛烤好的鬆餅所散發的甜香，誘惑著佇立不動的我。

雪白的畫布上，依然等待著鮮紅顏料的夕陽殘像。

那畫面驀然閃過我的腦海。

為什麼我直到今天，依然沒有辦法為那幅畫塗上顏料？

吃完了那甜到讓我感覺胸口溢酸的比利時鬆餅之後……

查爾斯那有如機關槍一般的碎碎唸，終於逼迫我下定了決心。在執行下午的送終業務之前，我決定要結束掉那件棘手的工作，於是我走向地下室的那扇門。

我說出公園的名稱，並轉動門把。沒想到走出門外一瞧，地點竟然是建築物的內部。原來公園的正對面就是縣廳辦公大樓，我來到了辦公大樓的一樓。

仔細想想，今天是假日，在這種下午時間，公園裡的人一定不少。要在不引人疑竇的情況下靠近目的地，就只能利用周邊的大樓了。

「查爾斯！」

我察覺不妙，將一起走出門外的查爾斯抱起，快步走出大樓的正面出入口。幸好這棟大樓的頂樓有展望臺，可以遠眺山麓旁的城鎮景色，所以例假日的時候開放給一般民眾入內參觀。

但這裡畢竟是隸屬於縣廳的建築物，出入口當然會有身穿制服的警衛，一臉嚴肅的監視著民眾。他看見我左手抱著貓，神色自若地走出門口，登時揚起了一邊的眉毛，露出一臉難以形容的表情。

但他並沒有趕緊把我叫住，或許是因為他看我是外國人，不受日本的常識所束縛的關係吧。這是我打出生以來，第一次慶幸自己擁有英國人的肉體。

查爾斯或許是因為察覺了警衛的異樣眼光，竟然使用比平常嗲了數倍的聲音喊了一聲「喵」，令我冷汗直流。

「查爾斯……」

「你瞪我幹什麼？我只是溫言嘉勉一下假日還為了守護民眾安全而努力工作的那位紳士。」

「最近你好像心情很好？執行業務遇上困難，對你來說是這麼開心的事情嗎？」

「可以這麼說。話說回來，既然你決定採取行動了，代表你有信心能夠說服那個殘留者？」

「……只能盡力而為了。但為了保險起見，還得請你幫忙盯著他，以免節外生枝。」

「我明白了，Look before you leap（做好萬全的準備），對吧？小事一樁，只要能夠解開這煩死人的項圈，要我做什麼都可以。」

……看過奪走堇也性命的車禍紀錄，竟然還能說得出這種尖酸刻薄的話，我聽了不禁無奈地聳肩嘆息。查爾斯在我的懷裡不斷以後腳踢著那條被體毛覆蓋的黑色項圈，簡直像是與那條項圈有著血海深仇。

由於查爾斯正值換毛期，牠這一掙扎，登時脫落了大量的冬季體毛，沾在我的西裝外套上。這點我還可以忍受，但是牠脖子上的項圈是內藏GPS定位系統的精密儀器，我看牠如此對待項圈，實在是有些不滿。

那項圈是我自己準備的道具，如果故障或毀損，我得自己掏腰包購買新品。

查爾斯對這一點當然也是心知肚明。

我明白現在說再多的抱怨，也只是逗得牠更樂而已，所以我不再說話，走出了縣廳建築物之後，穿越前方的道路，望向遠處的二之丸橋。

那是一座相當寬大的石橋，架在彷彿分隔了武士時代與現代的城壕深川之上，如今有大量的行人為了進出公園而往來其上。石橋的另一邊有著往左右兩側延伸的石牆，石牆的前端是有著灰泥壁面及瓦片屋頂的巽櫓及坤櫓，有如兩名可怕的衛兵守護著內城。

說起日本的古城，絕大多數的外國人應該都會聯想到這副景象吧。但其實這裡的櫓（瞭望塔）是兩層樓的建築，並不算特別巨大，跟有名的天守閣比起來，可說是小巫見大巫了。

「……今天應該是看不到不死山（富士山）了。」

我在兩名衛兵的睥睨下渡過了橋，進入公園裡，抬頭仰望天空。整片天空覆蓋著薄薄的烏雲，印證了今天早上電視新聞裡的晨間氣象預報，隨時有可能下起雨來。

「很抱歉，今天我們來這裡可不是為了遊山玩水。等等我們得讓一個死人知道自己已經死了，這種時候不死山還是躲起來比較好，免得讓你分神。」

「……這麼說也有道理。」

「等等我會照你所說的，在附近待命。如果可以的話，最好不要有我上場的機會。」

查爾斯明明是一隻貓，卻做出了標準的聳肩動作，接著輕巧地從我的懷中跳出，奔進了草叢裡。

我猜想牠大概是想要躲起來，避免打草驚蛇吧。

目送牠的背影離去之後，我也終於下定了決心。我將手掌隨性地塞進下襬略長的西裝外套口袋裡，轉頭望向佇立在廣場角落的那棵巨大楠樹。

那個人今天也坐在那壯觀的樹幹底下。

「桃坂菫也先生。」

我朝著菫也喊道。隨時可能會下雨的天氣，讓我的心情變得有些急躁。

菫也正叼著菸，一臉茫然地仰頭望著頭頂上的枝葉。他聽見我的呼喚，轉過了頭來，一副大夢初醒的表情。

「……你……你是……」

他驚訝地瞪大了原本惺忪的雙眼，張大了嘴，大到不禁讓我擔心他嘴裡的香菸會掉下來。因為他看起來太驚訝，我不敢直接坐下，只好先站著對他點了點頭⋯⋯但此時我察覺似乎有些不太對勁。

今天他的手上並沒有拿著智慧型手機。根據查爾斯的說法，他應該要每天都盯著手機畫面看才對。

「前幾天打擾了，今天你果然也在這裡。」

「呃⋯⋯只是剛好而已，沒想到你真的又來了⋯⋯」

「當然，這是我們約好的事情。你現在有空嗎？」

「啊⋯⋯上次你好像說，有什麼話想要告訴我？」

「是的，如果你方便的話，我想邊走邊說。除了有幾句話想告訴你之外，還想要讓你看一樣東西。」

雖然是第二次見面，董也的臉上依然難掩狐疑之色。

幸好他可能已經對我有一定程度的信任，或者是他想要在一成不變的日常生活中追求一點新鮮感，所以他很爽快地答應。他將吸了一半的香菸塞進攜帶型菸灰缸裡，站了起來。

「對了，我一直照你說的，隨身帶著這個東西。現在你既然來了，就還給你吧。」

兩人並肩走了沒多久，走在我身旁的堇也忽然想起了一件事。他將手伸進羽絨大衣的口袋裡，隨手抓出了一樣東西，正是我上次交給他的冥界玫瑰念珠。

堇也將玫瑰念珠遞給我，但我趕緊舉起一隻手，制止了他這個動作。

再過不久，他就會得知真相，玫瑰念珠在他的手上，有助於避免他突然變成惡靈。

「抱歉，這個東西請你再保管一下。」

「呃，要我拿著是沒有什麼問題……但這到底是什麼？」

「我上次說過，只是能夠帶來幸運的護身符而已。我相信現在的你，比我更需要它。」

「……其實我從上次就在想，你該不會是想要賣我什麼改運的東西，還是勸我加入什麼宗教？」

「你誤會了，我身上可沒有攜帶什麼稀奇古怪的壺，而且我自己也沒有任何宗教信仰，絕對不會勸你進入什麼高次元的宗教世界。不過有一點我必須澄清，那就是我相信這世界上有靈魂的存在。」

「靈魂？」

「是的。桃坂先生，你相信有靈魂嗎？」

我們兩人走在種植著各種大小樹木的庭園小徑上，我盡可能以若無其事的口吻問道。

但我偷眼朝董也一瞥，果然他露出一臉正遭到詐欺的表情。

當然我完全可以理解他的心情。畢竟我自稱是英國人，卻又說自己沒有任何宗教信仰，這實在是有些不尋常。何況日本人本來就是一個不喜歡宗教的民族，日本人突然被問起「相不相信有靈魂」這種怪力亂神的話題，大多都會露出排斥的反應。

「呃……我上次看電視節目，節目上說有科學家曾經嘗試證明靈魂的存在。那個科學家的說法好像是……當一個人死亡的時候，體重會減少數公克，那就是靈魂的重量……」

「噢，你說的是鄧肯・麥克道格爾（Duncan MacDougall）的『二十一公克實驗』嗎？雖然現代科學已經否定了那個實驗的可信度，但我認為那是一個相當有趣的嘗試。麥克道格爾以凡人之軀，卻想要驗證靈魂的存在，在『我們』的眼裡，他的實驗相當具有前瞻精神。」

我面對著前方，以平淡的口吻說話。與我擦肩而過的路人朝我瞥了一眼，露出納悶的表情。路人看不見走在我旁邊的董也，所以會露出那樣的表情也是理所當然的事。

不過我當然也料到了會有這種情況，所以我從西裝外套口袋裡取出智慧型手機的耳機，將其中一邊塞進耳朵裡。

這樣一來，大多數的現代人都會以為我是在用耳機講著電話。這都歸功於免持聽筒技術。

自從人類發明了這些新科技之後，我們與死者或使魔對話已不太需要擔心會招來懷疑，甚至是引起騷動。

就這層意義而言，科學家實在是相當偉大。

「桃坂先生，不曉得你是否還記得，上次你問我職業，我回答自己是一個嚮導。」

「嗯……你確實這麼說過……」

「我今天來見你，正是想要將你引導至某個地方。」

「……什麼？」

「真的很抱歉，我擅自調查了一點你的個人資歷。桃坂堇也先生，三十七歲，本縣西區出身，過去相當熱衷於音樂活動。曾經參加過數個搖滾樂團，在樂團界小有名氣。特別是在學生時期，與朋友一起組成樂團，是人生中最長的一段樂團活動期間。如果有機會的話，我也很想見識你打從十多歲就開始磨練的貝斯技術呢。」

雖然我說得輕描淡寫，堇也卻是臉色大變。

那臉色用驚愕已不足以形容。說得難聽一點，那樣的臉色或許正符合他身為死者的身分。

下一瞬間，堇也的臉上流露出了明顯的戒心。

看來我踏入他的國界的速度似乎有些太快。

「……你是偵探嗎？是誰委託你來調查我的事情？」

「你誤會了，我不是夏洛克・福爾摩斯。所以我並沒有辦法一眼就看出你的身分及人生資歷，我是花了很多天的時間才查出這些事。但我透過認識你的親朋好友，得知了許多寶貴的消息，尤其是你的父母，說了很多耐人尋味的話。」

「難不成你……去了我的老家？」

「是的，可惜你的姊姊已經嫁往他縣，所以沒能見到面。你的父母都很健康，生活也沒有陷入困境。」

「我想問的不是這個……」

「因為你這些年來音訊全無，你的父母都惦記著你。尤其是你的母親，她對我的失禮造訪完全不以為意。我聲稱是你的老朋友，你母親很認真地聽我敘述了關於你的事。所以我想，你的母親應該是很想見你一面，只是因為從前發生的那些事，所以她說不出口。」

我在說這些話的時候，故意不望向董也，只是不停地往前走。

事實上如果他的父母一直為了與兒子分開的事情而感到悲傷，我一定會把他們找來，請他們擔任菫也的死亡證人。但正因為不管我怎麼觀察，都無法得到這樣的結論，所以最後我沒有這麼做。但是這一點當然不能讓菫也知道。

我所選擇的路線，就像是夾在客觀事實與希望推測之間的窄路。但是我所做的這些安排，在菫也的眼裡似乎有了不一樣的意義。

「啊……我明白了，原來是這麼回事。你是我爸媽雇用的人，對吧？哼，都過了這麼多年，他們還想要我做什麼？難不成要我繼承家業？門都沒有！」

「不，我並沒有受任何人雇用，也不是來讓你知道你的家人有多麼愛你。我只是希望在進入正題之前……能夠稍微減輕你的負擔。」

「既然如此，請你告訴我的父母，我絕對不會回去，也不會再與他們往來。當年我的人生被他們搞得一團亂，我可不想再吃一次苦頭。」

「……你的意思是說，你不打算和你的父母和解？」

「沒錯，如果他們真的想要向我道歉，我只求他們這輩子不要再干涉我的事。」

「但你有沒有想過，你之所以能夠接觸音樂，正是因為你有那樣的父母。」

「……什麼意思？」

「只是提供一個另類思考的方向。當自己的人生被家世出身、時代背景或天災人禍所侷限時，任何人都會感到生氣且無法接受。但如果心中只有憤怒及憎恨，每當面對難以改變的現實時，心中的痛苦就會越來越強烈。因此一定要強迫自己正面思考，這樣才能獲得放下過去的力量。」

「意思是要我原諒父母，像個正常人一樣感謝他們的養育之恩？」

「不是這個意思……我只是希望你能夠透過這個方式，更加肯定你的人生。」

「肯定？肯定我的人生？」

堇也揚起了嘴角，不知是自嘲還是冷笑。驀然間，他將手伸進了焦糖色的大衣口袋內。我心裡微感狐疑，只見他掏出了一包皺巴巴的軟包裝香菸，一邊走路一邊以俐落的動作叼出一根，點上了火。

從這裡到我想要引導他前往的地點，只剩下一點距離了。我抬頭一看，剛剛我們還在二之丸御門附近，如今前方已能看見北御門。

換句話說，我帶著堇也幾乎橫越了大半個寬廣的公園。

我必須維持與堇也的對話，直到帶著他穿過北御門才行。無論如何絕對不能惹怒他，讓他在途中離開。因此我在用字遣詞上非常謹慎小心，盡可能將他的心情誘導至正面的方向……至少我認為到目前為止還算是成功。

「依你這個口氣，除了我的父母之外，你應該也見了我從前那些樂團同伴吧？有沒有人真的很在意我現在在哪裡，或是做什麼工作？」

「這個嘛……」

「一定沒有，對吧？我不管去了哪裡，不是被當成笑柄，就是被當成空氣。學生時代無憂無慮地玩樂團，是我的人生中最快樂的時期。但那說穿了只是一群孩子的遊戲而已。音樂這種東西，要成功才有價值。像我這樣拚命彈奏著沒有人想聽的音樂，真的是又遜又悲哀。」

董也不等我的回答，這次說出了真正的自嘲。那彷彿因苦澀而一邊掙扎一邊冉冉上升的煙霧，宛如象徵著他的人生，一眨眼就被風吹得無影無蹤。

不被任何人需要的音樂。董也冷冷說出的這一句話，有如一把冰冷的尖刀，貫穿了我的心臟。

不管再怎麼彈奏，也無法進入他人心中的音樂。他斬釘截鐵地告訴我，像這樣的音樂，沒有任何價值。如果這個說法是正確的，我單純為了自己而調製的那些顏料，在畫布上又具有什麼樣的意義呢？

「……桃坂先生，你彈貝斯不是因為喜歡音樂？對你來說，音樂只是讓你獲得他人認同的手段？」

「……」

「若是這樣的話，我能明白為什麼音樂活動對你來說會變成一件痛苦的事。對了，你上次好像說過，你現在有其他想追求的事物？那個還順利嗎？得到你想要的成就了嗎？」

當我對著陷入沉默的菫也這麼詢問時，我們已穿過了北御門，渡過了內壕，來到從前被稱為三之丸的區域。從這裡沿著一條兩側有公共體育館及小學的道路繼續往北方走，就會抵達我們的目的地。

古城的外壕上有一座橋，渡過了橋之後便會走到一座相當大的十字路口。

然而就在我們接近橋的時候，菫也突然停下了腳步。

我又往前走了數步之後，也跟著停下腳步，轉頭一看，菫也站在石牆的陰暗處，瞪大了雙眼，臉上毫無血色。

「桃坂先生？」

「……我不想再走了。」

他說道。

他的聲音非常沙啞而微弱，在十字路口車水馬龍的車聲之中幾乎聽不見。

「為什麼？你該回去的地方，就在這座橋的另一頭。」

我故意問了一個明知道答案的問題。

一邊說，一邊指著那欄杆柱上有著圓球裝飾的橋頭。我這麼做，當然是為了逼迫他接受這陣子他刻意想要遺忘的事情。

「桃坂先生，你會在這裡停下腳步，代表你心裡其實記得很清楚，不是嗎？」

「記……記得什麼？」

「去年的年底，你在那十字路口遇上的事情。」

我將手放在西裝外套口袋裡，直接了當地切入了問題的核心。

剛好就在這個時候，一輛大卡車橫越了橋的另一頭。大卡車發出刺耳聲響，彷佛早已等著這一刻。董也的臉色瞬間有如槁木死灰。

他鐵青著臉，嘴唇不停打顫，口中發出毫無意義的聲音。

我觀察著他的反應，故意停頓了片刻之後，才開口說道：

「桃坂董也先生，我是死神。」

不知道為什麼，我有一種錯覺，彷彿剛剛插入我的心臟的那把刀子裂成了碎塊，如今全卡在我的咽喉處。

「你想起來那天早上，在這裡遇上了什麼事了嗎？」

「……」

「現在的季節，這一帶的櫻花樹馬上就要開花了。換句話說，你過世已經超過三個月了。」

「你在胡說八道什麼……」

「很可惜，我說的都是真話，這一點你自己應該最清楚。我是亡魂的嚮導，現在我必須將你帶往冥府。」

我說的這些話，他到底聽進去了多少？

我誠心希望他多少能夠聽進一點，就算只是滄海一粟也沒關係。我朝著他走了過去。即便不是福爾摩斯，也能看出他此時已理解了自己已經死亡的真相。

我接下來要做的事，就只是將這個迷途的靈魂平安送回冥府。盡可能不讓他留下任何遺憾，盡可能讓他接受人生已經走到終點的事實。

「不……你胡說……我根本沒有死！」

但我馬上就發現，我這個小小的心願並沒有被上司接納。

因為董也徹底拒絕接受這個事實，他抓著自己的頭髮，臉上露出猙獰的表情，張著嘴嘶吼了好一會，接著突然轉身逃走。

那倉皇的模樣，簡直就像是遭海克力斯追趕的克列尼亞牝鹿。

董也沿著剛剛走來的道路往回奔跑，朝北御門的方向穿越了馬路。我趕到路邊，不得不停了下來。

此時的董也並沒有肉體，好幾輛車子自他的身體穿過，他也渾然不覺。但我的身體是血肉之軀，不能像他這樣毫無顧忌地穿過車道。

「查爾斯！」

我迫於無奈，只好把希望放在查爾斯的身上。但我還沒呼喚牠的名字，只見一道黑影朝著剛進入公園的董也猛衝而去，有如羅賓漢的箭矢，一眨眼已進入了北御門內。那正是查爾斯。我心裡慶幸自己有個敏捷又機靈的使魔，同時迅速從口袋中取出手機。GPS的訊號追蹤APP上，一道黑色的箭頭正快速往公園的中央方向前進。

正是那棵孤伶伶地佇立在公園中央的楠樹的所在位置。

+

——開什麼玩笑！

同樣的一句話不斷在我的腦海裡迴響。

思緒一片空白，什麼也無法思考。

我只能一直跑，不斷往前跑。宛如有什麼東西在後面追趕著我。

上一次全力奔跑，是什麼時候的事情了？

讀大學的時候嗎？不，搞不好是高中時上田徑課的時候。

明明已經這麼多年沒有跑步，我卻感覺身體相當輕盈。為什麼我完全不會累，也不會覺得喘？

算了，現在不是想這種事情的時候。根本不必在乎這些小事。或者應該說，根本不應該在乎這些小事。我不斷往前跑，正是為了排除心中的這些雜念、恐懼感，以及那一股說不上來的不對勁。我不知道要往哪個方向跑，因為我根本不知道此時我該去哪裡。

總之我只想逃走。不管逃到哪裡都可以。

直到後頭再也沒有東西追趕著我。

「開什麼玩笑！」

心中的強烈焦躁感，讓我在嘴裡咒罵。一對和我擦肩而過的情侶，竟然對我視而不見。他們一定早已看見我一邊怒罵一邊奔跑，卻裝出一副什麼也沒看見的態度，這讓我心中更加惱怒。為什麼所有人都要這樣對我？他們到底跟我有什麼仇？

人都是自私的動物。

我生平遇上的每個人，不是瞧不起我，就是當我不存在。

不管是家人、朋友，還是交往過的前女友，沒有一個例外。

我是個無趣的男人。他們擅自為我貼上了這張標籤。

他們根本不知道我吃過多少苦，也無法理解我心中的糾葛，他們只會指著我的表面訕笑。

——該死！

一股想要破壞一切的衝動在我的心頭油然而生。

老實說，我根本不曉得自己跑過了哪些地方。當我回過神來，發現眼前有一座充滿威儀的偉人銅像。我在銅像的面前停下腳步，以兩手撐著膝蓋，垂下了頭。

我並不覺得喘，也不覺得熱，但我的額頭不斷流下汗水。

「該死，這到底是怎麼回事……」

我對著沒有人的空間不斷怒罵，除此之外我不知道自己能夠做什麼。

抬頭一看，眼前那座佇立在公園正中央的銅像，左手上停著一隻不曉得是鷹還是鳶的鳥類，一對眼珠瞪著前方。我不知道他在看什麼，但總之不會是看我。

「我問你，我到底算什麼？」

明知道這是一個很滑稽的舉動，我還是忍不住朝著眼前的銅像問道。

當然我並不期待能夠聽見回答。我只是無法壓抑想要問這個問題的衝動。

我到底算什麼？我到底是什麼？

如果那個可疑的英國人說的都是實話……不，絕對不可能。

我早就已經死了？

如果我已經死了，為什麼現在我還能對著銅像說話？

沒錯，我還活著。我正想要這麼告訴自己，腦海裡卻驀然閃過了奇妙的聲音及景象。尖銳的剎車聲。佔滿了整個視野的大卡車……

「咦？董也先生？」

背後突然傳來女人的說話聲，讓我全身一震。

「啊，果然是董也先生！你在這個地方做什麼？」

我戰戰兢兢地轉頭一看，眼前是個讓我依稀有些印象的女人。不久前她曾經走到我面前，向我問道：「請問你是經常在車站前面彈吉他的那位先生嗎？」

女人自稱姓出門，從小在這個城鎮長大。十年前，她經常看見還在拿著吉他追求夢想的我。

而且更令我感到驚訝的一點，是她聲稱很喜歡我唱的歌。或許她的喜好比較獨特吧。

她說她也不知道我的歌到底有什麼好，但就是有一種吸引人的魅力。

因此她記住了我的臉，前陣子看到我，忍不住向我搭話。她還問我為什麼後來再也沒有出來表演，是不是放棄音樂了。

「當時我正值青春期，心裡有著各式各樣可笑的煩惱。每次聽了你的歌，都會讓我覺得那些煩惱好像沒什麼大不了。所以我心裡一直記得，你是那個唱歌很好聽的人。」

出門靦腆地笑著這麼告訴我。自從第一次相遇之後，她就經常出現在我的面前，和我聊一些往事。對我來說，那些往事都是一輩子再也不願想起的黑暗歷史。但是她一點也不在意，甚至還這麼告訴我：

「董也先生，你不再玩音樂了嗎？我好想再聽你唱歌呢。」

類似的話，她對我說了好幾次。我一直向她解釋，我已經好幾年沒彈吉他，而且現在在忙其他的事業，但她相當頑固，不肯接受我這個說法。

「我明天還會來勸你，你可不能逃走唷！」

她露出戲謔的笑容，臉上帶著酒窩，我聽她不斷吹捧，心裡也漸漸有些得意。

這個女人不斷央求我繼續唱歌，確實讓我有些困擾。但我原本以為沒有任何人把我的歌聲放在心上，如今她卻說很喜歡我唱的歌，這畢竟是讓我感到相當開心的事。

「出門……」我喊了眼前這個最近突然有了交集的女人。

她聽見我的呼喚，露出了天真無邪的笑容。她的頭髮顏色依然是看起來相當甜膩的焦糖色，讓人不禁想像如果將那頭髮含在嘴裡，或許會有焦糖的味道。

「我正要去找你，幸好在這裡遇上了。真是稀奇，你平常不是都待在長椅那裡嗎？怎麼會跑到這種地方來……啊，難道是故意來找我？」

出門以半開玩笑的口吻如此說道，塗著粉紅色口紅的雙唇彎成了彎月形。

我早就知道，她是一個能夠毫不害臊地說出這種玩笑話的女人。但是更令我感到在意的是另一件事……

「出門……妳能看得見我？」

我不由得一臉茫然地問道。「什麼？」出門發出帶了點傻氣的錯愕聲音，睜大了一對水汪汪的大眼睛，畫上了適量睫毛膏的睫毛不住顫抖。

「當然看得見呀……要不然怎麼跟你說話？」

「呃，嗯……對啊……這麼說也對……哈哈哈，我到底在說什麼。」

聽見出門那再正常也不過的回答，我忍不住笑了出來，原本緊繃的全身肌肉也終於得以放鬆。我一邊撩撥著瀏海，一邊笑個不停。

沒錯，我到底在害怕什麼？

死神？天底下哪有那種東西？

或許是因為那個外國人有著宛如地獄惡鬼一般的紅色雙眼，讓我受到震懾，所以我才會失去理智。

如今我雖然是個作家，但也不能太會作白日夢。在我的眼前，不就有一個能夠看得見我，能夠和我說話，還能夠每天央求我彈吉他的女人？

因為遇上了她，我最近甚至開始認真思考該不該重拾音樂。不管我寫再多小說，也只是遭到埋沒。相較之下，至少我可以肯定有人喜歡我的吉他及歌聲。就算只有一人，也是彌足珍貴。

隔了這麼多年還要返回音樂的世界，當然讓我感到有些丟臉及遲疑。

不管再怎麼彈奏音樂都沒有辦法打動人心的那種孤寂感，我這輩子已不想再嚐到。當初我在決定放棄吉他的時候，曾經在心中如此立誓。

但如今我卻又開始期待……或許自己的機運終於到來。

「堇也先生，我想你可能是太累了？要不然……難道是在玩透明人遊戲？」

「抱歉……剛剛有人對我說了奇怪的話，所以我才……現在沒事了。」

「什麼奇怪的話？」

「什麼他是死神，我已經死了……總之就是很蠢的話。那傢伙不是日本人，我猜大概是要拉我信教吧。」

「唔……聽起來是個危險人物呢。」

「我也這麼覺得，真的是個很奇怪的傢伙。」

我並沒有察覺出門的聲音變得低沉了一些，滿腦子只想著要趕快讓自己恢復鎮定。我不斷告訴自己，剛剛發生在自己身上的事情，不管怎麼想都不對勁，一定要趕快忘記才行。沒錯，我一定要趕快逃，千萬不能被追上。

「堇也先生，你看，我今天帶了吉他來呢！」

我正忙著掩蓋腦袋裡不斷閃爍的紅色警示燈，雙唇有如桃紅色彎月的出門突然話鋒一轉，如此說道。她彎過上半身，讓我看她的背部。她的背上確實揹著一個黑色的吉他盒。我一看，不由得吃了一驚。

「妳有吉他？」

「是啊，只是幾乎不會彈。以前因為很仰慕你，所以跟著買了一把吉他，想要彈彈看。但是只靠自學，根本學不會，過不久就被我塞進壁櫥裡了。今天它終於重見天日！」

出門以戲謔的口吻如此說道，接著毫無意義地當場轉了一圈。

她身上那件有著春天色彩的薄大衣下襬輕輕飄揚，令我一時眼花撩亂。

「今天是我最後一次拜託你了。我知道再糾纏下去，你也會感到厭煩，如果你還是不答應，我就會放棄。我不想被當成一個麻煩的女人……所以我絕對不會強迫你。」

「出門……」

「堇也先生，我真的很喜歡你唱的歌，所以我希望你為我再唱一首。如果你覺得我是在給你添麻煩，我向你道歉。但是……如果你覺得沒有那麼麻煩，請你丟掉口袋裡的東西，接下這把吉他。」

吉他盒的帶子自出門那纖細的肩膀上滑落。

她小心翼翼地捧起吉他盒，遞到我的面前。

出門的眼神異常灼熱，目不轉睛地凝視著我。身高只有國中生程度的她，為了我而踮起了白色淑女鞋的腳尖，緊閉雙唇。

這或許是我此生第一次受到他人如此殷切的期盼。

如今的我，有什麼理由能夠拒絕？

比起逐漸遭到埋沒的小說創作，如今這件事情顯然對我來說更加閃亮動人，更加具有價值。我決定不再迷茫。

這或許是我人生中最後一次轉機。

如果我不答應出門，我這輩子想必將永遠是他人的笑柄，永遠不受任何人需要。

所以我決定……

「絕對不能丟！」

就在這時，我似乎聽見了呼喚聲。

但是這時的我，早已受了出門的熱情所感染。我依照她的吩咐，將手伸進上衣口袋裡，拿出了那一串令人厭惡的黑色玫瑰念珠。

——什麼幸運的護身符！

我陶醉於自己的冷笑之中，完全沒有想過出門為什麼會知道我的口袋裡有這個東西。我放開了玫瑰念珠，接著伸出手，想要抓住那原本早已放棄的過去夢想。沒想到就在這個瞬間，包覆著吉他的尼龍布在手指的下方瞬間變形，有如溶解了一般。

突然出現在眼前的鮮紅色舌頭，輕輕舔著那形狀詭異的彎月嘴唇。

＋

當查爾斯趕到的時候，一切已經太遲了。

查爾斯豎起了全身的體毛，弓起了背，擺出威嚇的動作。在牠的前方，菫也正被好幾隻紅褐色的細長手臂緊緊抓住。

一張血盆大口，含住了菫也的頭部，脖子以上完全遭到吞沒。

遭到唾液溶解後的靈魂瞬間失去原形。不僅身體扭曲變形，而且衣物與肌膚的分界也變得不明顯。菫也的身體就像是將好幾種顏色的液態顏料，毫無規則地混雜在一起。下一瞬間，長著兩排泛黃、雜亂門牙的血盆大口向下一吞，菫也整個人沒入其雙唇之間。

「啊啊啊啊，美味，太美味了！」

那刺耳的訕笑聲讓我頸項上的寒毛全都豎了起來。眼前的那個東西，已經不具有人的外形。簡直就像是一大團剛被挖出來的巨人內臟。那擁有自我意志的惡魔，張開了可怕的大口，仰天嘲笑著世間的真理。

「果然沒有變成惡靈的靈魂才是最美味的！在這個沒有夢想、沒有信念也沒有信仰的時代，我有這麼多美味的食物可以享用！真是太美好的時代了！」

「查爾斯！」

我聽著那污穢的惡魔笑聲，口中呼喚著我的使魔。我將雙手的手指用力插入掌心，靠著這瞬間的疼痛，我才能壓抑下心中幾乎沸騰的情緒。

——為什麼！

我想要朝著突然從這個世界上消失的菫也如此大喊。

為什麼？

為什麼你要放開那與世界的唯一聯繫，那最後的希望？

「我要上了！」

但是下一瞬間，查爾斯的吶喊聲吹散了籠罩在我心頭的無意義感傷。牠的後腿在地面上一踢，朝著我高高跳起，我也下意識地捲起了西裝外套的袖子。查爾斯露出尖牙，一口咬住了我的手腕。這麼多年來一直讓我無法融入這個國家的白皙肌膚，驟然有種遭尖銳的硬物刺入的感覺，同時鮮血猛噴而出。

在我們死神之間，這稱作「冥界的護送儀式」。查爾斯的身體瞬間失去原本的輪廓，突然向外噴發、炸裂，化成了一把巨大的鐮刀。

死神之鐮。那鐮刀的長度和我的身高差不多，通體漆黑，有如燃燒著黑色的火焰。

這正是為什麼從古至今，繪畫中的死神皆攜帶著鐮刀。

當使魔吸了死神之血，就會化身為斷魂之鐮。

一把專門用來淨化惡靈的鐮刀。

淨化並非救贖。當人類的靈魂遭死神之鐮斬斷，會化為碎片，喪失一切自我、智慧及未來再次變成人類的權利，從此進入蟲魚鳥獸之類弱小生物的世界。

這些靈魂必須經過非常、非常、非常漫長的時間，在自然界不斷循環，最後才有可能再度進入人類的身體。

如果是正常的輪迴轉生，原本作為人格核心的靈魂本質、善惡之業，以及與生前所愛之人的緣分，都會直接繼承。但如果是遭死神之鐮斬斷的靈魂，這些都會重新計算。

「啊啊！成功了！我成功了！我比死神早了一步，吃掉了靈魂！死神啊，你一定很懊惱吧？但是對我來說，這真是一場刺激又有趣的遊戲！一場比賽誰能先得到靈魂的遊戲！」

眼前這個惡魔，到底曾經吃下多少靈魂？

不規則的球形表面，浮現著一張張的人臉，包含了男女老少，數量多到數不清。球體的下半部有著一張血盆大口，說話時的嗓音簡直像是好幾個人的聲音混雜在一起，令人毛骨悚然。

過去我從未與如此肥大的惡魔對峙過。

組合成那巨大軀體的無數人臉，每一張都醜陋而潰爛。明明是沒有實體的東西，卻散發著強烈的腐臭之氣。這顯然是非常危險的狀態，如果繼續放任不理，這惡魔將獲得干涉物質界的能力。

無數的眼球毫無秩序地往四面八方轉動。它們在做什麼？在觀望著死神的動靜？還是在嘲笑一個遭惡魔搶了先機的死神？

大量人臉之間的縫隙處，生長出了許多根宛如節肢動物一般的長腳，每一根長腳的尾端都在地面上輕磨，宛如是在等待著逃走的機會。我注視著那一舉一動，開口說道：

「惡魔！明知道死神就在附近，還敢褻瀆死者的靈魂，你勢必將為此付出代價！」

「……咦？咦？你是死神嗎？你真的是死神嗎？」

「……看來你的意識錯亂到看見了鐮刀也不知道我的身分？」

「好香、好香……真是太香了。明明是死神，怎麼會這麼香？香到我想要把你吃了……！」

「……我可不是比利時鬆餅！」

我回想起了午餐的鬆餅那溢酸感，同時往前踏出一步。

繼續跟這惡魔交談下去，只是白費力氣而已。這傢伙（或許該稱為這些傢伙們）已經是一群喪失了理性的意識集合體。

根據過去的經驗，我知道聽對方說任何一句話都是浪費時間。

我決定以最快的速度終結這個案子。

我不想再看到那些過熟、腐爛的靈魂。

原本死者的靈魂是很美麗的東西。堇也的靈魂只要能夠順利滑下冥府的坡道，或多或少也會綻放出一些只屬於他自己的光芒。而如今卻毀在這惡魔的手裡……

「注意那傢伙的後面！」

但是就在我衝到了惡魔的面前，即將一鼓作氣揮出鐮刀的瞬間，腦海裡忽然響起了查爾斯的警告聲。我在那千鈞一髮之際停下了動作，同時那惡魔的巨大身體向下一沉，下一瞬間竟跳躍至令人難以置信的高空中。

光是那跳躍能力，就足以證明惡魔是不具任何質量的靈體。

然而令我倒抽一口涼氣的原因，並不是那巨大的惡魔輕易地躍過了身高將近六呎的我。而是因為在我停止了鐮刀動作，同時惡魔高高躍起的瞬間，我看見兩個凡人的孩子正朝著我的方向奔來，臉上帶著天真無邪的笑容。

如果查爾斯的警告聲稍微晚了一點，我的鐮刀不僅沒有辦法斬中惡魔，而且一定會把這兩個孩子的靈魂斬成兩段。在追趕堇也進入公園的途中，我啟動了智慧型手機裡的肉體透明化APP，讓凡人看不見我的身體。因此這兩個孩子會毫無防備地朝我奔來，也不是什麼奇怪的事情。

我一時慌了手腳，竟然就這麼讓惡魔逃走了。

就在我的注意力被孩子們吸引的短暫時間裡，那宛如肉球一般跳躍的惡魔，已經逃到了二十碼之外。

「哈哈哈！死神！下次再陪你玩吧！」

——被擺了一道。

我只能愣愣地站著不動，目睹那惡魔的身影消失在草叢的另一頭，耳中聽著孩子們一邊嘻笑一邊通過我身旁的腳步聲。距離已如此遙遠，不太可能追趕得上。就在我決定放棄追趕的同時，手中的鐮刀開始變形。

那黑色的火焰無聲無息地轉化為黑色液體向下滴落，凝聚成了查爾斯的外觀。變回了黑貓之後，牠走到草叢前，併攏前腳坐下，表達了滿心的感嘆之意。

「唉，竟然就這麼被逃了。這就是俗話說的Even Homer sometimes nods（大意失荊州）吧。你狩獵惡魔的經驗如此豐富，沒想到今天會有這樣的失誤。」

「……今天這件事確實是我的疏失。我以為惡魔沒什麼大不了，有點太小看對方了。」

「不，更大的問題是你有些太急躁了。當然我承認這惡魔相當狡猾，但你很少會像剛剛那樣魯莽地胡亂揮舞鐮刀。若是平常的你，一定會先察覺惡魔的背後有孩童，同時做出適當的處置。」

「……」

「唉……沒想到在尋找賢者凱隆的過程中，被惡魔捷足先登了。總而言之，我們先將現在的狀況向上司報告吧。上司知道我們的努力完全徒勞無功之後，大概會溫言勉勵我們幾句，再配上大量的碎碎唸吧。」

查爾斯說完之後站了起來，搖著尾巴邁步往前走去。

牠走向了那兩個差點活生生遭到斬殺的孩子們。

「啊！姊姊！那邊好像有東西！」

其中貌似弟弟的孩子伸出手指，指著野花正結了小小花苞的草叢中。一旁的少女聽見呼喚，朝著弟弟所指的方向走去，伸出了手。但就在姊姊的手指即將碰觸到弟弟所說的那個東西時，查爾斯忽然快步衝上前，無聲無息地叼起了那個東西，同時轉身逃走。在查爾斯口中搖擺的那個東西，正是懸掛著聖十字架的玫瑰念珠。

姊弟們見好不容易發現的寶物被一隻黑貓叼走，同時發出了懊惱的聲音。但就在他們想要追趕查爾斯的時候，不遠處傳來了父母的呼喚聲。

「快要下雨了，該回家了！」

我聽到這句話，不由自主地抬頭仰望天空。

頭頂上的烏雲比我們剛走出縣廳建築的時候更加厚重、低垂，而且發出了隆隆聲響。

那來自遠方的雷聲，有如被關在地獄深淵的獨眼巨人所發出的嗟嘆聲。

在下起雨來之前，我也得追上查爾斯的腳步才行。我心裡明明這麼想著，兩條腿卻彷彿被固定在地上一般動彈不得。

就在我看見那兩個孩子撲進父母的懷裡時，我感覺到雨滴落在我的臉頰上。

這場雨是多麼冰冷，彷彿春天再度遠去。

今年的春天特別容易下雨。

因為這個緣故，櫻花的預計開花時間比往年晚了一星期左右。

但是在我的眼前，卻有著一大片提早盛開的櫻花。

為了排遣鬱悶的心情，我開始畫起了不死山與櫻花。不知已多久沒有看見的蔚藍天空，與覆蓋著白雪的日本第一名山，再配上在這個國家象徵著春天的花卉，形成了光與影的組合搭配。事實上畫布裡的這些櫻花，只是去年我第一次在日本生活所看見的春天景色的複製品。我很想親眼確認這些櫻花到底畫得像不像，但恐怕要再過一段日子，才能實現這個心願了。

今天窗外依然有著不斷拍打玻璃的絲絲細雨。

我右手拿著調色盤，往後退了一步，確認畫布上的整個圖面。

不知道為什麼，總覺得有些古怪。

……原因到底是什麼？難道是為了明顯區分天空和山巒，不小心把山巒畫得太暗了嗎？

但我今天能夠使用的白色及藍色顏料，都已經用光了。我瀏覽整座書架，剩下的藍色不是太濃就是太淡。

既然如此，不如乾脆把前方的櫻花樹幹畫得更加明亮一些？

我心裡這麼想著，將手伸向眼前的紅色小瓶子。

但就在我即將碰觸到瓶身的瞬間，我驀然停下了動作。

那唐紅（亮紅）的顏色是如此迷人，彷彿在誘惑著我的手指。但是就在我看見那閃耀色彩的瞬間，一股難以言喻的陰鬱感突然充塞在我的胸口，讓我不由得放下了手指。我轉頭望向工作坊的角落，那宛如萬聖節幽靈一般，覆蓋著白布的畫架，依然靜悄悄地佇立在那裡。

……我到底在幹什麼？今天可是難得的假日。

因為讓惡魔逃走的關係，我們遭上司禁假，已經有好一段日子過著沒有辦法休息的生活。到了今天，上司才終於答應讓我們休息一天。

我不是應該趁這個日子，將那雪白的萬聖節幽靈好好塗上顏色嗎？

要是過了今天，下次可不知道什麼時候才能放假。

然而今天的我，卻依然故意將視線避開那幅畫。

就在我心裡產生這樣的念頭之後，我再度檢視眼前的畫布，竟突然感覺到我正在畫的這幅畫是如此陳腐而滑稽。號稱日本最虛幻的花卉，以及擁有不死之稱的名山，營造出了最膚淺的可笑氛圍。

我嘆了一口氣，將調色盤擱在工作檯上，解下了圍裙。

我不再理會那幅畫了一半的畫，轉身走向瀰漫著白鼠尾草香氣的客廳。

「我出去一下。」

正在準備午茶的人偶們都吃了一驚，抬起頭來。

唯獨慵懶地躺在錦緞沙發上的查爾斯絲毫不以為意，隨口說了一句「慢走」。

此時我身上一如往昔，穿著一件背心。於是我披上西裝外套，從玄關門口拿了一把雨傘，走下地下室，在門前簡短告知了欲前往的地點。

我打開門，來到了當初與董也一同走過的公園裡。

這次連結聖域的門，是公共廁所的門。我走出廁所，撐起雨傘，邁開步伐。

上班日的下午，雨天。這兩個憂鬱的要素，讓公園裡冷冷清清，一個人也沒有。

整座公園死寂得彷彿整個世界只剩下我一個人。我朝著煙雨之中的長椅瞥了一眼，便舉步走向草坪廣場，來到了去年第一次看見不死山的地點。

今天因為受雨霧遮蔽，我當然看不見那壯觀的山容。頭頂上的櫻花樹枝，也還沒有開出任何一朵櫻花。我抬頭一看，只有一些看起來相當堅硬的花苞，彷彿正在冰冷的雨水中瑟縮著身子。驀然間，有一滴雨水自花苞上滑落，在我的雨傘上一彈，發出了滴答聲響。

「原來如此……」我聽著那聲音，心中恍然大悟。

「……這聲音有點像是生命的炸裂聲。」

那可說是靈魂最美麗而閃亮的瞬間。雖然只是極短暫的時間，卻令我深深著迷。我靜靜地站著，感受著生命的聲音在我頭頂上舞動。

我不願意再聽下去，雙腿卻動彈不得。

「The rain falls on the just and the unjust……」

我低聲呢喃，聲音隨著雨聲消散得無影無蹤。

春天距離我依然遙遠。

第六話

燕子與煙火

過了樹鶯啼叫的季節，街道的上空不時可見往來穿梭的燕子。

一尾燕子自萬里無雲的蔚藍天空盤繞而下，橫越我的眼前，鑽進了一棟老舊建築的屋簷下。我驀然聽見熱鬧的鳴叫聲，抬頭一瞧，玻璃門正上方竟然有一顆燕巢。

這裡是車站前的繁華鬧區，鋪了磁磚的狹窄車道一直延伸到車站前。我正走在大路要轉進巷道的位置。距離下件案子多少還有一點時間，所以我一如往昔來到這裡。每當我有了一些零碎的時間，卻不知道要做什麼的時候，就會來到這個地方。

繁華鬧區的暗巷裡，靜靜地佇立著一棟老舊、寂寥的綜合商業大樓。跟周圍的建築物比起來，這棟大樓看起來又細又長，給人一種弱不禁風的印象。而且因為夾在建築物與建築物中間，更是流露出一種莫名的卑微感。

走進玄關大門，是一片相當狹小的梯廳。外頭沒有任何招牌，要知道大樓裡面有哪些商家行號，只能看張貼於梯廳深處的告示板。

這大樓裡頭有著神祕兮兮的某財團辦公室、看起來像是祕密基地的小酒館、從來沒有出現過病患的針灸館，以及規模非常小的民營畫廊。

我走進大樓，毫不遲疑地進入電梯，按下了四樓。

在那不斷搖晃且發出可怕顫動聲響的機械方盒裡，我打開右手的紙袋，看了一眼袋裡的東西。正當我在確認那老字號日式糕餅店的盒子並沒有被壓扁或變形時，頭頂上忽然傳來一陣只有在從前的時代才聽得見的傳統電梯鈴聲。

我抬起頭來，映入眼簾的是一大片的綠色。

不過那不是這個時期的草木所特有的那種脆嫩、耀眼的鮮綠色。

而是一種相當沉穩的鴨綠色，讓人聯想到哈比人所居住的陰鬱森林。

「歡迎光臨……原來是你。」

貼著綠色壁紙的走道深處走來一個老人，或許是聽見了電梯的聲音，特地出來迎接客人吧。那老人一看見我，伸手推了推他臉上的老舊圓框眼鏡。

我對著他默默行了一禮，露出一貫的微笑。

「打擾了，榮一，好久不見。」

「確實好一陣子沒看到你，是生病了嗎？」

「沒有，只是前陣子很忙……最近才終於稍微能夠有一些自己的時間。」

「那可真是辛苦，總之先進來再說吧。」

老人以平淡的口吻說完這句話，轉身邀我入內。他叫牧野榮一，是這家畫廊的老闆，更是我在來到日本之後第一個建立交情的人。他長年在這裡經營畫廊事業，特別喜歡收購只有熟悉藝術界的人才知道的中堅畫家的畫作。

特別是與他簽約的畫家，幾乎都是擅長寫實畫風的日籍畫家。通往畫廊深處辦公室的狹窄走道上，鄭重展示著一幅幅精緻唯美的風景畫或靜物畫。

剛來到日本的那段時期，我只要一有空，就會在街上到處尋找畫廊及美術館。我就是在那個時候，發現了這家「牧野畫廊」。

這裡就像是一座祕密的展示間，只配置了最低限度的照明燈光，整個空間中瀰漫著顏料的氣味，連一扇窗戶都沒有。

「牧野畫廊」不僅有著這種特殊的氛圍，而且狹窄走道上的每一幅畫都經過精挑細選，足以打動我的心。

所以自從得知有這個地方之後，我就經常來這裡看畫。

對於每次都只看不買的我，獨自經營著畫廊的榮一雖然有時會露出狐疑的表情，但前幾次都保持沉默，並沒有干涉我。

畢竟是開在這種偏僻地點的畫廊，只看不買的行為往往會引來老闆的不歡迎眼神。但榮一每次都只是以那戴著玳瑁眼鏡的雙眸瞥了我一眼，從來沒有走出辦公室。

如今回想起來，或許只是因為我看起來像外國人，他擔心語言不通。但不論如何，總之他對我表現出了相當大的寬容。每天早上，我總是會遺忘在這裡獲得的感動，於是我又會找時間來到這裡看畫。榮一每次見到我，都只是默默地待在一旁，讀報或記帳，並不特別說什麼。但我永遠不會忘記，就在去年的這個時期，發生了一件事。

那天我一如往昔在這裡看畫，他第一次走過來向我搭話。

「你最近經常來看畫呢。我這畫廊裡的畫從來沒變過，但你每次來都看得很入迷，是有哪一幅畫讓你特別中意嗎？」

我回答自己的興趣也是畫畫，榮一先是相當驚訝於英國人竟能說出如此流暢的日語，後來他跟我聊了很多關於他自己的事情。

榮一說他也曾經提筆作畫，夢想要當一名畫家。但後來他放棄了這個夢想，轉為當一名畫商，費盡千辛萬苦才開了這家畫廊。

我聽了他的生平經歷之後，忽然覺得每次都來白看畫實在是對他有些不好意思，於是我決定買下他所販賣的畫。到目前為止，我一直沒有這麼做，說穿了是因為我沒有錢。畢竟我在執行送終業務時，總是要求靈魂碎片作為回報，而非金錢。但是當我得知了榮一對「牧野畫廊」寄予的厚望後，我實在沒有辦法說出「今後我還是想要免費看畫」這種話。

因此我決定將每天喝的紅茶換成便宜一點的品牌，同時讓查爾斯這陣子改吃日本製的貓食來省錢。正當我要說出買畫的事時，榮一卻告訴我：「我並不希望你花錢買畫，但我希望你下次把你的畫帶來讓我看看。」

於是過了一陣子，我依照他的指示，帶了一些我自己的畫作去拜訪他。他拿著我的幾幅畫作反覆看了許久，最後決定買下我的畫當成商品。當然我只是個沒沒無聞的新進畫家，他支付的報酬也相當微薄，但至少他認為我的畫作頗有前途，他願意花錢投資在我的畫作上。

從此之後，不管我的畫有沒有賣出去，我都會時常來這裡拜訪他，送他一些聊表心意的小禮物。如果不是他的話，如今聖域的地下倉庫大概已經堆滿了我的畫作，完全看不到地板了。

「老樣子。」

我朝著榮一遞出了日式糕餅的紙袋。榮一擠出了眼角的皺紋，笑嘻嘻地接下紙袋，說道：「謝了。」我經常遭上司責罵執行業務時的態度太差，但是老實說，榮一的態度也沒有好到哪裡去。

榮一平常是個沉默寡言的人，而且就算和我面對面說話，也總是板著一張臉。但是每當他看見某家日式糕餅店所賣的銅鑼燒時，他總是會眉開眼笑。因此我每次來這裡拜訪他，都會帶上一盒相同店家的銅鑼燒當作伴手禮。

過了一會，榮一一如往昔走進狹窄走道盡頭處的狹小辦公室裡，為我泡了日本茶。那間辦公室原本似乎只是一間稍微大一點的茶水間，如今不僅是辦公室，而且還是「牧野畫廊」的會客室。因此在這裡可以看見辦公桌和廚房流理臺比鄰而居的奇妙景象。但是能夠走得進來的人數上限，大概就是兩人左右。

大部分的空間都被桌子、書架及小冰箱佔據了，剩下的空間只能擠得下兩張附滾輪的辦公椅。

「最近狀況好嗎？既然很忙，是不是沒再畫了？」

「嗯……最近這兩個月完全沒有新作品，只有一些畫了一半的。」

「真是可惜。之前買你的畫的客人，一直在說很想要買你的新作品。尤其是那幅螢火蟲，客人非常喜歡，一直追問我畫家的名字。」

眼前的日本茶呈現清澈的綠色，看起來像是把橄欖石溶入了水中。榮一啜了一口，臉上帶著淡淡的苦笑。我的身分是死神，我並不打算改行當畫家。所以我的畫作上並沒有署名。我心想既然不打算當畫家，乾脆不要公布名字，於是我請榮一以「沒沒無聞的新人」的名義販賣我的畫作。

「……其實我有件事，想要跟你商量一下，正是關於這一點。」

我轉頭望向開了一小道縫隙的斜推窗，自那縫隙看著窗外。微風帶著初夏的喧鬧聲掠過我的鼻頭，輕輕撫上榮一那有如畫布般雪白的頭髮。

「說起來實在對那些喜歡我的畫作的客人們很不好意思，但我打算休息一陣子，不再畫畫了。」

「咦？為什麼？」

「我也不知道該怎麼說明……總之我失去了自信，我對自己的畫感到失望。最近我漸漸已經不再產生想要畫圖的心情了。明明還有許多想畫的事物，卻總是沒有辦法動筆……我心想既然如此，不如乾脆休息一陣子。」

榮一沒有說話，只是靜靜以他那圓框眼鏡後頭的那對眼皮厚垂的雙眸凝視著我。我有將近兩個月沒有到這裡來，事實上這才是真正的原因。

自從春天發生了惡魔事件之後，我就再也沒有辦法繪畫了。

當然我還是持續蒐集著顏料，我所擁有的靈魂碎片也還是一樣閃耀而美麗。但我認為我的畫作匹配不上那靈魂的光輝。

自從那一天，我的心中驀然產生這樣的想法之後，我就再也沒有辦法提筆了。

打從我開始以靈魂的碎片作畫，這還是我第一次遇到這樣的狀況。

我對繪畫產生興趣，並不是三天兩頭的事情。自從我成為獨當一面的死神之後，我就開始畫圖，到現在已有近百年的歲月。但是從沒能拯救董也的那一天起，憂鬱就像是蜘蛛絲一般，緊緊盤繞在我的心頭。那些蜘蛛絲阻礙了我的思緒，遮蔽了我的視線，一點一點地蠶食我的心靈……這種感覺一直在我的胸口揮之不去。

每天清晨我一醒來，總是會覺得心頭有一股說不上來的沉重壓力。這種鬱悶感一直困擾著我。從前我每天早上拉開窗簾，仰頭看見耀眼的晨曦，胸口總是會充盈著無比的喜悅與新鮮感，但如今我已喪失了那種感覺。

這到底是怎麼一回事？我曾經找查爾斯商量這件事，他只是以半開玩笑的語氣告訴我：「看來你終於擁有跟凡人一樣的感受了。」

「原來如此，既然這是你自己的決定，我也不好說什麼。畢竟你不是職業畫家，如果你不想畫了，那就這樣吧。但是在我看來，你的作品很有深度。」

「深度……？」

「是啊，能夠完美融入繪者靈魂的深度。尤其是你最近的作品，越來越有這種味道。所以你說不想再畫，老實說我有些失望。不過你還年輕，將來想要再畫的時候再回來也還不遲。慢慢來吧，這種事情要細水長流。」

榮一臉上的表情一如往昔，幾乎沒有什麼變化，但當他說出這些話時的口吻，正與今天燕子飛舞的氣候有幾分彷彿。今年七十四歲的他，肯定作夢也沒有想過眼前這個英國人活過的日子比自己還長。

但是他那穩重、慈和的聲音，深深鑽入了我充滿迷惘與困頓的心靈。我的畫作擁有能夠完美融入靈魂的深度。榮一的這句話，綻放著宛如記憶碎片一般的光輝，在我布滿了蜘蛛絲的胸口熠熠發亮。

凡人所描繪出的世界能夠如此深深吸引我，正是因為他們的作品擁有靈魂，給人一種彷彿活著的感覺。榮一那麼說，或許意味著我的畫作已經朝著凡人的美好作品前進了一步。當然那可能只是因為我將人類的靈魂以膠液及水化開，當成了顏料。

「對了，你上次說過，你曾經當過英文的家庭教師？」

「……咦？啊……嗯，有一點經驗。」

「有一件事情，不曉得能不能請你幫幫忙？」

榮一鬆開了他領子上那條風格正如藝壇人士的獨特領帶，改變了話題。我不禁感到納悶，他如此慎重地拜託我，不曉得是什麼事情？

我認識榮一的這一年來，從來沒有聽他提過這樣的話。我聽得目瞪口呆，但最後我還是點頭同意了。畢竟榮一幫了我很多忙，如果可以的話，我想要報答他的恩情。

驀然間，榮一露出了若有深意的微笑。那笑容簡直就像是偶然間走進一家骨董行，發現了一幅異常珍貴的畫作。

「我有個正在讀國中的外孫女，她最近總是抱怨英文太難，我也不知道該怎麼辦才好……只好拜託你了。」

聽說謊話只要說一百次就會成真。如果真有其事，這表示我的小小謊言剛好迎來了值得紀念的第一百次。

「我是卯野濱世愛，請多多指教。」

當那女孩對著我恭恭敬敬地鞠躬時，我深深後悔不應該撒那第一百次謊。畢竟我只是個死神，我從來沒有當過英文老師。

「我叫波繪，是她的媽媽。真的很抱歉，我父親對你提出這樣的要求，請多多指教。」

連坐在旁邊的婦人也對我鞠躬致意。我嘆了一口氣，心裡明白這下子已經逃不掉了。

或許應該說，當我踏進榮一的女兒、女婿的住家大門時，就已經無路可逃了。

這一帶是相當靜謐的住宅區，位在市中心偏東的位置。

榮一的女兒、女婿及外孫女一家三口所住的透天厝，就在這住宅區的角落。

建築物在設計上有著北歐風格，相當別緻漂亮，特徵是寬廣的庭院及懸山頂式外觀。

玄關大門上有一扇小窗，窗上裝飾著鋼鐵材質的藝術圖騰。這棟透天厝似乎才剛建好沒多久，一走進門內，我便聞到一股撲鼻而來的木材清香。

內部的裝潢隨處可見用心與巧思，我在心裡暗暗讚嘆，這裡不愧是榮一女兒的家。

上個星期，我突然在「牧野畫廊」裡接下了家教工作。

當時我礙於榮一的面子，不好意思當面拒絕，今天騎虎難下，只好打扮成了一副教師的模樣登門拜訪。

雖說是打扮成教師的模樣，但其實穿著依然是白色襯衫及黑色背心。

我不知道身為一個家庭教師，身上應該攜帶什麼樣的東西，因此只帶了一本從舊書店買來的二手日英辭典、一支我最中意的鋼筆，以及一本我平常隨身攜帶的筆記本。我故意購買看起來有些破舊的辭典，是為了符合「我有家教經驗」這個設定。畢竟身上帶的如果是全新的辭典，很可能會引來懷疑。

但我一見到榮一的外孫女，登時察覺這樣的偽裝只是白費力氣。

卯野濱世愛，十四歲，國中二年級。

我跟她隔著麥芽色的桌子相對而坐，她在母親的陪伴下做了自我介紹。但在說話的時候，她的雙眼是閉上的狀態。我霎時明白，她的眼睛無法視物。根據波繪的解釋，世愛是先天性全盲，平日就讀住家附近的盲人學校。

兩人剛結束自我介紹，我正要發話，驀然間一陣激烈的鳴叫聲令我的氣勢受挫。轉頭一看，只見上了蠟的油亮木頭地板上站著一頭柴犬。那是一頭有著紅褐色體毛的成年柴犬，特徵是彎曲的尾巴，牠站得四平八穩，不斷對我發出恫嚇的叫聲。牠的脖子上綁著紅色的項圈，體毛梳理得整整齊齊，四肢沒有任何髒污，可見得是平時養在屋內的狗。

或許是因為不容許自己的地盤內突然出現冥府使者，他（或她）從剛剛就不斷對著我吠叫。

「貝姬！妳今天是怎麼了？為什麼這麼凶……老師，真的很抱歉，這隻狗平常是不會這樣亂叫的。」

「沒關係，狗是一種鼻子相當靈敏的動物。我家裡養了貓，或許是身上有貓的味道吧。」

「原來如此，真是對不起，請稍等一下……」

有著一頭筆直及肩黑髮的波繪，一邊頻頻向我道歉，一邊抱起那名叫貝姬的狗，走出了客廳。光從這打理得整整齊齊的家，不難看出她是個相當賢慧的妻子。雖然相貌與榮一並無相似之處，但舉止與表情還是和父親有幾分神似。

庭院裡開著萬紫千紅的花卉，家中的各種擺飾及掛畫都營造出協調的美感。這種洗鍊的藝術細胞，必定是遺傳自榮一的優點吧。我一邊如此想著，一邊拿起桌上的茶杯。

家裡的裝潢是西式風格，端出來的茶卻是日本茶。我感受著舌尖上微澀的芳醇甜美，心裡想著這正是榮一平時泡給我喝的那種茶。故意使用不那麼燙的熱水來泡，想必也是繼承自榮一的做法。

或許因為這個地區是日本屈指可數的茶葉產地，榮一對綠茶可說是相當講究。波繪在榮一的菁英教育下，對茶的品味應該也相當高吧……我在心中進行著我最拿手的人物側寫，同時望向坐在斜對面的那名少女。母親已離開了，她跟不認識的外國人單獨相處，心裡應該很緊張吧。

「世愛」這名字挺有西洋風格，本人的個性卻似乎有些內向。只見她微低著頭，嬌小的肩膀顯得有些緊繃。因為閉著眼睛的關係，看起來有點像在睡覺。但除此之外，她的外貌跟一般人並無任何不同。她給我的第一印象，就是個相當平凡的少女。

以十四歲而言，她的面容似乎有些過於稚嫩。不過這或許是歐美人對亞洲少女的普遍感想吧。而且因為她的臉蛋較嬌小，鼻梁較矮且鼻形圓潤，再加上嘴唇像嬰兒一樣微微翹起，更給人一種充滿稚氣的印象。

整體而言，這少女有著嬌柔可愛的容貌。髮色微淡的短髮，配上應該是父母所挑選的套頭式淑女服，呈現出了俊美而嬌柔的形象。

「《小公主》（*A Little Princess*）？」

今天是家庭教師與學生第一次見面的日子，從頭到尾維持著尷尬的氛圍，似乎也不太妥當。因此我嘗試向世愛搭話，她愣了一下，微微歪著小腦袋，露出納悶的表情。

「法蘭西絲·霍森·柏納特（Frances Hodgson Burnett）的作品《小公主》[13]裡頭，女主角的名字和妳一樣。我猜你們家的狗的名字『貝姬』，也是來自那部作品吧？」

我向世愛這麼解釋之後，她的臉上突然閃過一抹紅暈，宛如花苞在春陽中綻放了開來。她那反應讓我感到有些意外，只見她微微將身體湊了過來，興奮地說道：

「老師，你好厲害……！你讀過《小公主》？這是第一次有人猜出貝姬這個名字的由來！」

---

⑬《小公主》的女主角名叫Sara（中文通常譯作「莎拉」），與「世愛」的日文發音近似。另外，「貝姬」（Becky）也是這部作品中的人物之一。

「嗯……柏納特雖然是有名的美國小說家，但跟我一樣出生於英國。而且你們家為寵物取名字的方式，和我家的貓有點像，所以我馬上就猜到了。」

「老師家的貓叫什麼名字？」

「查爾斯。來自於《穿長靴的貓》的作者之一夏爾．佩羅（Charles Perrault）。」

「夏爾．佩羅怎麼會變成『查爾斯』？」

「『夏爾』是以法文發音。如果以英文發音，就是『查爾斯』，兩個是一樣的名字。」

「啊……原來相同名字會因為英語發音跟法文發音而不一樣，我以前不知道呢。」

世愛伸手摸到自己的茶杯，以靈巧的動作將茶杯舉起，雙手捧著杯子，啜了一口綠茶。她似乎已經不再那麼緊張，臉上露出靦腆的微笑。她那纖纖細指的動作讓我不禁看得入迷。

或許因為全盲的關係，她的每個動作都是如此流暢自然。

這意味著在漫長的歲月裡……或者應該說打從呱呱墜地的那一刻起，她就生活在一個沒有光影的世界裡。

「對了，我還不知道老師的名字。老師，我該怎麼稱呼你？」

我正著迷於她那輪廓上的光芒，驀然間被她這句話拉回了現實。回想起來，我剛剛的自我介紹，被她家的忠犬貝姬打斷了。我遲疑了一會，說道：

「我給妳的第一道作業，就是為我取一個綽號。」

「綽號……？不能叫老師的本名嗎？」

「我的本名對日本人來說似乎很難發音，所以乾脆由妳來為我取個綽號吧。」

剛剛才後悔不應該說謊一百次，現在我又犯了「說謊就跟呼吸一樣」這個死神的老毛病。至於說謊的理由，其實很簡單，我們死神根本沒有名字。

死神與這個世界並無瓜葛，因此基本上就算沒有姓名，也不至於造成困擾。頂多會有一些綽號，方便在遇上同業的時候互相稱呼吧。死神並沒有戶籍資料，不在公司行號上班，也不會有家庭。如果與凡人走得太近，反而會對我們的業務執行造成阻礙。

因此我們平常的一舉一動都非常小心，盡可能不在凡人的心中留下記憶。如果有必要的話，我們還會刻意刪除凡人心中的記憶。

以前刪除凡人的記憶必須委託專業部門，現在只要操作自己的智慧型手機就可以輕易處理。

「唔，原來如此……英文的名字會有這種問題。但是要為老師取什麼綽號好呢？老師的日文說得很好，簡直像在跟日本人說話。讓我忍不住想要取日本人的綽號呢。」

「噢，妳外公也曾經嚇一跳。他說我外表看起來是歐美人，內在卻是日本人。」

「老師的長相和日本人差這麼多嗎？」

「嗯……最大的差別，應該是皮膚的顏色及臉部的骨骼吧。另外，我的眼珠是紅的，這也相當罕見，不過這跟人種無關。」

「紅色的眼珠很罕見嗎？什麼樣的紅色？」

「有人說像鮮血，有人說像石榴……還有人說像夕陽。」

「夕陽？」

「是啊，有人說我的眼珠就像是快要下山的太陽。」

「哇……跟太陽的顏色一樣？那一定很美！」

我本來想要拿起茶杯，聽到這句話卻驀然停下了動作。

世愛聽到我的眼珠顏色像太陽，天真地想像著那是什麼樣的色彩。此刻她臉上的笑容，不知為何深深鑽入了我的胸口深處。那是一種相當奇妙的感覺。因為當我以死神的身分重獲新生時，給了我這對眼睛的查爾斯這麼告訴我：

——這個顏色非常適合你。

生命即將流逝的顏色。從前被用來代替人肉的果實顏色。太陽即將死亡時的顏色。說起來這些都是相當適合死神的毀滅之色。查爾斯告訴我，這對眼珠的原本主人罹患了白化症，可說是相當罕見，一定要好好珍惜。

大多數的同業也都認同查爾斯的選擇。

大家都說，我的眼珠有著相當適合死神的顏色，僅次於黑色。

因此在我的心中，向來認定紅色是意味著死亡及毀滅的顏色。

沒想到一輩子從來沒見過色彩的世愛，卻以和她的秀髮一樣輕柔的口吻說道：

「既然是太陽的顏色，應該是相當溫暖的顏色吧。真好，好想看一看呢。」

我不知道該怎麼形容此時我的心情。

若要舉個較具視覺效果的比喻，就好像是布滿了蜘蛛絲的胸口內側忽然沐浴在陽光之中。

受到陽光照射的蜘蛛絲，美得有如以柞蠶絲編織而成的藝術品。隨著其每一次的閃爍，我感覺自己的內在變得越來越充實而安詳。過去我從不知道原來蜘蛛絲也可以散發如此美麗的光澤。

我與卯野濱世愛長達三個月的交流，就從這一刻開始。

我變成了一個雙面人。

這聽起來很糟糕，簡直像在做一件違背道德的事。不過事實上我的行為確實違背道德，因為我是一個不具任何教師資格及經驗的死神，卻擅自肩負起了教育凡人的職責。

身為死神的我，真的有資格擔任未來主人翁的引導者嗎？

每個星期六，我都會在固定的時間造訪世愛的家。這樣的生活常常讓我的心中抱持遲疑。當然這是榮一拜託我的事，我前往卯野濱家可說是天經地義，但每當我看見世愛那天真無邪的笑容時，我總是會有種彷彿一根針插在胸口的罪惡感。

世愛雖然眼睛看不見，但是相當樂觀積極。雖然個性稱不上開朗，卻是個相當機靈乖巧的女孩子。

除了英文跟數學非常不拿手之外，其他科目的成績大多在平均值以上。整體來說，是個有些害羞、怕生但認真念書的好孩子。

上了幾次課之後，我漸漸開始對世愛產生這樣的印象。

世愛有著相當旺盛的好奇心，她對於一般知識的求知欲望更甚於學校的課業。

因此在學習英文的時候，她感興趣的通常不是點字課本上列出的例句及文法，而是英語圈的居民在日常生活中實際使用的道地英語。

她總是將課本裡的例句稱作「死英語」，將我回顧從前在英國的生活所說出的英語稱作「活英語」。

事實上她說的也沒錯，她的課本裡有不少例句讓我不禁感到好奇「什麼樣的場面會用到這樣的句子」。

「我們因為眼睛看不見的關係，不知道的事情比看得見的人多了好幾倍。例如我們沒看過太陽，不知道天空是什麼顏色。因為沒看過流星，所以也沒有辦法許願。但也因為這樣，我好想要多知道一點不用眼睛看也能理解的知識。眼睛看得見的人如果知道十件事，我就要知道一百件事。這麼一來，我就不會覺得自己是個不幸的人，在看得見的人面前也能夠挺起胸膛。我每次把這個想法告訴外公，他總是笑著說『世愛的好勝心真強』。」

世愛總是像這樣笑著描述自己所遇上的阻礙及遭遇。她從不會因為天生眼睛看不見而唉聲嘆氣、怨天尤人或自怨自艾。

如果她只是在逞強，當然我會非常同情她，盡可能對她多說一些經過美麗包裝的安慰之語。但是在我看來，世愛的笑容非常真實，並非打腫臉充胖子。

她確實沒有見過真正的太陽，但我相信在她那漆黑的心中，有著一顆只屬於她自己，而且永遠不會西墜的太陽。

那太陽的光輝是如此閃亮、如此溫暖……

「喂，你是不是該去上課了？」

——不曉得世愛心中的太陽有著什麼樣的色彩？

我凝視著手中的落日，想像著這個問題，查爾斯的聲音忽然鑽入了我的耳中。

我回過神來，朝著坐在門口的查爾斯瞥了一眼，此時剛好柱上的時鐘發出了鐘聲，我轉頭一看，已經十二點了。

每個星期六，我都必須化身為家庭教師，到今天已經是第四個星期。今天我從一大早就執行了兩起送終業務及一起臨時業務，回家之後本來想打個盹，沒想到時間不知不覺已到了十二點。

查爾斯說得沒錯，我差不多該出門上課去了。同時兼顧死神及家庭教師的工作，比我原本的想像要更加辛苦得多。

待在卯野濱家的時間當然沒有辦法執行死神業務，我只好想方設法將這段時間的案子排開或延後。例如與死神同事交換案子，或是先派查爾斯待在送終對象的身旁，觀察對方的動靜。

尤其是像今天這樣上課前沒有辦法小睡的日子，更是讓我感到相當痛苦。

我必須帶著上午三件案子的記憶，前往卯野濱家，還得裝出一副若無其事的樣子。這樣的情況上星期發生了一次，我本來下定決心下次一定要先睡一覺再上課，沒想到今天卻又重蹈覆轍，讓我不禁暗自懊惱自己到底在幹什麼。

……事實上我什麼也沒幹。

完成了上午的工作之後，我將取得的靈魂碎片帶回工作坊。接下來有一個多小時的時間，我只是看著架上的無數閃亮光輝發呆。

我不禁暗罵自己實在是個記不住教訓的人。但為了自我安慰，我決定把這筆帳怪在使魔的頭上。

「……查爾斯，謝謝你熱心管理我的工作行程。但如果可以的話，請你考量到小憩的重要性，早一點提醒我。」

「那可真是抱歉。我還以為依你的個性，就算工作再忙，你還是會想要趁著空檔畫幅畫，所以我才沒有打擾你……等等，你好像說過暫時封筆了？抱歉、抱歉，我完全忘了這件事。」

查爾斯併攏著前腳，坐在沒有門扉的出入口處，心情愉悅地張開了左右兩側的白色鬍鬚。不知道為什麼，最近牠心情很好。

當然牠那犀利的揶揄嘲諷並沒有因為心情好而減少，牠的一字一句依然尖酸刻薄，讓人難以忍受。

牠剛剛那幾句話，其實是拐彎抹角地指責我想到什麼就做什麼，疏於自我管理。我嘆了一口氣，將手中的小瓶子放回架上。當初從名為薄井楓的少女手中取得的鮮紅色靈魂碎片，一直放置在架子的最前列，隨時可以看見的位置。每次看見這鮮紅的顏色，我總是會感覺情緒異常激昂，好像有什麼記憶即將浮上心頭。

那似乎是一種甜美、雅致、令人懷念卻又足以將心靈撕裂的記憶……

「話說回來，我真沒想到原本那麼熱衷於製作顏料的你，會突然放棄繪畫，改行當老師。你的夢想已經不再是成為米勒了？」

「……我畫畫本來就不是為了要成為米勒，不過我承認他的畫確實是讓我開始嘗試繪畫的契機。」

「你最近也很少去國家美術館了。封筆之前，你只要一有空閒，就會通過地下室的門，回到故鄉去看你的女朋友呢。」

「嗯……原本我堅持一直畫下去，是為了提醒自己不要忘記她的美。如今我已放棄繪畫，實在沒有臉去見她……」

我望著書架上那無數的靈魂光輝，心情就像是正在遭指責對情人不忠誠。但所謂的「女朋友」，並不是真正存在於這世間的女性，而是我從一百年前就深愛不已的尚·弗朗迪克·米勒的畫作《奧菲莉婭》。

奧菲莉婭是莎士比亞的戲劇《哈姆雷特》中的角色，她是主角哈姆雷特的情人。《哈姆雷特》這部作品死了很多人，尤其奧菲莉婭的死更是最大的悲劇。她與心愛的情人發生了爭執，情人後來殺害了她的父親，她因為遭受太大打擊而得了精神病，最後一邊唱著歌，一邊沉入了河中。

米勒是第一個畫出奧菲莉婭臨死前模樣的畫家。

戲劇裡絕對不會將這一幕演出來，只會以臺詞的方式交代她的死亡。相較之下，米勒卻以極度精緻的筆觸將臨死前的奧菲莉婭呈現在世人面前。

第一次世界大戰剛結束的數年後，我因為工作的契機而前往了英國國家美術館的分館，在那裡看見了這幅作品。從那天之後，我就深深迷上了她。

逐漸沉入河水中的奧菲莉婭，臉上的表情介於瘋狂與陶醉之間。

明明是一幅以死亡為主題的作品，卻籠罩著一股莫名的清新感。

每一枚花瓣都描繪得栩栩如生，呈現出了悲劇舞臺之美……

這幅作品令我驚為天人，我受到強烈震懾，難以忘懷那份感動，當天便衝進了畫材店。

藉由繪畫的行為，我不斷提醒隔天清晨醒來後的自己「再去見一次奧菲莉婭」。

每天早上，我看見了顏料塗得亂七八糟的畫布，以及沒有清洗的畫筆、調色盤，總是無法理解昨天的自己為什麼會做出這種瘋狂的舉動，於是就會再次前往美術館。

我毫不厭倦地做著這件事，長達百年的時間，造就了現在的我。不知不覺，繪畫成為我生活的一部分。我開始想要把自己覺得美的景色保存在畫布上，這種心態就跟當年想要自己記住奧菲莉婭的美是相同的道理。

但如今我就算佇立在臨死前的奧菲莉婭前方，也已無法獲得那天的感動與震懾。過去那不斷驅策我提筆作畫的火熱憧憬，如今已燃燒殆盡，不帶一點熱度。我不知道自己到底是怎麼了。簡直像是胸口遭人戳了一刀，我的內在一切都向外流逝，心室變得空無一物。

「人家說百年之戀終須一別，就是這個道理吧。當初你愛她愛得死去活來，現在卻彷彿當她不存在，只能說『人生就像巧克力盒[14]』。」

「……所以你想告訴我，不應該把巧克力盒打開？」

「不，我只是怕你突然決定不當死神，開始以成為大學教授為目標，所以先給你打劑預防針。上次那惡魔似乎還在這附近遊蕩，何況死神本來就處於嚴重人手不足的狀態，要是又少了你這一個，那可絕對不是一件好事。」

查爾斯口中說出的「惡魔」兩字，宛如朝我的胸口重重一擊。我的心臟發出了類似哀號的聲音，那天所見的可怕景象再度浮現於腦海。

「根據我剛剛問其他使魔的結果，上頭似乎也還沒有掌握進一步的線索。」

我本來擔心是不是漏看了上司的指示，正要拿出智慧型手機，查爾斯突然又以彷彿看穿了一切的口吻如此說明道。

「……這麼說來，其他的死神也遇見了那個惡魔？」

「是啊，而且同樣讓他逃了。根據我聽到的說法，這次是惡魔主動接近死神。

老實說，過去我從來沒有聽過惡魔敢主動向死神挑釁……而且聽說那惡魔好像在尋找什麼東西。」

「惡魔在找東西……？」

照理來說，惡魔應該是飢餓欲望的集合體。過去我從來不曾聽過惡魔還可以保持理性，甚至是做出尋找東西的行為，當然惡魔會東飄西蕩，到處尋找容易吞噬的靈魂，這一點相當合理。但是死神就像是惡魔的天敵一樣，惡魔刻意靠近死神，那就有些古怪了。查爾斯告訴我，這個遇上死神的同事所幸沒有受傷，但上頭或許會認為事態不尋常而決定展開調查。

「總而言之，你要玩老師遊戲，我不會阻止你，但希望你適可而止。要是你因為睡眠不足而在戰鬥時失常，我可是會被追究監督不周的責任。話說回來，你今天看起來比平常更加失魂落魄，你真的要在這樣的狀況下去上課？」

⓮ 這句話出自電影《阿甘正傳》，全文是「人生就像巧克力盒，你永遠不會知道自己能拿到什麼」（Life was like a box of chocolates. You never know what you're gonna get）。

「嗯……我沒事，只是早上接收的自殺者記憶讓我一直難以忘懷。只要把注意力放在其他事情上，馬上就會恢復冷靜了……應該吧。」

「又是自殺？這次自殺的是什麼樣的女高中生？」

「查爾斯……」

「抱歉，恕我失言。最近的社會很注重男女平權，我是不是應該改說『女高中生或男高中生』？」

「兩者都不是，是一個四十多歲的男人。沒有孩子，老婆又跑了，一直過著獨居生活……他覺得這樣的生活實在太苦，所以今天清晨上吊自殺了。他看見我，竟然一點也不驚訝，反而說應該早點這麼做才對……」

兩個小時前的記憶，在我的腦海裡有如雜訊一般，干擾著我的思緒。

我面對自殺者時的記憶。自殺者面對我時的記憶。

兩種不同來源的記憶在腦中互相交雜，逐漸喪失輪廓，只剩下他人生中的最後一股情感，在我這個空洞的容器中不斷迴盪……到頭來我的人生到底算什麼？

「噢……過去你應該經手過很多類似的自殺者吧？為什麼這次會特別在意？有

什麼令你心中牽掛不下的理由嗎？」

「……嚴格來說並沒有。只不過這個人在工作上的職位還算高，升遷也很快，手頭並不缺錢，而且四肢健全，並沒有罹患什麼重大疾病。從失去妻子到做出自殺的結論，總共花了兩年的時間。換句話說，他有整整兩年的時間可以好好考慮。但是這兩年他卻過得有如行屍走肉，不曾振作起來。這兩年之間，照理來說他有很多機會可以東山再起。但是他卻對那些機會完全視而不見，絲毫沒有加以把握的意思，我實在不明白到底為什麼。」

我看著在眼前不斷閃爍的天空顏色靈魂碎片，提出了這樣的質疑。

在小瓶子內閃閃發亮的蒼穹，是自殺者小時候最喜歡的天空色彩。

在這座工作坊裡，還有許多像他一樣找不出未來的希望，最後自絕生命的靈魂。過去我只是以一成不變的動作，將他們的靈魂中最美麗的部分切割下來，放入小小的玻璃瓶內。因為過去的我一直認為那是死者本人的決定，所以我尊重並且祝福對方，總是帶著喜悅的心將對方送往冥府。

我向來相信能夠選擇自己的人生是一件很幸福的事。

但是如今我產生了迷惘。到頭來，他們的選擇是正確的嗎？不，或許應該問，我的選擇是正確的嗎？我是否不應該祝福他們的選擇，而是應該為他們感到悲傷？他們忘懷了生命的喜悅，只能在空虛中結束一生，我是否應該代替他們感到心痛？

因為這個世界……

「『因此我們不喪膽。即使我們外在的人漸漸衰朽，我們內在的人還是日日被更新。原來我們這暫時、輕微的患難，正為我們帶來極重無比、永恆的榮耀。』」

正當我想得出神，不知不覺握起拳頭的時候，查爾斯卻背誦起了這樣的句子。

「『我們所注重的不是看得見的，而是看不見的；因為看得見的是暫時的，看不見的卻是永恆的』……這是《哥林多後書》中的詞句。可惜大多數的人，都會受到眼睛看得見的事物所束縛。人就是這麼悲哀的動物。上次也說過，每個凡人都是近視眼。」

「……你的意思是說，他們的眼中只看得見悲哀的自己？」

「不，我的意思是他們可能連自己也看不見了。或許他們不是近視眼，而是一群瞎子。不管是富饒者還是困乏者，都很容易因為一點小事而盲目，這就是人性。」

我想這些不用我多費唇舌，你自己應該很清楚才對。」

不知道為什麼，查爾斯最後說完這句若有深意的話，將頭轉向一旁。

我自己應該很清楚？牠為什麼這麼說？這句話顯然帶有特別的含意，讓我不禁皺起了眉頭。就在我想要問個明白的時候，餐廳傳來了人偶們告知備餐完畢的鈴聲。

「哎呀，聊了這一會話，竟然已經到了午餐時間。你也快點出門吧。一個沒有本事的老師，如果還遲到，在學生的面前可是會抬不起頭來。對吧，魯格老師？」

查爾斯妖嬈地甩動牠的尾巴前端，喜孜孜地離開了工作坊。臨走前丟下的這句最高等級的調侃之語，讓我感到頭疼不已，我不由得嘆了今天不知道第幾次的氣。

我帶著心中一抹的無奈，環顧整理得冷清寂寥的工作坊。

角落依然擱置著那遭到遺忘的夕陽。

總而言之，我得到了「魯格老師」這個綽號。

命名者當然是世愛。不，正確來說，應該算是我跟她之間的折衷方案，我們是共同作者。「魯格（Lugh）」這個名字源自我從前生活的英國所流傳的凱爾特神話

（Celtic mythology）中的太陽神。

從凱爾特神話來看，我應該算是冥神科爾努諾斯（Cernunnos）的部下，與太陽神應該算是兩個極端。為什麼我的綽號反而變成了神聖的太陽神？理由就在於世愛得知了我的眼睛顏色後，提議「取一個和太陽有關的綽號」。

既然是要和太陽有關，為什麼不直接取「Sun」？我心裡這樣想，但世愛似乎有著古怪的堅持。

「Sun的發音聽起來太像日文了。」

這就是她的理由。

於是我接著提議，如果不喜歡Sun的英文發音，可以替換成其他語言，例如拉丁文、希伯來文或希臘文。事實上我這個提議，正是最大的錯誤。

世愛似乎從我的提議中得到了靈感，她雙手一拍，說她想到了希臘神話，決定叫我阿波羅。

沒錯，就是那個阿波羅。古希臘的太陽神阿波羅。查爾斯好幾次為了諷刺我而提到的那個阿波羅。世愛說她在遇上我的數天前，剛好讀了一本專門介紹希臘神話的童書（嚴格來說介紹的是星座的傳說）。

「烏鴉座的故事裡提到的阿波羅，特別讓我印象深刻。獵戶座故事中的阿波羅非常殘酷，但是烏鴉座故事中的阿波羅卻很後悔害死了妻子。所以我覺得阿波羅就像凡人一樣，有可怕的一面，也有溫柔的一面……不過阿波羅有點難叫，不然我們簡化一下，稱你為『羅老師』如何？」

世愛天真地誇耀著她不久前獲得的知識，最後做出了這樣的結論。但是「羅老師」會讓我聯想到「賢者凱隆老師」，心中的痛苦記憶也會跟著被喚醒。於是我告訴她，凱爾特神話中的太陽神名字比較好叫。幸好她被我說服，我才得以逃過這一劫。

世愛告訴我，上次那本介紹星座的書，是她第一次接觸神話題材的書籍，所以她完全沒有關於凱爾特神話的知識，但是她很中意「魯格老師」這個稱呼。

「我下次想要找找看關於凱爾特神話的書！」

她的臉頰微微泛紅，說得斬釘截鐵。

說老實話，雖然只是隨便想出來的替代方案，但其實我也很喜歡「魯格」這個稱呼。因為這個字的發音，有些類似芸香這種花卉的英文名Rue。

或許我這麼說，聽起來有點像是在自吹自擂，但我向來認為芸香是這世上最適合我的花卉。因為在《哈姆雷特》裡頭，奧菲莉婭正是以芸香作為自己的象徵之花。

當然查爾斯在得知了這些來龍去脈之後，又給了我一句最高等級的譏諷：

「真是太完美了！你簡直就像是對她說了一句『進修道院去吧』[15]，這正是最適合你的稱呼。」

查爾斯的這種指導方式，實在是讓我傷透了腦筋。不過與查爾斯的對話，其實也讓我有一些收穫。因為牠在對話中引用了《聖經》的詞句，這讓我找到了適合用來教導世愛的新課本。

老實說這四個星期以來，我一直在煩惱著該使用什麼樣的教材來教導世愛。她似乎很不喜歡學校的教材，如果可以的話，我想要挑選其他的教材來提高她的學習動力。

因為與查爾斯的對話，我想到了《新約聖經》。

一來這是最貼近英國人生活的書籍，二來英文的《聖經》有各種不同的版本，有些使用的英文相當淺顯易懂。

於是在前往卯野濱家之前，我穿過地下倉庫的門扉，前往了從前在倫敦的聖域。我從書齋裡的各種《聖經》中挑選出了行文最平易淺顯的一本。那是一本A5尺寸的薄薄平裝書，內容只節錄了《新約聖經》的一小部分。

以這個為教材，世愛應該就不會苦惱於那些令人費解的先入為主觀念，能夠輕鬆地閱讀下去……我一邊這麼想著，一邊彎過巷道，突然間聽見了激烈的吠叫聲。

我吃驚地低頭一看，腳下有一條柴犬，那模樣相當熟悉。牠一看到我，立刻露出猙獰的表情，對著我不停恫嚇。原來是卯野濱家的狗貝姬。

「嗨，貝姬，妳在這裡做什麼？怎麼只有妳一個？」

我試著表達善意，並沿著連在牠項圈上的紅色牽繩望去。牽繩的另一端並沒有人影，繩頭落在地上。

難不成貝姬是大老遠聞到我的氣味，奔出了家門，跑到這裡來對我吠叫？

---

⑮「進修道院去吧」是《哈姆雷特》故事中主角對奧菲莉婭說出的經典臺詞。

不，不對。貝姬平常都是養在屋子裡，脖子上通常只有項圈，不會有牽繩。由此看來，牠應該是在散步的時候逃走了。

我不禁心想，看來牠真的很討厭我。

打從當初我第一天造訪卯野濱家，牠就對我表現出這樣的態度。

只要一看到我，就會像發了狂一樣對我吠叫，彷彿是在警告我不准接近牠的主人。

動物大多能夠看出死神並不是人類。我想貝姬應該是將我當成了一種不利於世愛的凶兆吧。

「妳不用這麼緊張，貝姬。我接近世愛，並不是為了奪走她的靈魂……」

「……貝姬！妳在哪裡？別丟下我一個人……貝姬！」

雖然我已經習慣被動物討厭，但每次拜訪卯野濱家都會遭到吠叫，畢竟會影響心情。因此我明知道希望渺茫，還是希望能夠與貝姬達成和解。就在我試著對貝姬曉以大義的時候，遠方突然傳來呼喊聲。那聲音既微弱又難過，彷彿隨時會哭出來。

而且那是我相當熟悉的聲音。

我抬頭一看，果不其然，貝姬那心愛的主人就站在道路的另一頭。

這陣子雖然是梅雨季，今天卻是陽光普照。世愛拿著盲人手杖不停敲打地面，想要找回愛犬。

我伸出手掌遮擋過於耀眼的陽光，瞇起了眼睛觀察她的模樣。今天的世愛穿著一身類似水手服的洋裝，看起來比平時更加閃亮動人。或許是為了防曬的關係，她的頭上戴了一頂寬大的報童帽，幾乎遮蔽了整張臉。

我盡可能不動聲色地拾起牽繩，避免遭貝姬攻擊，朝著世愛走近。

「貝姬，該回家了……不然魯格老師要來了……」

「我在這裡，世愛。」

「咦？」

原本快要掉下眼淚的世愛猛然抬起頭，發出了輕呼。

就算她抬起頭，也看不見我，但她還是依照聲音的方向，判斷出了我的大致位置及高度，對著我露出錯愕的表情。

「咦……？是老師嗎？魯格老師？」

「是啊，我正要去妳家呢。貝姬似乎等不及，先出來迎接我了。」

我拉著牽繩，將貝姬拉了將近五公尺的距離。牠整個屁股黏在地上，前腳向前抵住地面，一副絕不屈服的態度。

因為反抗的關係，項圈壓迫著牠的臉，令牠看起來相當痛苦。牠的臉頰高高鼓起，卻還是惡狠狠地瞪著我。這樣下去我怕牠那可愛的臉孔會變形，所以趕緊將紅色的牽繩交到世愛的手中。

世愛瞬間理解愛犬回來了，大喊了一聲「貝姬」，一臉如釋重負的表情，緊緊抱住了毛茸茸的妹妹。

「啊啊，太好了……妳突然不見，我好擔心呢！」

世愛的雙眼無法視物，遭愛犬拋下肯定會造成相當大的恐懼。她就這麼緊緊抱著貝姬，久久沒有放開。

貝姬似乎也很後悔丟下主人獨自離去。

牠以臉頰磨蹭世愛的身體，輕哼了幾聲，接著又舔了舔世愛的柔軟臉頰，簡直像是在道歉一般。

「不過我真的嚇了一跳，沒想到會是老師把貝姬帶回來。老師，真的很謝謝你，幫了我大忙。」

「我很高興能夠幫上忙。妳一個人帶貝姬散步？」

「嗯，上了國中之後，都是我負責帶貝姬散步，我想要習慣一個人外出。」

「但是貝姬並不是導盲犬，妳的父母贊成嗎？」

「剛開始的時候我媽媽很反對，但現在她已經不會說什麼了。貝姬一直很乖，平常都會保護我，今天是第一次跑得不見蹤影。從前不管發生什麼事，牠都不會離開我的身邊，像是有腳踏車靠近，若是要穿越斑馬線時，牠都會用叫聲提醒我。」

世愛露出天真的笑容，依然抱著貝姬不放。

聽說世愛從國小三年級起，就與貝姬形影不離。世愛信賴著貝姬，貝姬也信賴著世愛。

貝姬能夠理解世愛的眼睛看不見，打從平常就表現出保護世愛的態度。牠不讓我靠近世愛，想來也是基於一股使命感。因為我是死神，牠當然不希望我靠近世愛。

「原來如此，看來妳跟貝姬的感情，連喬跟萊西也比不上。」

「啊！老師說的是《靈犬萊西》[16]裡頭的喬跟萊西嗎？我從小就很喜歡那個故事呢！魯格老師，你真厲害，什麼書都讀過。」

「讀書向來是我的興趣。不管是真實的紀錄還是虛構的故事，讀書能夠讓我體驗到原本絕對無法體驗的人生，而且也有助於我觀察人性。」

「觀察人性？」

「嗯，每個人的出生背景及價值觀都不一樣，就算遇到相同的事情，感受及想法也會不同。什麼樣的人，對什麼樣的事情，會抱持什麼樣的感情，以及採取什麼樣的行動，一直是我想要釐清……」

我說到這裡，突然不再說下去。為什麼對這種事情感興趣，我自己也說不出個所以然來。

驀然間，我感覺到一股雜訊閃過腦海，緊接著我看見了一幅原本不應該看見的景象。

宛如古代神殿一般的陌生鄉村宅邸。身穿傭僕服色的一大群人忙進忙出的地下廚房。一邊吐著黑煙一邊前進的巨大機關車頭。

古老的倫敦街頭。帶有小窗的綠色門扉。擺滿了書架的狹窄店內。

從書架上五顏六色的書籍當中，抽出了一本冰綠色的……

「老師？」

……仔細想想，我到底是從什麼時候開始喜歡讀書？

直到前年為止，我所生活的倫敦聖域是一座擺滿了書的屋子，所以我不知不覺也適應了與書籍為伍……是這樣嗎？

不，不對。我是從更久以前，就已經對讀書感興趣了。

似乎有人在我的腦海深處如此呢喃。那個人是誰？

仔細回想起來，當初我在聖域裡遇上查爾斯之前，我因為沒有眼珠的關係，根本看不見。

一個盲人要如何喜歡讀書？

問題是這有如走馬燈一般流竄在我腦海的景象，到底是……？

---

⑯《靈犬萊西》（*Lassie Come-Home*）是英國小說家艾瑞克·奈特（Eric Knight）創作的長篇小說，1940年出版。

「魯格老師！」

下個瞬間，身體的輕微震動讓我回過了神來。我瞬間有如大夢初醒，低頭一看，一名日本少女正緊貼在我的胸口。

「老師，你沒事吧？」

「啊……嗯，抱歉。或許是因為天氣太熱的關係，感覺有點頭暈。」

「咦？老師，你真的不要緊嗎……？既然不舒服，最好不要亂動……」

「沒關係，我不要緊了。真的只是輕微頭暈而已。」

「是真的嗎？我最近也有一點貧血，經常會頭昏眼花。上次還因為這樣，不小心摔了一跤，頭上腫了一大包。所以老師要好好保重，千萬要小心才行。」

「謝謝妳的關心。不然這樣好了，在走到妳家之前，我們互相牽著手，這樣不管妳或是我，都不會摔倒。」

我一邊說，一邊抓住世愛握著牽繩的右手。就好像兩人一起握住愛犬的紅色牽繩一樣，手掌互相交疊。這突如其來的接觸，讓世愛先是吃了一驚，接著露出一副心慌意亂的表情。我這麼做，是因為她看起來很不安，因此想要給她一點安心感。

但世愛不知為何低下了頭，連耳根也漲得通紅。

「老師……沒想到你這麼大膽。」

「大膽？為什麼這麼說？」

「唔……或許在英國，這是理所當然的行為吧……？」

明明距離非常近，我還是聽不見她的聲音。她從頭到尾一直碎碎唸個不停，但並沒有反對和我牽著手走路。

從這裡到卯野濱家，只有五分鐘左右的路程。於是我們邁開步伐，朝著卯野濱家前進。

世愛必須一邊以盲人手杖敲打地面一邊前進，我配合著她的步伐，心中體認到這裡已經不是倫敦的街頭，而是日本的住宅區。

放眼望去，全是以圍牆圍起的住家。到處是顏色淡雅的繡球花，不知何處傳來如夢似幻的風鈴聲。剛剛充塞在我眼前的那幅景象，只是記憶的混濁所造成的白日夢，這對死神來說是經常發生的事情。我如此說服自己。

說到底，都是因為沒有先小睡一下的關係。胸口這宛如潮汐起伏般的莫名激邊，不過是到了明天的清晨就會煙消雲散的夢幻泡影。

「啊，有燕子。」

我正忙著戳破心中那不祥的泡沫，卻聽見世愛若無其事地說了這麼一句話。我聽她這麼說，也抬頭仰望彷彿忘了梅雨的天空。

萬里無雲的高空上，一隻燕子優雅地翺翔而去。

「……世愛，妳怎麼會知道？」

「咦？老師是說燕子嗎？因為我聽見了叫聲。」

「妳聽叫聲就知道是什麼鳥？」

「知道，從前爸爸找到了一個可以聽各種鳥叫聲的網站。他利用那個網站，教會了我許多鳥類的叫聲。其中我最喜歡的就是燕子的叫聲，每年到了這個時期，我就會開始尋找燕子。只要燕子今年也回來了，我就會很開心。」

「為什麼妳最喜歡的是燕子？」

「魯格老師，你應該知道《快樂王子》（*The Happy Prince*）這個故事吧？」

「心地善良的王子立像，以及陪伴在旁邊的燕子？」

「沒錯，就是那個故事！好幾年前，我曾經心情很沮喪，外公說了這個故事給我聽……我一直覺得燕子很可憐，忍不住哭了出來。燕子為了實現王子的心願，到處飛來飛去，最後竟然死了。幸好後來王子跟燕子都上了天堂，才讓我鬆了一口氣……這個故事讓我明白，只要抱持一顆關懷他人的心，不管現在多麼痛苦、多麼悲傷都沒有關係，因為將來能夠上天堂。」

世愛一臉靦腆地告訴我，這就是她喜歡燕子的原因。她一邊說，一邊持續以盲人手杖敲打路面。我聽著那規律的聲響，右腦不知為何得到了「簡直像在倒數計時」的感想。

「啊，仔細想一想，《快樂王子》就跟《小公主》一樣，是英國作家的作品，對吧？這麼說起來，我跟英國真是有緣呢。家庭教師是個英國人，或許也是命運的安排！」

倒數計時終於歸零。波繪細心照顧的卯野濱家庭院內，開滿了爭奇鬥豔的各色花卉。庭院外，世愛的臉頰上也彷彿綻放了嬌豔可愛的花朵。

就在這個瞬間，宛如彈奏著不祥節奏的泡沫全部消散。

又一隻燕子飛過了我們的頭頂，那叫聲宛如在歌頌著夏天的到來。

我選擇這本只有七十八頁的《聖經》作為世愛的教材，當然有我的理由。最大的理由，就在於這本封面色彩鮮豔的平裝版《聖經》，是誕生於英國的《聖經》版本，內容只節錄了《新約聖經》中的〈約翰福音〉。

從這一天起，我每次上課都會讀這部《聖經》的兩章內容給世愛聽。為了讓沒有辦法求學的窮人也能夠接觸《聖經》，這個版本的《聖經》翻譯成了相當淺顯易懂的英文。我一字一句地讀出來，搭配上日文的說明，讓世愛確實理解。

雖然教材中呈現出的是完全陌生的文化及截然不同的價值觀，世愛還是非常認真聽課。

她拜託母親波繪將我朗讀的內容錄音下來，等到隔週我再造訪卯野濱家時，這些內容的每一章每一節都已被轉換成了點字。

我開始教導世愛《聖經》，不知不覺已邁入了第五個星期。日本的梅雨季就在遭到天空遺忘的狀況下成為過去，平安離巢的新生燕子飛越了南方的大海。這一天，我終於教到了以這本《聖經》為教材的最大理由。

「While Jesus was walking along, he saw a certain man. This man had been blind since he was born. Jesus' disciples asked him, 'Teacher, why was this man blind when he was born? Was it because he himself did something wrong? Or was it because his parents did something wrong?'……」

〈約翰福音〉第九章第一節至第十二節。我看世愛已逐漸習慣聽我說英文，所以我這次不再逐字翻譯，而是先讀完一整段文章。

「They asked him, 'Where is this man?' He replied, 'I do not know.'……以上是第九章的開頭。妳聽得懂這幾句話在講什麼嗎？」

我讀完了最後一節，如此詢問世愛。

在統一採用了溫和色彩的世愛房間裡，我與她相對而坐。

一面連接著牆壁的梣木材質書桌上，擺著兩杯波繪送來的冰茶，以及一臺小型的錄音機。冬青色的玻璃杯，讓杯中日本茶的綠色顯得更加鮮豔。雖然玻璃杯上滿是水滴，但世愛的房間氣溫與已經可以聽見蟬鳴的屋外截然不同，既不冷也不熱，維持著舒適的恆溫。

這當然靠的是在我們的頭頂上努力運轉的空調機。從它口中吹出的冷風有如初春的晨風，輕撫過每一寸與桌子相同顏色的木頭地板。

貝姬就趴在風口處，露出一臉幸福的表情，我甚至可以聽見牠的鼾聲。

「……老師，『blind man』的意思是『盲人』嗎？」

「沒錯。」

「剛剛這幾句話的內容是……耶穌讓天生眼睛看不見的人恢復了視力？祂製造了一種藥，塗在盲人的眼睛上？」

「答對了。耶穌以自己的唾液混合泥土，塗在盲人的眼皮上，並且告訴盲人『到西羅亞池（Pool of Siloam）洗眼睛』。盲人照著吩咐做了，眼睛就能看得見了。大家聽到了耶穌的奇蹟，全都嚇了一跳，到處打聽這個人去了哪裡……」

我簡單說明了第一節至第十二節的內容，世愛聽得比平常更加嚴肅而認真。像她這樣的視障人士，沒辦法像一般人一樣，一邊上課一邊抄筆記。

因此世愛在上課的期間，只能全神貫注地聽我說明。

「單字及文法的詳細解釋，我等等再說。在這第九章，最重要的句子是第二節及第三節。耶穌的門徒看見盲人，問了這麼一句話……『老師，這個人天生是個盲人，是因為犯罪的關係嗎？是他本人犯了罪，還是他的父母犯了罪？』在那個時代，眼睛看不見、耳朵聽不見或是沒有辦法說話之類的身體障礙，一般會被認為是一種犯了罪的報應。所以耶穌的門徒們也認為那個人眼睛看不見，應該是他或他的父母犯了重罪，遭到上天懲罰。」

「……」

「但是耶穌卻是這麼回答……『不，他天生是個盲人，並非因為背負罪業，而是為了接受祝福。』」

「……祝福？」

「沒錯，祝福。耶穌說：『這個人生下來，是為了讓世人看見神的偉大。』接著耶穌就當著眾人的面，創造了奇蹟，治好了盲人的眼睛。換句話說，耶穌所做的事情，不只是治好一個盲人的眼睛，而且還推翻了『帶有身體障礙的人都是罪人』

這種世間的刻板印象。在接下來的章節裡，許多沒有辦法認同耶穌的人，會開始指責耶穌是個異端分子……說到底，誰才是真正罪孽深重的人？誰才是盲人？」

我在椅子上蹺起腳，把教材放在大腿上，伸手拿起了茶杯。

透明的冬青色杯子裡，冰塊發出的清脆聲響，不只滋潤了我的喉嚨，也滋潤了我的耳朵。為了配合水質，波繪特地挑選了澀味較少、口感較清爽的綠茶茶葉。我正享受著那綠茶的滋味，此時卻察覺了一個小小的變化。

平常我的說明只要一中斷，世愛就會立刻拋出各種問題。但如今她卻沉默不語，雙手在膝蓋上緊緊交握，彷彿不知道把她的好奇心遺忘在何處了。

「世愛，妳有什麼樣的想法？」

今天反而是我主動提問。

「真正的盲目是什麼？是像妳這樣天生眼睛看不見嗎？還是故意閉上了眼睛，摀住了耳朵，拒絕與世界接觸，只愛著自己的人？」

「我……」

世愛勉強擠出了聲音。我可以清楚看見她的眼皮周圍的黑色睫毛微微顫動。

「我因為看不見的關係，曾經覺得很難過、很不甘心，而且很害怕。」

「嗯。」

「但是……我不認為自己是個不幸的人。常有人說我眼睛看不見實在很可憐，但我不這麼認為。我一點也不可憐，因為我有耳朵，我有嘴，有身體，我有爸爸、媽媽，我有外公，我有貝姬，我有一個家，而且我可以上學……我每天都活得很快樂。」

「嗯……」

「如果……我的眼睛看不見是一種處罰，我沒有理由能夠活得這麼幸福。照理來說，我應該會更加不幸才對。」

「是啊。」

「所以我相信耶穌的話。我來到這個世界上，是為了接受祝福，更是為了獲得幸福。」

世愛的聲音微微顫抖著。過去的她是那麼開朗，那麼天真無邪，我從來不曾見過她以這麼虛弱的口氣，低著頭對我說話。

但我打從一開始，就知道會是這樣的結果，理由當然也是心知肚明。

所以我闔起膝蓋上的《聖經》，以我自己的話說道：

「世愛。」

「……是。」

「妳有一個很棒的名字。這個名字包含了兩個心願，一是希望全世界的人都能愛著妳，二是希望妳能愛著全世界的人。」

世愛吃驚地抬起頭來，與我四目相交。

當然她的雙眼依然是閉著的狀態，不可能當真與我對看。

但是在那個瞬間，我真的感覺到自己與世愛互相看著對方。

因此我在心裡當成她看得見，對著她露出微笑。

「在剛當上妳的家教大約一個月的時候，妳的外公跟我說了一件往事。他說妳那開朗、努力又不服輸的性格，其實是有理由的。」

沒錯，就在我開始進出卯野濱家不久之後。

那一天，我前往了「牧野畫廊」，想要報告世愛的上課狀況，沒想到卻意外從榮一的口中聽見了一件往事。

「世愛現在雖然是那樣的個性，但其實以前相當內向。因為眼睛看不見的關係，她一直認為自己給父母添了很大的麻煩。親戚聚會的時候，她總是低著頭，一句話也不說。」

榮一瞇起了雙眼，彷彿是在回想著當年的景象。他接著描述，在世愛就讀國小二年級的時候，發生了一件事。當時世愛就讀的是另外一個社區的盲人學校，每天上下學都是由母親波繪負責接送。

有一天，波繪因為某種理由，沒有辦法在放學時間趕到學校。波繪事先通知了學校，表示自己會晚一點才到。級任導師將這件事告訴世愛，沒想到世愛一聽，竟然決定不等母親，自己走路回家。

當時的學校距離住家約徒步十五分鐘，每天母親都牽著世愛的手上下學，所以世愛認為自己應該能夠獨力回家沒有問題。

不，或許最大的理由，是世愛一直認為自己造成父母的負擔，心裡感到很自卑，所以才想要盡可能表現出自立的一面。她希望能夠證明自己可以照顧自己，不必麻煩父母。她想要證明給別人看，同時也證明給自己看。

就在那天的放學途中，發生了事情。

世愛拿著盲人拐杖，小心翼翼地走路回家時，被一群放學途中的孩子們盯上了。他們是一群就讀附近國小的健康學生。

那些孩子們經常目擊世愛由母親陪伴著上下學，因此知道世愛的眼睛看不見。那天他們看見世愛，產生了惡作劇的心態。只能說那個年紀的孩子，都有一種天真的殘忍性格。他們故意躡手躡腳地走到世愛的身邊，發出聲音嚇她。

眼睛看不見的世愛，驟然聽見黑暗中傳來野獸的叫聲。

世愛嚇了一大跳，因為過於害怕，一時慌不擇路，竟然逃往完全錯誤的方向，摔進了旁邊的排水溝裡。

那是一條沒有鐵網也沒有護欄的排水溝，不明就裡的世愛就這麼從高約一公尺的擋土牆上跌入水中，在水裡拚命掙扎。根據榮一的描述，那排水溝裡的水其實很淺，水深不到二十公分。

但是眼睛看不見的世愛，卻誤以為自己跌進了深不見底的水中。她完全陷入了恐慌狀態，整個人趴在水裡掙扎了好一會，最後竟然不動了。

那群孩子們原本只是袖手旁觀，簡直就像是在看著拋進水裡的昆蟲。直到看見世愛完全不動，他們才察覺事態嚴重。

孩子們嚇得趕緊向附近的大人求助，原本靜謐的住宅區登時充塞著刺耳的尖叫聲。

世愛從排水溝中被人救了上來，立刻被送上救護車。雖然沒有性命之憂，但是當世愛在醫院裡醒來後，又爆發了另一個問題。

「害世愛摔進排水溝的那幾個孩子，剛開始謊稱那是一場意外。他們聲稱是世愛自己踏了空，才會摔到排水溝裡。但是世愛醒來後，我們仔細問她，才知道她是被那群孩子們故意驚嚇，才摔進水裡。因為這起事件，雙方的家長們吵得不可開交，最後談判的結果，孩子們的家長答應賠償世愛的住院費用。但其中一個母親因為氣不過，竟然對世愛說……『妳不過是眼睛看不見，就被周圍的人捧在掌心，只會擺出一副受害者的嘴臉。』」

我幾乎不敢相信自己的耳朵。一個母親竟然對年幼的世愛說出了這種令人難以置信的粗暴言論。那母親接著又說：「眼病是罪孽深重的人才會得的病，妳天生就得這種病，一定是因為前世欺負了弱者，所以今世才會變成遭到欺負的一方。既然是罪人，就應該乖乖受罰，別以為自己有什麼了不起。」那母親的這幾句詛咒之語，讓原本就已受到傷害的世愛的心靈更是徹底粉碎。

據說正是從那一刻起，世愛主動閉上了雙眼。

數天後，榮一得知此事，前往探視世愛。當時她哭著詢問榮一……

外公，我是個不應該出生的孩子嗎？

「世愛不敢問她的父母，她怕父母會給她肯定的答案。所以她趁著沒有其他人的時候悄悄問我……我聽她這麼問，心都要碎了。」

榮一以一如往昔的平淡口吻說道。他的雙眸並非凝視著我，而是凝視著數年前那個夏天，那個顫抖著小小的肩膀，不停地啜泣的外孫女。

「在我看來，不管是對他人的孩子，還是對自己的孩子，會說出那種話的人，都沒有資格為人父母。」榮一說道。

「……你沒有向那個母親提出抗議？」

「沒有，我沒有提出抗議，但我設法教訓了她一番。」

「教訓了她……？你是怎麼做的？」

我忍不住問道。榮一只是淡淡一笑，並沒有回答。

一直到最後，榮一都沒有說出他以什麼樣的方式教訓了那個母親。當時他的表情，就像是剛完成一場惡作劇的壞孩子。

「發生了那件事的隔年，你們一家人才搬到了這個社區，是嗎？我本來以為你們家是一直住在這裡，聽了之後還有點嚇一跳呢……妳外公就是在那個時候，對妳說了《快樂王子》的故事？」

「……嗯，而且外公還送了貝姬給我，當作搬家的賀禮。外公說，下次如果再遇到一樣的狀況，貝姬一定會保護我。」

世愛的臉上漾起淡淡的微笑，彷彿懷念起了五年前的往事。

原本以為睡得正熟的貝姬，此時依然維持著慵懶的姿勢，卻將耳朵轉向我們的方向。我見了那任性的動作，忍不住笑了出來。

世愛一定不明白我在笑什麼，但我這一笑，她也跟著笑了出來。

「真的很好笑，對吧？自從發生了那件事之後，我反而給爸爸、媽媽添了更多的麻煩。為了讓我能夠安心上課，他們特地幫我換了新的學校，幫我蓋了新的家，還給了我貝姬……但也因為那件事，我才深深明白爸爸、媽媽及外公他們有多麼愛我，我是多麼幸福的一個人。」

「所以妳才有了不服輸的個性？」

「嗯，我覺得自己明明很幸福，只是因為眼睛看不見，就常被人說很可憐、很不幸什麼的。我覺得很不甘心，所以總是告訴自己，絕對不能輸給那種想法。啊，不過我的意思並不是想要贏過那些說我可憐的人，讓他們後悔說那種話……我只是想要當一隻燕子。」

我的腦海裡浮現了《快樂王子》的情節。這個童話故事是愛爾蘭戲劇作家奧斯卡・王爾德（Oscar Wilde）的作品。

在這個故事裡，有一隻燕子一直陪伴在王子的黃金像身邊。

燕子明知道冬天一來，自己一定會死亡，卻還是盡心盡力地幫助王子拯救世人。

世愛口中所稱的燕子，當然就是《快樂王子》中的燕子。

代替眼盲的王子，自由自在地翱翔於空中，為世人傳遞幸福。
或許有人會嘲笑她的夢想太過遠大，太過缺乏自知之明。
但是我很清楚。正因為我曾經陪伴無數的世人走完最後一程，所以我很清楚。
像她這樣年僅十四歲就擁有明確的夢想及目標的人，可說是少之又少。
大多數的人，只能一臉茫然地佇立在那片過於遼闊的汪洋前，耗費漫長的歲月，只為了思考自己該往哪裡去。有些人只能走一步算一步，有些人什麼也沒找到而陷入絕望，有些人則只能隨波逐流……但世愛並非如此。
她的手中已經握著指向了燈塔方向的羅盤。因此在我看來，她是如此耀眼。甚至可以說，讓我有點羨慕。
「老師，謝謝你。如果我是燕子，那老師就是快樂王子。」
「我是快樂王子？」
「老師選擇這本《聖經》當作教材，是因為聽我外公提過從前的事，對吧？你想讓我知道耶穌說過的話。」
「這一點確實沒有錯，但我的眼睛並不是藍寶石，我的皮膚也不是純金打造的。」

「呵呵，沒關係。老師的眼睛，就像是王子的劍上的紅寶石。媽媽曾經說過，紅寶石的顏色就是紅色。」

「……所以妳想要挖出我的眼睛，送給落魄的劇本作家和賣火柴的少女？」

「唔，如果按照原作的話，確實是這樣沒錯，但這樣老師太可憐了。所以我決定改成將老師送給我的幸福分給其他人。」

世愛興奮地如此說完後，自顧自地笑了起來。

此時的她，已經不再像剛剛那樣嬌弱而畏縮。

今天的課程就到此告一段落，我向波繪告辭離開。

「老師，今天真的很謝謝你。」

「不用這麼客氣，下星期相同時間，我再來拜訪。」

我一手拿著自己的一點隨身物品，在門口處向波繪微微鞠躬。

世愛站在母親的身邊，一起送我離開。她的旁邊還站著睡飽了的貝姬，正精神奕奕地對著我低吼。

「世愛，下星期見。今天沒有理解的部分，記得在下星期上課之前……」

「呃……那個……魯格老師！」

我一如往昔交代了最後幾句話，轉身正要離去，世愛忽然在我的背後大喊。我愣了一下，轉過頭來，只見她露出一臉下了重大決定的表情，緊緊握著花紋吊帶裙的裙襬。

「老師……我上次聽外公說……你除了看書之外，畫畫也是你的興趣？」

「唔……嗯，有時會畫圖來打發時間。」

「那……那個……我下星期就放暑假了……星期六以外的日子也能見面……如果老師不介意的話，我想去觀摩老師畫畫！」

世愛突然這麼對我說道。跟當初剛見面時比起來，她的頭髮長了一些，如今那頭髮輕輕揚起，宛如擁有生命一般。我整個人傻住了。在我漫長的死神生涯裡，此時我的表情應該是數一數二的傻裡傻氣吧。

因為我完全沒有預料到世愛會說出這樣的話，腦袋完全無法會意過來。

站在旁邊的波繪呵呵笑了起來，卻似乎並不顯得驚訝。

「老師，真是對不起，世愛突然提出這種要求。家父對老師的畫作讚不絕口，世愛得知之後，就一直說要去觀摩……真的很不好意思，如果你方便的話，能不能請你實現她這個心願？」

波繪顯然曾經受女兒再三央求過。此時她雖然維持著一貫的穩重態度，臉上卻帶著三分苦笑。世愛在一旁羞得滿臉通紅，她腳邊的貝姬則依然對著我齜牙咧嘴。

沉默了半晌之後，我壓抑下想要嘆氣的衝動，點了點頭。

看來這件事是拒絕不了的，我也只能硬著頭皮答應了。

回想起來，自從我來到日本之後，這還是我第一次允許凡人進入聖域。就算是在生活了上百年的英國，招待凡人進入聖域的次數也是寥寥可數。

這是因為死神有著不老不死的身軀，因此基本上必須盡量避免與特定的凡人產生過度的交集。我們就算與凡人建立交情，也只能維持數年的時間。一來我們絕對不能說出自己的真正身分，二來相處的時間如果太久，上司一定會下令將我們調職。死神的存在，是為了維持這個世界的均衡，一旦過度幫助特定的凡人，對支撐人間與冥界的天秤會有什麼樣的不良影響，可說是比明天的天氣更加容易預測。

「打……打擾了……！」

我擔任世愛的家教第九週的星期一。因為我前幾天處理了一樁緊急案件，今天難得補休，所以我招待世愛及她的母親波繪來到家裡。世愛在母親的牽引下，從鑲嵌著彩繪玻璃的玄關門口走進客廳，表情看起來異常緊張。

至於波繪，則是仔細打量著屋裡的每個角落。這棟聖域從建築物的外觀到內部裝潢及家具家飾，全都採用近代英國風格，似乎令她相當感興趣。

平常的白天時間，人偶們總是忙進忙出地打掃著家裡，但今天它們全都乖乖的坐在窗邊，假裝是平凡無奇的人偶。唯一的麻煩，是混在那些人偶之中的查爾斯。牠窩在一個戴著寬簷淑女帽的千金大小姐型人偶的旁邊，偽裝成一具布偶，鼻頭卻一直不斷抽動。

「嗚嗚，我聞到了狗的臭味！幸好現在家裡正在焚燒驅魔用的白鼠尾草，勉強還能忍受。話說回來，沒想到你真的把學生帶回了家裡。看來你對日本的十多歲少女完全沒有抵抗力。你們的年紀可是差了上百歲，這簡直是比狗的臭味更加嚴重的犯罪行為。不過俗話說青菜蘿蔔各有所好，我也不好意思對個人的興趣多表達意見。」

牠獨自在窗邊碎碎唸個不停，我充耳不聞，招呼世愛與波繪坐在桃花心木材質的餐椅上。

查爾斯的自言自語聲音大得異常，所幸只有我聽得見。只要我不理牠，牠就沒皮條了。

今天泡茶的工作不能交給人偶們處理，因此我親自泡了伯爵紅茶。使用的茶杯，是藝術鑑賞價值極高的骨董茶杯，再配上成對的杯碟及湯匙。波繪端著茶杯欣賞上頭的裝飾，口中讚嘆不已。

「好美……果然老師有著很高的藝術品味。從老師平常的穿著打扮及隨身物品，就可以看得出來。走進老師的家，簡直像是來到了英國呢。」

「過譽了。我只是還沒有辦法擺脫從前在英國生活的習慣，所以一直保留著這些生活用品。世愛，妳能喝紅茶嗎？」

「呃，嗯……老師，我聞到了一股很奇妙的味道。」

「我今天在家裡燒了一種特別的香草。畢竟要是家裡的貓味太重，可能連你們都會被貝姬吠叫。」

「啊，我想起來了，老師的家裡養了貓！那隻貓就在附近嗎？」

「嗯，就在那裡。查爾斯，過來。」

我朝著擺滿了人偶的凸窗喊道。查爾斯登時豎起了全身的體毛。牠一定沒料到我會直接呼喚牠的名字吧。只見牠臭著一張臉，將頭轉向另一邊。

但牠若以為我今天只會乖乖聽牠碎碎唸，那牠可就大錯特錯了。我假裝無奈地站了起來，走向查爾斯。牠察覺不對勁，想要逃走時，已經被我一把抱起。

「來，這就是查爾斯。」

「哇……我可以抱抱牠嗎？」

「當然，牠最喜歡跟人親近了，妳抱一整天都沒問題。」

「有問題！」

查爾斯大聲抗議，可惜在凡人的面前，我不能與牠對話。我只是默默地將那團毛茸茸的黑色東西塞進世愛的懷裡。

世愛興奮地尖叫，像抱洋娃娃一樣緊緊抱住了查爾斯。我似乎聽見她的懷裡傳出痛苦的呻吟聲，但我當然沒有加以理會。

「這裡是我的工作坊。」

我與母女兩人閒聊了一會之後，帶著她們進入位於客廳後頭的工作坊。相較於瀰漫著白鼠尾草氣味的客廳，工作坊卻是個充塞著顏料氣味的純白空間。世愛似乎察覺了空氣的變化，發出了一聲輕呼。她的雙臂依然抱著臭著臉的查爾斯。

「哇……老師的工作坊真大。」

「妳感覺得出來？」

「從迴音可以大致判斷……一般的住家裡竟然有這麼大的工作坊，可見得老師真的很喜歡畫畫。」

「倒也稱不上喜歡……只是因為打從住在英國的時候，就一直有畫畫的習慣，不知不覺畫畫已經成了日常生活的一部分，就跟吃飯、睡覺、呼吸一樣。」

我一邊說，一邊將手伸向排列著靈魂碎片的書架。

平常我並不會刻意以任何東西遮擋書架，但今天因為世愛母女要來的關係，我故意以一塊白色的布簾罩住整個書架，隱藏起那些裝著靈魂碎片的小玻璃瓶。眼睛看不見的世愛也還罷了，她的母親波繪受過榮一的薰陶，多少擁有一些關於繪畫方面的知識，或許會看出那些瓶子裡裝的並不是一般的顏料。

我故意取出一些小瓶子，放在工作坊角落的工作檯上。瓶子裡的靈魂碎片，都事先以乳缽磨成了粉末。這樣的狀態，就無法看出與一般的顏料有何不同。

「世愛，妳親手製作過顏料嗎？」

「咦……？製作顏料？」

「我平常都是自己製作顏料，妳要不要也來試試看？」

「顏料能夠自己製作……？」

「當然可以，只是要花一點功夫。一些比較簡單的顏料，妳也可以製作得出來。」

世愛聽我這麼說，伸手拉了拉波繪的袖子。

「妳就試試看吧？」波繪面露微笑，對著世愛說道。世愛受到鼓舞，臉頰微微泛紅，她蹲了下來，將查爾斯放在地上。查爾斯終於得以脫離她的掌控，默默走到工作坊的角落，坐了下來。牠將鼻子埋進自己的體毛裡，神情沮喪地咕噥道：「有狗的味道……」

「這個是膠液，就像是以動物的骨頭及皮膚製作成的黏著劑。顏料的濃稠感，就是來自於這個成分。不過並非所有的顏料都是使用膠液，有些可能使用的是樹脂或蜜蠟。」

接下來有好一段時間，我在熟悉的工作坊裡，對著世愛上起了美術的校外教學課。

將磨成粉末的靈魂碎片從瓶內倒出，在顏料盤上與膠液混合在一起。混合的時候，不需要使用特別的道具。我抓著世愛的手，讓她的指尖輕輕沾上顏料，體會顏料與膠液在指腹溶為一體的感覺。

世愛穿上了一件沾滿了各色顏料的白色工作圍裙，一臉認真地推磨著顏料盤裡的顏料。她緩緩移動手指，原本雪白的顏料盤逐漸染成了鮮豔的葵花色。

等到顏料一定程度與膠液混合之後，再加上少量的水。

繼續以手指攪拌，等到不均勻的感覺完全消失，就大功告成了。

「哇……我只有曾經讓外公幫忙我抓著筆，在畫布上塗顏料，還不曾自己製作過顏料呢。原來製作顏料這麼簡單，有點讓我嚇一跳……話說回來，這顏料的氣味真有點古怪。」

「這是膠液的味道。尤其是現在這個季節，顏料如果沒有好好保存，裡頭的膠液常常會腐壞，導致顏料變質。就像我剛剛說過，膠液的原料是動物的骨頭及皮膚。不過難得世愛為我調了顏料，如果讓它變質的話，實在是太可惜了。如何，要不要用它來畫個顏色看看？試一下自己調出來的顏料塗起來是什麼樣的感覺，應該也很有意思吧。」

「唔……那雖然也不錯，但我更希望觀摩老師畫圖的樣子！老師，你能不能用我製作的顏料畫一幅圖？」

世愛穿著過於寬鬆的作業用圍裙，對著我露出天真的笑容。就在這個瞬間，查爾斯忽然發出細微的聲響。那聽起來像是打噴嚏的聲音，但我很清楚牠是在取笑我，因為我的圖謀竟然徹底失敗了。事實上我已經有將近四個月的日子沒有提筆作畫，所以世愛說今天要觀摩我畫畫，讓我感到很困擾。我本來以為讓世愛體驗製作顏料及塗顏色，就可以蒙混過去。

　　但是命運的捉弄，就跟我們的上司一樣，是不會給人例假日或安息日好好放鬆一下的。我彷彿可以看見無法躲避的命運，正在我的面前如同貝姬一般吠叫著。我遲疑了好一會，最後只能無奈地說道：

「……好吧，妳想要我畫什麼？」

　　事實上就算世愛說了，我也不見得畫得出來。我從世愛的手上，接過了她剛剛製作好的顏料。目前能夠用的顏料，就只有世愛方才以膠液調和好的葵花黃。我告訴世愛，只能選擇以這個黃色顏料能夠畫出的主題。她煩惱了許久，最後不知想起了什麼，雙手一拍，說道：

「老師，你知道嗎？下下星期日，港邊要舉辦煙火大會呢。我們家每年都會一起去參加那場煙火大會，我雖然看不見，但光是聽聲音，也覺得很有意思……煙火一邊發出聲音一邊從空中飄下來，一定非常美麗。我希望老師畫的主題，就是煙火，煙火有各種不同的顏色，當然也包含了黃色，對吧？」

「煙火……」

綻放在夜空中的一圈圈色彩繽紛的煙火，確實會使用到非常多世愛調製的黃色顏料。

我從來沒有參加過這個城鎮的煙火大會，只能靠想像來描繪……但我告訴自己，這次並非像以往那樣只是為了自我滿足，而是為了世愛。

「……好，我試試看。」

我從客廳取來兩張餐椅，讓世愛與波繪坐下。

接著我從布簾的後頭找出必要的顏色，擺在工作檯上。

老漁夫在年輕的時候，曾經在船上看得入迷的黎明之藍。

為了栽培出最上等的茶葉，而奉獻了一生的男人眼中的茶園之綠。

度過了平凡一生的女性，年輕時所收到心愛之人贈送的玫瑰之紅。

離家出走之後再也不曾返回北方故鄉的老人，臨終之前希望能夠看見的雪原之白。

我將這些靈魂碎片一一放入乳缽中磨成粉末，以膠液化開，加入水，調製成顏料。不知道為什麼，當我以筆刷將純白的畫布刷成藍色時，我的動作竟然異常純熟，四個月的空窗期彷彿不存在一般。

這一百年來，早已深深烙印在記憶之中的成千上百幅圖，讓我的畫筆自然而然地動了起來，彷彿與我的個人意志毫無瓜葛。

我感覺心情異常激昂，明明死神沒有靈魂，我卻有種彷彿獲得了靈魂的錯覺。啊啊，如今在我心頭激盪的這股感情，凡人會如何加以形容呢？

明明在數分鐘之前，我還認為自己的畫沒有塗上靈魂顏料的價值。

世愛就坐在我的身後。眼睛看不見的她，正在注視著我繪畫時的模樣。

就算這幅畫完成了，她也一輩子不可能看見。但她卻帶著一臉雀躍的表情，全心全意地等待著。一想到這一點，我突然覺得那些在調色盤上隨意舞動的顏料們，忽然全都有了生命。這是什麼緣故？我明明知道，不管我畫得再努力，都不可能讓她看見這幅畫完成的樣子。

「媽媽，老師現在在畫什麼？」

「老師剛畫完天空及大海，正要開始畫煙火。那是太陽剛下山的天空，海平面上還可以看見橘紅色的夕陽。」

「原來如此……我從剛剛就聽見筆刷來回刷動的聲音，猜想應該是在畫一個很大的東西。原來老師先畫了海洋和天空。」

「嗯，藍色也分成很多種類，老師將各種不同的藍色混合或重疊，區分出天空和海洋的差別。」

坐在我身後的兩名觀眾不停竊竊私語。

世愛打從一出生，她的眼前就只有黑色而已，波繪卻非常詳細地說明著這幅畫的進展。

理由很簡單，因為看不見並不代表不存在。

波繪曾經笑著這麼告訴我：

「雖然世愛看不見，但我就在這裡。屋外開著花兒，鳥兒在天上飛著。我們不能因為她看不見，就奪走她的世界。就算是擁有視覺的我們，也常常漏看了什麼事物，或是對什麼事物缺乏理解。我們有什麼資格告訴世愛，她看不見什麼，或是無法理解什麼？」

所以我也這麼開口詢問：

「接下來我要放煙火了。世愛，妳喜歡什麼樣的煙火？煙火還分很多種類，例如有像瀑布一樣往下灑的煙火，還有像噴泉一樣從地面往上噴的煙火。」

「唔……對我來說，煙火就是那個咻咻咻的聲音……不過若要說我最喜歡的煙火，應該就是煙火大會最後的那個煙火吧。」

「最後的煙火？」

「嗯！剛開始先『砰』了一聲，接著等了好一會都沒有動靜，然後才又突然冒出好多煙火的聲音……那個叫什麼煙火？」

「噢，那個叫『彩色千輪』。世愛確實從以前就很喜歡那種煙火。」

彩色千輪？我對日本的煙火並不熟悉，因此在等待畫布上的顏料乾掉的時間裡，我取出了智慧型手機，搜尋了這個煙火名稱。熟悉的搜尋畫面上，除了出現文字的搜尋結果之外，還有一些實際施放煙火的影像資料。

為了確認影像，我在畫面上點了一下，啟動影片播放 APP。

不知道是在哪個煙火大會的會場拍攝的影片。畫面一片漆黑，只聽得見觀眾們的談笑聲。但就在下一個瞬間……

「鼕鼕！」

驀然響起刺耳的轟隆聲，讓世愛嚇得聳起了肩膀。

不，不只是世愛。就連波繪及我，也吃驚地轉頭望向窗外。我們都驚覺剛剛的聲音並非影片中的煙火，而是現實中的雷鳴。

「媽媽！下雨了！」

世愛晚了片刻才理解狀況。

天空突然下起了傾盆大雨，那雨勢大到彷彿有人在雲層上打翻了水桶。突如其來的雨聲，讓世愛發出了尖叫。

波繪聽見雨聲，也緊張地站了起來。強烈的雨水撞擊在窗戶上，彷彿帶著想要撞破玻璃的惡意。波繪先是一臉茫然地站著，接著她突然捧著頭驚呼：

「糟糕！洗好的衣服還曬在外面！」

這場雨長得宛如睡過頭的梅雨突然醒了。

即便是高度發展的現代天氣預報，也沒能成功預測這場大雨。世愛及波繪母女因為大雨而匆忙趕回家去了。從她們造訪的那天算起，這場雨已下了整整四天。

我聽著直到今天依然不曾止歇的雨聲，在工作坊內提筆作畫。明明是大白天，天空卻覆蓋著極厚的烏雲，顯得異常昏暗。我面對著畫布，頭頂上那盞沒有燈罩的螢光燈拚命釋放出白色光芒，企圖取代太陽的地位。

自從那天之後，天候從來不曾好轉過。星期一開始下起大雨，接著雨勢便忽大忽小，持續了四天的時間，彷彿整座城鎮都已落入其掌控之中。原本這個週末許多地區都預計要舉辦煙火大會，如今有很多單位已考慮要延期。

世愛最期待的港邊煙火大會，舉辦的日子是下下星期，所以目前還不至於受影響。但是沒有人能保證太陽能夠在下星期奪回天空的寶座。

「喂，你差不多該開始工作了。」

「我知道，查爾斯。」

我聽著來自門口的呼喚，嘴裡這麼應了一聲。接著我將身體朝遠離畫布的方向退了一步，凝神細看我的畫作，手上依然抓著愛用的調色盤。

終於快要完成了。四天前，因世愛的要求而揭開序幕的這小小的煙火大會，終於將迎來最後的高潮。由於我在此之前已有四個月不曾作畫，再加上這幅畫的景色完全只能憑藉想像力，所以花了特別久的時間。幸好在明天上課之前，應該可以完成。

那天我在世愛的守護下畫出的那片夜空，如今綻放著無數的煙火。

雖然每一朵煙火都不大，並沒有令人嘆為觀止的巨大煙火，但無數的小巧煙火就像是盛開的櫻花一般，覆蓋了整片天空，讓沒有星光的黑暗空間充塞著五顏六色的光輝。

彩色千輪。顧名思義，那就像是上千朵色彩繽紛的小花在夜空中爭奇鬥豔的火焰藝術。

那是一幅百花競放的美景。當初我第一眼看到這種煙火的影片時，因為實在太美，讓我有好一陣子發不出半點聲音。我不斷將影片的進度條往回拉，反覆觀賞著那小小畫面裡的影像，試圖將那夜空中瘋狂綻放的璀璨光輝深深烙印在視網膜上。

英國每年的「篝火之夜（Guy Fawkes Night）」也會施放煙火，但我從不曾見過如此大量的煙火同時綻放的景象。

我一邊以溶入了膠液的靈魂碎片畫出一朵朵的煙花，一邊暗自期盼有一天能夠親眼見證這幅美景。接下來只要將天空中的煙花顏色投映在海面上，使其融為一體，這幅畫就完成了。今天有四件的送終業務要執行，回家之後不見得還有時間繼續畫，但我希望至少在明天中午之前將畫完成，如此才能在明天送給世愛。

「查爾斯，你覺得如何？這次的作品雖然不是寫實之作，但應該很接近真正的煙火吧？」

我一邊詢問，一邊再三確認畫面上的顏色配置及構圖的平衡。原本併攏著前腳坐在工作坊門口的查爾斯隨口應了一聲。

查爾斯站了起來，走到畫布前，又默默坐下。

牠仰頭看著畫布上的千朵煙花，什麼話也沒有說。牠的尾巴輕輕撫動著沾滿了各色顏料的地板，簡直像在撫摸著幼童的頭。

「……查爾斯？」

我本來以為牠今天又會說一些酸言酸語，沒想到等了半天，牠竟然一句話也沒有說。我心中納悶，喊了牠一聲。查爾斯還沒有應話，我胸前的手機已響起了「鵝媽媽童謠」的旋律。

等等馬上就要執行送終業務了，難不成在這個時候突然有什麼緊急的案子？如果真的是這樣的話，那死神的人力不足問題也未免太嚴重了點。我一邊擔心著冥界的未來，一邊取出手機。然而我一看螢幕，卻吃了一驚，因為螢幕上顯示的並不是代表上司的「BOSS」這四個英文字母，而是「卯野濱波繪」這五個漢字。

〈啊，不好意思，請問是魯格老師嗎？〉

我接起電話，另一頭傳來波繪略帶歉意的聲音。為了方便臨時聯絡，我確實和波繪交換了電話號碼，但這是她第一次打電話給我。

我問她有什麼事，她先是再三道歉，接著才說道：「明天世愛沒有辦法上課，想要請假一天。」

我一問詳情，原來世愛突然身體不適，這兩天一直躺在床上休息。

除了頭痛之外，據說還有強烈的嘔吐感。波繪接著又說，昨天世愛已到住家附近的診所就診，醫生開了些感冒藥，但世愛服藥之後並沒有好轉。因此波繪打算讓她明天休息一天，再看看狀況。

我聽著波繪的描述，視線自然而然地望向眼前的畫作。

原本打算在明天之前完成這幅畫，送去給世愛的……

片段的思緒閃過我的腦海，令我驀然回過神來。

——我正感覺到失望？產生這個疑惑的瞬間，我感覺到胸中湧起莫名的焦躁感與愧疚感，讓我更加摸不著頭緒。

「我明白了，那明天就休息一天，請她多多保重。」

無法保持平靜的我，急促地說完這句話，便草草結束了通話。對話中波繪應該已感受到我的焦躁，她或許會感到狐疑，但我沒有任何理由可以解釋。

因為連我自己，都不知道我的思緒為何如此紊亂。

「什麼？你明天不去她家？」

查爾斯似乎察覺了我的心情，原本像座雕像一般對我不理不睬的牠，忽然抬起了鼻頭，如此問道。

我帶著一抹恨意低頭看著牠。失去了歸宿的小小夜空，只能尷尬地佇立在滑稽的死神與使魔之間。

下午一點的鐘聲響起，彷彿是在對著我們發出訕笑。

到了隔天，天空依然下著雨。我迫於無奈，只好以塑膠布將完成的畫作包起，並找來一只剛好十號大小的畫布套，將畫套上後才出門。

一穿過地下室的門，登時聽見刺耳的雨聲。

我立刻打開了傘。無數水滴在漆黑的聚酯雨傘布上彈跳，發出嗶嗶剝剝的聲響。

昨天接到波繪告知世愛身體不適的電話，到現在已過了整整一天。平常這個時間，我應該在卯野濱家，教世愛英文。今天因為休息一天的關係，突然擁有一段難得的空檔時間。

我開始擔任世愛的家教，已過了十個星期。上司和同事們都還算配合，盡量不在每個星期六的下午一點至四點之間排工作給我。因為這個緣故，今天我難得無事可做。我暗自盤算該怎麼打發這三個小時的空檔時間，最後我的結論是前往探視世愛。

她突然身體不舒服，我多少有些擔心。何況我只要以探病的名義去看她，就可以順便將今天早上完成的畫作交給她。

「你給一個臥病的女孩看畫做什麼？反正下個星期還要上課，為什麼不等她恢復精神之後再給她？」

我本來以為查爾斯會這麼取笑我，沒想到當牠得知我要去探望世愛，竟然連鬍子也沒抖動一下。

牠只是趴在窗邊，冷冷地說了一句「噢，慢走」，接著又像具雕像一樣靜止不動。雖然牠的態度讓我感到有些納悶，我還是在牠的注視下走出了家門。最近每天都下雨，或許正是因為查爾斯忽然改掉了酸言酸語的壞習慣，造成的反常現象。

「Solomon Grundy, Born on Monday, Christened on Tuesday……」

我走出了連接聖域的小公園廁所，在雨中朝著卯野濱家前進。

若是晴朗的日子，公園裡往往會充塞著孩子們的嬉戲聲，宛如歌頌著暑假的美好。但今天因為下雨的關係，公園裡一個人影也沒有，只有我猶如亡魂一般孤伶伶地站著。

就在這時，一個人都沒有的公園裡響起了熟悉的「鵝媽媽童謠」旋律。

我一邊走向公園的出口，一邊從背心的內側口袋取出智慧型手機。該不會又是波繪打來的吧？我心裡這麼想著，一看液晶螢幕，上頭顯示的卻是四個英文字母，令我不禁皺起了眉頭。

「……Hello？」

我一邊往前走，一邊接起電話。

我的聲音相當不耐煩，連我自己也嚇了一跳。

〈嗨，我聽你的使魔說，你那個兼差的工作今天休息？〉

我霎時大感後悔，不該期待查爾斯會改過向善。

「嗯……是啊。不過我現在人在外頭。」

〈噢，是嗎？難怪有不少雜音。既然是這樣，我就長話短說吧。是這樣的，有件事應該要讓你知道……〉

「抱歉，如果是臨時的案子，我可能要一個小時之後才能處理。」

〈你冷靜點，我今天打給你，並不是要交代工作。只是有件事，想要給你一點

忠告。〉

「忠告？」

〈是啊，關於上次你遇上的那個惡魔……〉

雨滴敲打著雨傘的聲音，幾乎完全掩蓋了來自手機裡的上司說話聲。

就在我走進巷道內的瞬間，一輛閃爍著鮮紅色警示燈的救護車，帶著刺耳的笛聲，通過了我的身旁。

我感覺到胸口內側彷彿有什麼東西在蠢蠢蠕動著。我再也沉不住氣，不由得逐漸加快了腳步。我踢飛了雨水，朝著剛剛從身旁呼嘯而過的救護車追趕而去。

我在無人的公園裡奔跑了將近十分鐘，來到了熟悉的卯野濱家前方。

但我在那北歐風格的洗鍊屋宅前停下了腳步，沒有辦法再往前踏。

因為剛剛從我身旁通過的救護車，此時正停在一塊門牌的前方，不再發出任何聲響。門牌上印著流利的英文草寫字體「UNOHAMA（卯野濱）」。

「世愛！世愛……！」

我聽見了彷彿要撕裂陰霾天空的尖叫聲。滂沱大雨之中，救護人員推著擔架走了出來。波繪緊跟在旁邊，並沒有撐傘。我的腦袋登時明白發生了什麼事，但我的內心拒絕接受這樣的結論。

「抱歉，我晚一點再回撥。」

我下意識地說出這句話，切斷了手機電源。電話另一頭的上司似乎還在說話，但我沒有理會。反正之後再想辦法解釋就行了。

「波繪……」

救護人員小心翼翼地折彎擔架的腳架，將擔架送上救護車。我走向波繪，朝她喊了一聲。波繪這時才察覺我的來訪，甩動濡濕的黑髮，轉頭朝我望來。

「魯格老師……？」

現在正值盛夏，雖然下著雨，但一點也不冷，甚至可以說相當悶熱。然而波繪的雙肩卻正在劇烈抖動。

「老師……世愛她……！」

雨水自她的雙眸溢出，她同時發出了哽咽聲。

我幫不上任何忙。當她在雨中掩面哭泣時，我唯一能做的事情，就只是為她撐著傘。

「聽說是腦瘤。」

榮一站在純白的走廊上說道。

「醫生說發現得太晚了，可能撐不過兩個星期。白天她突然說頭痛，後來就一直躺在床上。送她到平常看診的醫院，醫生沒有檢查出病因，只說是夏季的感冒，波繪也就這麼信了……」

太陽已西下，窗外依然下著雨。

「我們後來才聽醫生說，如果出現腦瘤，通常除了頭痛及想吐之外，眼睛還會出現一些症狀。例如感覺光線特別刺眼，或是看見雙重的影像等等，偏偏世愛的眼睛原本就看不見……」

雖然榮一的態度及口吻都相當平靜，但我看得出來他相當沮喪。原本就體格矮小的他，此時整個人彷彿又小了一圈。

「為什麼她的運氣總是這麼差？她到底做錯了什麼事？如果可以的話，我好希望自己能夠代替她……」

榮一說完這句話之後，深深嘆了一口氣，彷彿要將靈魂也吐出來一般。接著他以布滿皺紋的手掌摀住了眼睛，不再開口說話。

我完全不知道該如何回應。

榮一說他想要冷靜一下，於是我送他前往交誼廳休息，接著我獨自走向世愛的病房。世愛所住的病房，在全是單人房的大樓裡。病房內除了波繪及她的丈夫之外，還有榮一的妻子，和我是第一次見面。

「真是抱歉，魯格老師。你特地來探望她，卻遇上這樣的情況……」

互相打了招呼之後，波繪對我低頭鞠躬道歉。

她以一塊淡青色手帕摀著嘴角，看起來相當憔悴。

剛好看見世愛被送上救護車的我，就這麼陪著波繪來到了醫院。但我唯一能做的事情，就是當世愛正在接受精密檢查的時候，默默地坐在波繪的旁邊。直到榮一等人接到通知趕來醫院，我連一句得體的話都說不出來。

「請不用在意我……世愛呢？」

「她睡了。主治醫師說她接下來的睡眠時間會越來越長，應該不至於太痛苦……」

回答的人不是波繪，而是她的丈夫。

跟一般成年男性比起來，他顯得頗為削瘦。臉上神情穩重慈和，眼鏡後頭的一對眼睛卻又紅又腫。說話的過程中，他突然五官扭曲，似乎是正在強忍著哭泣的衝動。那顫抖的嘴唇及哽咽的表情，在在說明了他對世愛的愛有多深。

在這病房裡，我只是個局外人。不，我甚至不是人。現在的狀況，當然沒有我介入的餘地。我的心頭突然萌生一股如坐針氈的感覺，逼迫著我立刻離開此地。

我不是世愛的家人，不應該一直逗留在病房裡，剝奪他們一家人碩果僅存的相處時間。我心裡明明很清楚這一點，但不知道為什麼，我的鞋底彷彿被膠質地板黏住了，就是無法邁步離去。

「……真是抱歉，在這種緊要關頭來打擾。我過幾天再來探望世愛。」

我這句話，其實是說來說服自己。

事實上我今晚也有送終業務要執行。此時查爾斯應該在聖域裡焦急地等著我回去吧。所以我一定得離開才行了。

有如石頭般頑固的心靈終於受到說服。我轉過了身，準備跨步離去。

「……魯格老師……？」

驀然間，我聽見了虛弱的呼喚聲。

我感覺到自己那虛假的心臟陡然停止跳動，發出了哀號。

原本我的雙眼一直排斥直視世愛的模樣，直到這一刻，我才轉頭朝她望去。身穿病人袍的她，正躺在床上看著我。不，不對。她的眼睛看不見。

她只是在醒來的時候，剛好聽見我的聲音而已。

波繪等人發現世愛醒了，也各自呼喚她的名字，抓住了她打著點滴的手腕。或許是因為藥品的氣味，以及迴音的差異，世愛立刻就察覺這裡並不是她的房間。

世愛詢問發生了什麼事，波繪等人一邊關心著她的身體，一邊告訴她，白天她昏厥後就被送上救護車，住進了醫院裡。

當然沒有提及她的壽命只剩下不到一個月的事。

「原來我不是感冒……又得住院了……」

「嗯，不過這次的住院時間應該不會太長。而且這次媽媽會一直陪在妳身邊，妳不用擔心……」

波繪撫摸著世愛的手，如此說道。她就跟剛剛丈夫一樣，拚命壓抑著淚水。但她故意裝出開朗的聲音，不讓眼盲的世愛察覺異狀。我沒辦法再繼續看著這一家人。我有種錯覺，彷彿胸中關了一頭不知名的凶暴生物。如果繼續看下去，那生物恐怕會徹底發狂，咬破我的胸口。

於是我決定轉身離去。榮一的妻子察覺我要走出病房，只是默默看著我，我也默默對她點了點頭。

「魯格老師也來了？」

就在我正要伸手推開門扉的時候，背後又傳來世愛的稚嫩聲音。

我抓著白色的門把，一時僵住了，不知該如何是好。

戰戰兢兢地轉過頭一看，視線正好與轉頭看著我的波繪等人對上。波繪那紅腫的雙眸漾起了笑意，她伸出雙手，溫柔地包覆世愛的手掌，說道：

「魯格老師也在這裡。他聽說妳身體不舒服，特地來看妳呢。老師，請你跟世愛說說話吧。」

我騎虎難下，只能走了過去。

面對波繪那樣的表情，我沒辦法擺出一臉嚴肅的死神態度，說出「我還有工作要忙，告辭了」這種話。我沒有其他的選擇，只好在波繪讓出來的椅子上緩緩坐下，將身體湊向病床上的世愛。

「嗨，世愛。」

我盡可能說得若無其事。「老師！」世愛聽見我的聲音，登時展眉歡笑。她的聲音彷彿在我的耳中彈跳，讓我胸中的那頭生物欣喜若狂。

「老師，我知道你很忙，謝謝你抽空來看我。」

「妳從來不曾請假，我想到今天不用去妳家，忽然懷念起了貝姬……每個星期六聽牠吠叫，好像已經成了我的生活習慣。」

「哈哈哈，生活習慣？貝姬要是聽見了，一定會更加努力對老師吠叫吧。不知道為什麼，貝姬就是沒辦法和老師親近。」

「……或許牠是對的。搞不好牠早就知道會有這樣的結果，所以才那麼想要把我趕走。如果是這樣的話，我實在對貝姬感到很抱歉。」

「咦？為什麼要感到抱歉？」

躺在床上的世愛納悶地問道。我沉默不語，並沒有回答世愛這個問題。

這已經是我能夠道歉的最大極限。

因為死神與世愛太過親近，導致她縮短了壽命……這當然並非事實。每個人的壽命都是打從一出生便已註定，任何人都沒有辦法加以改變，就算是負責為世人帶來死亡的死神也不例外。

我不禁心想，這兩個半月以來，我是否其實能為世愛做更多的事？例如我可以早點確認她的壽命，讓她和家人們更加珍惜最後的相處時光……

「老師，我本來打算在今天上課的時候，向老師提一件事。」

「……什麼事？」

「上次到老師家玩的時候，我不是提過煙火大會嗎？如果老師願意的話……我想邀請老師一起參加那場煙火大會。」

我體內的生物再度發狂。

我只能拚命壓制，沒辦法回應世愛這句話。
「但我現在住院了……不曉得來不來得及在煙火大會之前出院。」
「世愛……」
「我好想跟老師一起看煙火，那一定很美……」
就在這個瞬間，我明白了。雖然不願意明白，但我終究還是明白了。
或許最大的問題，在於我目睹過太多的死亡。世愛是個聰明的孩子。正因為她的眼睛看不見，所以她看得比我更多，感受比我更加透徹。
接下來到我離開病房為止，我的記憶非常模糊。我不記得自己對世愛說了什麼話，也不記得自己是如何向他們告辭。明明是發生在數分鐘前的事情，我卻一點印象也沒有。
我只知道我走在走廊上，心裡模模糊糊地想著得去工作了。就在這時，剛好遇上了從交誼廳離開的榮一。
「怎麼，你要走了？」
「……對，我還有事，得先告辭了。」

「好吧，真是不好意思，讓你留在這邊這麼久。話說回來，我從剛剛就覺得很好奇……那是畫布套嗎？」

經榮一這麼一提，我才想起畫布套還掛在自己的右肩上。這麼大的東西，竟然會忘了它的存在，連我自己都感到有些不可思議。想必自從得知世愛性命垂危，與波繪一同上了救護車之後，我就一直把這只畫布套當成了身體的一部分。否則的話，我沒有理由一直將它夾在腋下，從不曾將它放下來，而且在長達數小時的時間裡，完全沒有感受到它的重量。

「為什麼帶那種東西來醫院？」

「這個……只是碰巧而已。世愛說想要看我畫畫，所以我終於提筆作畫了。」

「噢，我想起來了，波繪說過，她曾和世愛一起去了你家。」

「是啊，多虧了她們，我才又開始畫畫……今天早上這幅畫終於完成了，我本來想要趁來探病的時候，順便把畫拿給世愛。但她現在應該沒有心情看畫了，所以我打算把這幅畫拿回家裡放。」

我感覺思緒亂成一團。這是我來到日本之後，第一次感覺沒辦法以日語順利表達心中的想法。

就連腦海裡的英文字母也是凌亂不堪，沒有辦法排列成有意義的詞句。老實說我甚至不敢肯定自己到底在說什麼。榮一似乎看穿了我的心思，他忽然瞇起了眼睛，朝著我伸出手，說道：「讓我看一下。」於是我放下幾乎和右臂同化的畫布套，交給榮一。

他從套中取出包在塑膠布裡的畫，以熟稔的動作將畫布夾一一取下。接著他一如往昔鑑定起了這幅沒有署名的新人畫作，彷彿這裡不是醫院的走廊，而是他的「牧野畫廊」。

榮一有好一段時間，只是目不轉睛地看著那黑暗中的繽紛色彩。半晌之後，他小心翼翼地將畫包回塑膠布裡，然後放回畫布套內。

「這幅畫就由我買下了，可以嗎？」

我已經不記得自己如何回答這個問題了。

隔天早上，漫長的雨終於停了。整整五天的日子，宛如主人一般佇立在工作坊內的那幅畫，如今已不存在於聖域裡的任何角落。當我醒來時，明亮的夏日豔陽正從窗簾外透了進來。

但為什麼我心中的雨依然沒有止歇？

「魯格老師！」

過了幾天，我再度前往探望世愛，發現那虛假的彩色千輪竟擺在病房的角落。

「老師！外公告訴我，這幅畫是老師送來的，是嗎？外公說上頭畫的煙火很漂亮，所以他把畫擺在這裡。老師，謝謝你！」

世愛明明看不見，卻指著身旁的畫架，笑嘻嘻地說道。

「哇啊！這朵花的形狀跟香氣……是洋桔梗嗎？另外這些小小的花……是滿天星嗎？我媽媽最喜歡花了，她見了一定很開心。」

到了隔天，我帶了一束花去探望世愛，她紅著臉緊緊抱住了那束花。

「老師，謝謝你今天也來看我。」

又隔一天，世愛雖然承受著頭痛的折磨，還是對走進病房的我展顏歡笑。

「老師……你特地來看我，我卻不太能跟你說話，對不起……」

到了第四天，世愛已經沒有辦法在病床上坐起來了。

「『燕子在快樂王子的嘴唇上一吻，接著落在他的腳邊，就這麼死了』……」

第五天的晚上，我在世愛的央求下，朗讀了《快樂王子》。

「我們已經無能為力了。藥效追不上病症的惡化速度，她一直在喊頭疼……」

第六天，波繪一邊哽咽一邊說道。我只能默默地看著她。

「世愛從昨天一直昏睡到現在。看來我們差不多該要有心理準備了……」

第七天。世愛一直引頸期盼的煙火大會，就是明天了。

「查爾斯。」

第八天早上，我再也按捺不住，朝查爾斯問道：

「我到底是怎麼了？如果你知道原因，拜託你務必告訴我。我每天早上醒來，昨天的感情還是會留在心裡，完全沒有消失。我多麼想要把那些感情忘掉，卻是說什麼也忘不掉。我好想要把昨天……不，把這幾天的感情擺脫得一乾二淨，但我就是做不到，你可以告訴我為什麼嗎？」

查爾斯沒有回答我的問題。

「Solomon Grundy, Born on Monday, Christened on Tuesday……」

放在胸前口袋裡的智慧型手機，又響起了那令人惱怒的「鵝媽媽童謠」的旋律。

〈嗨，你那邊今天是星期日，對吧？老樣子，我把一星期的案件時間表用電子郵件寄過去了，你再確認一下吧。〉

我不想確認。

「現在……」

我忍不住想要把手機摔在地上。端坐不動的查爾斯忽然抬頭看著我說道：

「輪到你了。」

牠的藍色眼珠與我的紅色眼珠互相輝映。

「現在輪到你送她最後一程了。就像當初的我一樣。」

我不明白牠在說什麼。

「我換個說法吧……輪到你選擇了，開膛手傑克。」

我不明白……我不想明白……我……

過去我從來不知道，原來玻璃與玻璃碰撞，可以產生如此暴力的聲音。在理性的驅策下，我任憑情感向外噴發，將書架上的無數小玻璃瓶全掃入袋中。

我毫不遲疑地推出手腕，讓玻璃瓶全都從書架上跌落。簡直就像是一個貪婪的孩子，想要將所有的萬聖節糖果據為已有。五顏六色的靈魂碎片，全都落入了在底下張開大口的麻袋內。有些瓶子跌出袋外摔得粉碎，但我絲毫不以為意。

人偶們全聚集在我的腳邊，面對著不斷落下的玻璃雨，手忙腳亂地撿拾著從玻璃瓶中飛濺出來的靈魂碎片。被它們捧在陶瓷手腕之中的那些閃閃發亮的靈魂，看起來就像是剛從袋裡滾出來的一顆顆糖果。

「喂！」

我正忙著將書架上的小瓶子掃進袋裡，一旁的查爾斯不知在大呼小叫什麼，但我根本沒空理牠，依然不停地灑落靈魂之雨。

「你到底在幹什麼？就算做這種事，也沒有辦法改變什麼，你心裡應該很清楚才對。」

「當然，我很清楚。」

「既然如此……」

查爾斯站在工作坊的門口處，繼續說個不停。

我將手腕伸入書架上的最後一段，卻陡然停下了動作。

因為我看見了這段日子以來持續吸引我目光的唐紅色靈魂碎片。

那顏色如今依然在我的視野正中央，彷彿想要喚醒我的記憶。

沒錯，直到昨天為止，我完全忘得一乾二淨。

但如今我終於想起來了。為什麼這個代表孤獨的紅色，會如此吸引著我。

回想起來，這個顏色正是一切的肇始。

我把那將死的太陽之色小心翼翼地放入胸前口袋，其他碎片則同樣掃進袋裡。

所有架上的玻璃瓶都已清空之後，接著我將腳邊那東奔西走的人偶們一具具抓起，同樣塞進袋裡。當然它們手中所捧的五顏六色碎片也跟著進入了袋中。

「喂，你到底在幹什麼……」

我毫不理會查爾斯的質問，轉身走出工作坊。

當然我並不是對於當初遭牠殺害的事情懷恨在心，想要報小小的一箭之仇。

我只是做著如今我應該做的事情而已。查爾斯乖乖地跟隨在我的身後，我聽著牠的叫喚聲，走下了通往地下室的階梯，來到深處的門扉前，說出了欲前往的地點。

倫敦聖域。一切因果的肇始之地。

「來這裡做什麼？」

查爾斯穿過敞開的門扉，追上我的背影，同時詫異地喊道。門後的空間，是倫敦聖域的書齋。這麼多年來，我只是偶爾會回來取書，從來不曾認真打掃過，因此整間書齋布滿了灰塵，彷彿還停留在二十世紀的時代。

我踩著鋪在地板上的厚地毯，走向書齋裡唯一一張書桌，將我到目前為止蒐集來的所有寶物胡亂堆在那張結實穩重的書桌上。接著我才轉頭面對查爾斯。日本今天是難得的好天氣，可惜倫敦的天空依然是陰鬱不開。

「查爾斯……不，我想你或許有其他的名字。真的很抱歉，讓你陪伴了我一百年。」

「別提了，我本來以為你頂多二十年就會清醒，沒想到你竟然逃避了現實一百年。你給我添了那麼多麻煩，在這最後一刻，好歹該慰勞一下我這辛苦的使魔吧？」

「太好了，我還以為你改掉了酸言酸語的本色。」

「怎麼可能？我堅持這個本色，可就是為了今天這個日子。」

查爾斯神色自若地說道。上百年的歲月，讓我跟牠的關係變得極為複雜而奇妙。歷經了如此漫長的歲月，我對查爾斯已不再抱持恨意，我想牠應該也一樣吧。若是這樣的話，那就再好也不過了。

「你來到倫敦，到底有什麼事？你該做的事情，應該是在日本吧？」

「我知道，但在做出最後的選擇之前，我想要讓你看一樣東西……到這裡來。」

我比著堆滿了寶物的書桌，做出宛如邀請淑女跳舞的動作。

查爾斯像隻貓一樣歪著頭看我，似乎在揣測我的意圖。半晌之後，牠才展現出優異的跳躍能力，輕而易舉地跳到桌面上。

「真讓人懷念。」

牠坐下後說道：

「這裡是我的寶物庫，也是一百年前與你偶然重逢的地點……不，那是我自己的選擇，並不是什麼偶然。」

牠一邊說，一邊凝視著書架。架上擺著一本本封面陳舊的古書，唯獨一本冰綠色封皮的書籍依然維持著鮮豔的色彩。

「你到底要我看什麼？」

結束了名為追憶的航海之旅，查爾斯轉頭朝我問道。但我早已不在原本所站的那個位置。我與坐在桌上的牠四目相交，下一秒我輕輕關上了門扉。

「……啊？喂……你幹什麼！」

矯健靈動的黑色四肢瞬間躍上了高空。查爾斯以後腿朝桌面猛力一踢，如飛箭一般朝著門扉撲來。剎那間我感覺門板幾乎要被牠拉開，趕緊從日本這一側將門把緊緊按住。

查爾斯被獨留在英國，發出了憤恨不已的貓叫聲。

「喂！你竟然在最後一刻用這種卑鄙的方法來洩憤，太陰險了吧！」

「不，查爾斯，你錯了。其實我很感謝你。」

「感謝？用誆騙的手法把人強制送回英國，這算哪門子的感謝？」

「這一點我向你道歉。但是這一百年來你對我不離不棄，我實在不忍心把你拖下水。」

「拖下水是什麼意思？」

「數天前，上司打了一通電話給我，說我們春天遇到的那個惡魔一直在找我。當時我還沒有詢問理由，就掛了電話，所以並不清楚詳情。但如今我明白了，那惡魔想要的是我花了上百年的時間才取回的靈魂。」

就在這個瞬間，我感覺到手裡的黃銅門把突然彈了一下。我心中一驚，趕緊重新將門把牢牢抓穩。如果我此時放開門把，除了查爾斯有可能會回到日本之外，還會因為切斷了日本與倫敦的連線，導致我沒有辦法再與牠交談。

「蠢蛋！你真的是無可救藥的蠢蛋！立刻把門打開，放棄你那愚蠢的念頭！你想毀了你這一百年來的努力嗎？」

「抱歉。」

「道歉有個屁用！你要浪費你的一百年，可別連我的一百年也賠進去！現在你在動什麼歪腦筋，我可是清楚得很！好不容易能夠變回凡人，你真的要放棄這個機會？」

「你錯了，查爾斯，我現在已經是凡人了。我相信自己這一百年來的一切作為，都是為了今天這一刻。就像世愛所說的，這一切都是命運。」

沒錯，一切都是命運的安排。

我被查爾斯殺死，變成了死神，以及來到日本、遇見世愛，都是冥冥中註定的事情。

「謝謝你長年的陪伴，查爾斯。幫我向艾莉問好。」

我知道自己沒有資格說這句話，但我還是說了。這句話裡頭，隱含著我最大的感謝、致歉及祝福。我沒有等牠回應，便放開了門把。

日本與倫敦的連結，就這麼無聲無息地斷開了。那扇門成了單純的地下室出入口，我立刻取出手機，對準了那扇門，按下相機快門。

過去我作夢也不曾想過，有一天會對自家的門扉使用空間凝結機能。

如今這扇門已經無法打開了。

我輕輕放開了那支已經不能再派上用場的智慧型手機。

我從懷裡取出唐紅色的靈魂碎片，抱著一絲同情說了一句「再見」。

以乳缽將它仔細磨成粉末，與膠液混合。

接著我拿起畫筆，以筆毛蘸滿了剛調製好的顏料，對著這些日子以來一直缺乏顏色的那幅夕陽，塗上來自少女靈魂的唐紅色。

你會稱這是什麼樣的紅色？

經過打磨拋光的紅寶石的紅？在秋天散落一地的楓葉的紅？

還是在孤獨中死去的培堤齊烏斯的紅？

我最重要的朋友，稱這是生命即將流逝的顏色。從前被用來代替人肉的果實顏色。太陽即將死亡時的顏色。但世愛呢？

「叮叮、叮叮……」

沒有人的客廳傳來了鈴聲。

那聲音讓我回過神來，停下了畫筆的動作。

抬頭一看，眼前的視野一片鮮紅。隔著幾乎佔據了整面牆壁的窗戶，可看見外頭的天空紅得有如正在燃燒一般。那景象簡直就像是精巧複製了我剛剛完成的那幅畫。

好美。我打從心底如此讚嘆。不知道為什麼，從前在倫敦東區偷竊屍體懷中財物的那些年，我完全沒有察覺。

或許查爾斯說得沒錯。

凡人都是近視眼。不管是富饒者還是困乏者，都很容易因為一點小事而盲目。他們很容易就忘了這個世界的美好，忘了心愛之人的善良，忘了原本最珍惜的夢想與希望。

正因為如此，所以我才想要拯救她。那個永遠置身在黑夜之中的女孩。那個懷抱著過去我所失去之物，臉上帶著燦爛笑容的女孩。

「嗨，死神……」

我所背對著的工作坊入口，傳來了宛如唱歌一般的呼喚聲。

看來我久候多時的客人終於上門了。

「我找了好久，終於讓我找到了……」

「……歡迎你的到來，我等你很久了，惡魔。」

我將畫筆及調色盤放在工作檯上，緩緩轉身。

沒有門扉的工作坊入口，擠滿了無數張臉孔。

不，或許該形容成一團巨大的肉球，上頭有著失去了眼皮的外凸眼球及白得異常的裸露牙齒。

由人臉所組成的巨大肉球並沒有體幹，卻有著好幾條手臂，以及宛如節肢動物般橫向生長的腳。事實上惡魔的外觀會隨著本體靈魂的特性及吸取的靈魂數量而有所不同，但模樣如此駭人又可悲的惡魔，我還是第一次看見。

「啊啊……好香的味道……死神啊……你今天依然是又甜又香呢……」

「很香吧？我雖然不是比利時鬆餅，但保證又甜又美味。」

我一邊說，一邊朝窗外瞥了一眼。今天終於是煙火大會的日子了。

夕陽如此美麗，想必煙火一定能看得很清楚吧。

「死神，可是你身上有個討厭的東西……不要過來……好噁心好噁心！」

「唔……你說的是這個嗎？」

我取出了懷裡的那樣東西，舉到惡魔的面前。

在我的掌中發出窸窣聲響的東西，正是當初借給董也的玫瑰念珠。

我高高舉起那銀色的十字架。表面反射著宛如基督鮮血一般的夕陽餘暉。惡魔往後退了一步，每一張臉孔都痛苦得扭曲變形。屋裡的驅魔結界及白鼠尾草都已清掉了，惡魔沒辦法接近我，全是因為我身上帶著這玩意。

「不要……不要不要不要！好噁心！好噁心！好噁心！」

「嗯，我想你一定很怕這玩意吧？聽說死神配給的玫瑰念珠，都是由我們的上司親手製作的。雖然那個人是否會這麼認真做事，我到現在還是半信半疑，但這一點也不重要。來吧，惡魔，我想跟你進行一場交易。」

在這逢魔時刻，我背對著虛假的夕陽如此說道。

惡魔身上那些彷彿隨時會掉下來的眼珠同時望著我。

「交易？」

「沒錯，交易。你們惡魔從以前就擅長誘惑凡人，讓凡人看見美好的幻影，對吧？只要你發揮你的能力，幫我做一件事，我就把我的靈魂送給你。」
垂掛在我左手上的銀鍊輕輕搖晃，發出細微的叮叮聲響。
惡魔聽著那聲音，揚起了嘴角，露出白色的牙齒。在那無數的臉孔之中，我看見了當初沒有成功拯救的青年。
「你說謊！我們是不會被騙的！你用這種話來欺騙我們，其實是想把我們切成碎片！你這個惡魔！」
「沒想到我竟然會被惡魔喚為惡魔……沒錯，我曾經是惡魔，但我想要以凡人的身分結束一切。」
這是我唯一的心願。
夜晚馬上就要統率著黑暗降臨大地，但我再也不會迎接遺忘的早晨。

+

當我醒來的時候，我變成了一隻燕子。

為什麼會變成燕子，我自己也不明白。

但是當我睜開雙眼時，我此生第一次看見黑暗分成了上下兩邊。上面的黑暗空間懸浮著許多宛如點字一般的微小顆粒，下面的黑暗空間則傳來了波浪的聲響。

此時我聽見有人在我的耳畔呢喃：「那是星辰、那是大海。」

我不知道那是誰的聲音。但那聲音接著又對我說：「世愛，妳是一隻燕子。」

所以我是一隻燕子。

在黑暗中，看見自己的雙手一片漆黑，長滿了毛，沒有手指。接著我低頭一看，我的腳只有三根腳趾，中間的腳趾特別長，還有著銳利的爪子。

從前我用雙手觸摸時，我的手並不是這樣，我的腳也不是這樣。

何況我不是燕子，而且我的眼睛應該看不見。

但如今我卻變成了一隻燕子，而且我的眼睛看得見了。這麼說來，這應該是一場夢。

沒錯，我正在作著一場夢。這是我這輩子第一次作「看得見」的夢。

過去從來不曾有過這樣的體驗。

過去我所作的夢，就跟現實一樣，是一片漆黑的狀態。

因此我好開心。我興奮地跳了起來。沒想到就在這個時候，我的身體竟然浮上了空中。當我回過神來，我發現自己正飛在大海的上方。我乘著風，宛如在海面上滑行。

我感覺身體異常輕盈，我可以輕易在空中翻一圈。現在的我，不管要去任何地方都沒有問題。我在海風中開心地唱起了歌。就在這時——

我聽見了「咻咻咻」的聲音，以及似乎有什麼東西在空中炸開的聲音。那聲音相當熟悉。

我飛在空中，不禁看得入神。

五顏六色的光雨在一瞬間照亮了海面，比星辰更加明亮得多。

——那就是煙火嗎？

沒錯，那一定就是煙火了。我記得很清楚，那是煙火的聲音。

真是太美了。我飛在海上，目不轉睛地看著那煙火一顆顆炸裂，發出聲響。許多我從來不知道的顏色，在我的頭頂上盛開、飛散，帶著有如喝采一般的聲音，在燦爛光輝中緩緩飄落。真的好美！

我開心地手舞足蹈，在灑落的光芒中翻轉了數圈。

如果是現在的我，或許能夠飛到那些火光裡頭。我想到了這一點，於是開始朝著那些光芒飛行。我當然很清楚，如果這是現實，飛進煙火的火光之中簡直是自殺行為。但這裡是夢中的世界，如果錯過了今天，我就再也沒有機會體驗這種奇蹟般的感覺了。所以我決定展翅飛向那煙火。

如果生命註定要結束，我希望自己能夠隨著那煙火的光芒一同炸裂，一同消失。

但就在我快要抵達那煙火的位置時，我發現海面上站著一個人。

如果依常識來想，人絕對不可能站在水面上。

但是我一點也不驚訝，反而更加雀躍、興奮。

因為我一看就知道，那個人是魯格老師。

「老師！」

我乘著風，滑翔至海面附近。

魯格老師就站在映照著火光的波濤之上。他轉過頭來，對著我微笑。

黑色的頭髮，黑色的衣服。眼睛是我不知道的顏色。但是媽媽曾經說過，老師的眼睛是紅寶石的顏色。這麼說來，那應該就是「紅色」吧。能夠看見老師，我好開心。我興奮得不斷鼓動翅膀，在老師的周圍繞了好幾圈。最後我「唰」的一聲斂起翅膀，停在老師的左邊肩頭。

「魯格老師！煙火好美！我從來不知道，原來世界上有這麼多的顏色！而且能夠和老師一起看煙火，簡直像在作夢！啊……這確實是夢沒有錯，但是能作這麼幸福的夢，我真的太開心了。一定是因為耶穌看我太可憐，在最後實現了我的心願。」

「妳並不可憐，世愛。」

我站在老師的肩頭，正要閉上雙眼時，老師如此說道。

「妳一點也不可憐，不是嗎？」

煙火的照耀下，老師的臉好美，而且好溫柔，讓我忍不住想要哭泣。

「世愛，妳看，快要到最後的重頭戲了。」

在老師的視線引導下，我也一起望向天空。就在這時，我聽見了「砰」的一聲煙火發射音。

但是接下來有好一陣子，四周圍一片寂靜，黑暗的夜空中只有星辰綻放著光明。

我看煙火一直沒有出現，心裡正感納悶，就在這個瞬間……

「哇啊……」

綻放了！綻放了！綻放了！滿天都是火花！

數不盡的花朵，從來沒有見過的各種顏色。

在夏季的夜空中瞬間綻放又瞬間凋零，如此虛幻卻又如此強烈的光芒百花，彩色千輪。

不知道為什麼……我自己也說不出理由，但我可以明確地感覺出來。

那煙火是老師送給我的禮物。

所以我飛上了空中。

在最後的瞬間，我以自己的小小鳥喙，在我最心愛的老師嘴唇上輕輕一吻。

「再見了，我最愛的王子。」

老師那溫暖的太陽色彩，彷彿正溫柔地環抱著我。

＋

遠方傳來施放煙火的聲音。

「請節哀。」

波繪等人痛哭失聲。我悄然走向世愛。

「再見了，小燕子。」

我道了別，一邊祈禱，一邊在那雪白可愛的眼皮上輕輕一抹。

送終業務執行完畢。

我最後一次執行業務所取得的靈魂，就跟綻放在夜空中的花朵一樣，有著最美麗的彩虹之色。

間奏　黑貓與天使

「天使沙利葉，這到底是怎麼回事？」

「就像我剛剛所說的，今年春天在日本襲擊你們的惡魔已經消失了。不，與其說是消失，不如說是受到了淨化。這是非常罕見的案例。說得更明白一點，有史以來從不曾出現過死神的靈魂被惡魔吃掉的狀況。」

「能不能說得詳細一點？」

「我也只是接到上級的指示，並不清楚詳情。根據趕往現場的死神回報，惡魔並沒有遭死神之鐮砍中，卻在接收了『他』的靈魂之後，像煙火一樣炸了開來。」

「像煙火一樣……？那靈魂呢？『他』的靈魂呢？」

「當然是跟惡魔一起消失了。不，嚴格來說是『疑似消失了』。惡魔炸裂後留下的靈魂，據說與『他』最後回收的少女靈魂有著相同的顏色。」

「惡魔的靈魂？我從來不曾聽過，也不曾見過那種東西。」

「所以我說那惡魔已經受到了淨化。相信你也很清楚，靈魂在成為惡魔之後，不論生前做過什麼樣的事，顏色都會變得混濁。必須送回自然界，才能加以淨化。但是吃了『他』的靈魂的惡魔，在消失的瞬間，恢復成了凡人的靈魂，由趕往現場的死神回收了。這當然只是緊急措施，但從結果來看，上級決定接受這些靈魂。送入凡間之前的最後檢查只要沒有任何問題，這些靈魂來世就能以凡人的姿態重生。」

「簡單來說……在這個案子裡，被惡魔吞噬的靈魂都發生了時間倒退的現象，恢復成了原本的狀態，連每個個體的記憶及感情也恢復了？」

「沒錯，很有可能就是這麼回事。到底是什麼樣的作用造成這種現象，現在上級正盡全力分析當中……但是缺損的靈魂遭除去之後的死神，也可以透過與凡人的靈魂接觸，恢復身為人的光輝。化為惡魔的靈魂藉由同樣的現象而獲得救贖，似乎也不是什麼不可思議的事情。」

「……」

「讓我來猜猜，你現在在想什麼。」

「不必。」

「你不用感到悲傷。雖然原本想要把薄井楓交給他照顧，就這點而言實在有些可惜，但最後他做了與你相同的選擇。」

「誰說我感到悲傷了？」

「我說錯了嗎？」

「任憑你想像，我只想知道你們到底打算如何處置我。」

「上級交代盡量滿足你的要求。畢竟你的狀況沒有前例，我本來還擔心不知如何解決，但現在你觸犯冥府律法的罪責已經贖罪完畢了。」

「哈雷路亞！我終於獲得自由了！不用再聽那個袖手旁觀的機車上司的命令了！」

「你好像很開心？」

「當然開心！我等這一刻，可是等了一百年！雖然因為某個哥布林混蛋害我大繞遠路，但我終於也等到這一刻了……」

「對了，這案子結束之後，我將會辭去『沙利葉』這個職務。」

「咦？」

「差不多該把這個職位讓給後進了。我打算回去當凡人，一切從頭來過。」

「……天使沙利葉，你這該不會是引咎辭職吧？」

「引咎辭職？我為什麼要引咎辭職？」

「當初是你推薦他成為死神，結果他不僅花了一百年才獲得靈魂，而且最後還把靈魂賣給了惡魔……」

「哎呀，真是稀奇，你還會為袖手旁觀的機車上司擔心？」

「不，那個不是在說你……」

「呵呵……我就當不是吧。不過你不用為我擔心，我只是看了他的例子，忽然覺得再當一次凡人也不錯。」

「……是嗎？」

「對了，還有一件事，應該讓你知道。他似乎會以死神的身分繼續留在凡間。」

「他？這個『他』是指……」

「沒錯，就是你花了一百年從旁協助的那個他。惡魔只取走他的靈魂，他的肉體還維持著原狀。」

「什麼？」

「相信你也很清楚，將靈魂讓渡給惡魔是違反冥府律法的行為，不管是人的靈魂，還是死神的靈魂都一樣。所以他必須受到懲罰，但他的靈魂已經消失了，所以沒有辦法像你一樣以使魔的方式贖罪。上頭下令以特例來處理這個案子，只要他再當一次死神，就寬宥他的罪責。」

「……」

「現在讓我們來問問他吧……做出你的選擇，開膛手傑克。」

最終話

他與世界

這一天，天使沙利葉將一名死神送進了某宅邸。

剛醒來的死神雖然身穿白色襯衫及黑色背心，但內在處於完全空白的狀態。沒有名字，沒有記憶，也沒有靈魂。

但幸好他擁有眼珠。雖然他可以獨力行走，但不知道為什麼，他在穿過冥府之門後，就被蒙上了雙眼，如今只能在天使的牽引下慢慢往前走。

「……天使沙利葉，我必須被蒙著眼睛到什麼時候？」

這種感覺就像是在無底洞穴中游泳一般。打從出生以來，這是他第一次感到不知所措。雖然知道向上級提出質疑是很失禮的行為，但目前這樣的狀態，實在讓他覺得心情無法保持平靜。那天使在飄著顏料氣味的地點停下腳步，淡淡地笑著說道：

「別擔心，再忍耐一陣子吧。」

那難以判斷性別的慈和話語，震動著死神的鼓膜。

過了一會，迴音的特徵似乎有所改變，同時死神感覺到自己的鞋子踩踏在堅硬的地板上。「篝火之夜」應該早已結束，卻不知從何處傳來施放煙火的聲音，這突如其來的幻聽在死神的心中激起漣漪，驟然間，眼瞼的內側閃過一些景象的零星碎片。然而接下來卻有一道聲音，將那些景象完全遮蔽。

「你們來了。」

那是完全陌生的男人嗓音。死神心中微微一驚，下意識地停下腳步。就在這個瞬間，原本牽著手的手套觸感忽然憑空消失。

死神失去了天使的牽引，頓時只能站在沒有一絲光芒的漆黑世界中發愣。

他維持著沉默，靜靜地感受著周圍的動靜。但四周卻是一片死寂，好一會都沒有半點聲響。

「天使沙利葉？」

死神朝著前方的空間呼喚，卻沒有得到天使的回應。

「我不是天使沙利葉。」

剛剛在黑暗中說話的那個男人，代為回答了這個問題。

「……你是誰？」

「這個嘛，這次你也稱我為查爾斯就行了。」

那聲音並不掩飾自己使用的是假名。

有那麼一瞬間，死神隱約覺得那男人的聲音似曾相識。但身為死神，心中一切感情及記憶的震盪都會在瞬間消散於眼前的黑暗之中。

「新來的，從今天開始，這裡就是你的家，我是你的使魔。我負責將你訓練成能夠獨當一面的死神，將生死兩界的定律託付至你的手上……聽起來很帥氣，但說穿了我只不過是個窮極無聊的好事分子。我明明想要早點離開這擁擠的肉體，不知道為什麼，竟然變成了這樣的結果。不過我相信，現在的我比科學怪人稍微幸福一點。」

對方的口氣帶著些許滿足的意味，接著不知從哪裡跳了下來。

落地的腳步聲非常輕，讓死神不由得豎起了耳朵。

「對了，你為什麼蒙著眼睛？就我所知，現在的你四肢健全，身體沒有任何毛病，對執行業務應該不會造成任何阻礙才對。」

「這一點……我也很想知道理由。我只知道前一任的天使沙利葉在送我離開的時候，曾吩咐要怎麼做。」

「呵呵，原來如此。看來那傢伙比我更窮極無聊。他如今應該已經在凡間重生了，只希望重生後的他別帶有這種古怪的癖好。」

查爾斯的聲音傳來的位置比剛剛低得多。完全處於空白狀態的死神不知如何回答，只能像個人偶一樣靜靜地站著。

「總而言之，今天是值得紀念的第一天。雖說有開始就有結束，但你不必為此感到悲傷。不管是凡人、使魔還是死神，都是在出生的一瞬間，便開始朝著結束邁進。只要這麼想，應該就不會覺得寂寞了，對吧？雖然道路不同，雖然前進的速度不同，但我們遲早會在那道窄門內重逢。」

就在這個瞬間，似乎有什麼閃過了人偶的腦海。

那與剛剛在他的心中激起漣漪的七彩碎片有幾分相似。

因此死神抬起了頭，以被蒙住的雙眼看著對方說道：

「因為我們的上司做事總是不講道理，偏偏又喜歡在奇怪的地方追求公平？」

查爾斯聽見死神這句話，忽然陷入沉默，彷彿隱遁在黑暗之中。

半晌之後，他突然笑了出來，從黑暗中浮現。

「沒錯、沒錯，你真瞭解。那麼就讓我們再來一次吧。你跟我的『感傷之旅』（Sentimental Journey）⑰。」

「在那之前，查爾斯……我是不是可以把眼罩拿掉了？」

「啊，抱歉，我都忘了你還蒙著眼睛。不過在你拿掉眼罩之前，我能問你一個問題嗎？」

「什麼問題？」

原本一直在死神腳邊移動的查爾斯，聲音戛然而止。想必他現在正與死神正面相對吧。死神聽著地板發出的聲響，不知為何腦中浮現了黑色尾巴在白色地板上磨蹭的畫面。

「從你醒來到現在，你看過鏡子嗎？」

「沒有……他們跟我說，我的肉體是年輕英國人的遺體。」

「好，那太好了。你可以把眼罩拿掉了，魯格。」

不知道為什麼，這稱呼讓死神感覺到格外懷念。

在查爾斯的引導下，死神輕輕解開了後腦勺的繩結。

黑色的眼罩落在地板上。死神睜開了雙眼。

死神第一眼看見的，是白色的牆壁、白色的地板，以及宛如無數星辰般的飛濺色彩。

接著是來自書架的大量閃耀光芒，以及一隻黑貓。

最後看見的是牠背後的落日……

「嗯，果然……不管看幾次，我都覺得那眼珠很適合你。沒錯，非常適合你。」

死神聽著熟悉的黑貓說話聲，伸手摀住了自己的雙眼。

啊啊，好刺眼，眼睛快睜不開了。

原來這世界充滿了色彩。

「快去照照鏡子吧。我很好奇，你會如何稱呼這個紅色？」

（完）

---

⑰〈感傷之旅〉（Sentimental Journey）是美國經典歌曲，最初由桃樂絲・黛（Doris Day）在一九四五年演唱，其後經過多次翻唱。

春日
ハルヒブンコ
文庫

140

死神的顏料

死神の絵の具「僕」が愛した色彩と黒猫の選択

死神的顏料 / 長谷川馨作 ; 李彥樺譯. -- 初版. -- 臺北市 : 春天出版國際文化有限公司, 2024.01
面 ; 公分. -- (春日文庫 ; 140)
譯自 : 死神の絵の具 「僕」が愛した色彩と黒猫の選択
ISBN 978-957-741-783-1(平裝)

861.57 112018815

ISBN 978-957-741-783-1
Printed in Taiwan

死神の絵の具「僕」が愛した色彩と黒猫の選択
(Sinigami no enogu "boku"ga aishita shikisai to Kuroneko no sentaku)
by
長谷川馨

作　　者　長谷川馨
封面繪圖　アオジマイコ
譯　　者　李彥樺
總 編 輯　莊宜勳
主　　編　鍾靈

出 版 者　春天出版國際文化有限公司
地　　址　台北市大安區忠孝東路4段303號4樓之1
電　　話　02-7733-4070
傳　　真　02-7733-4069
E－mail　bookspring@bookspring.com.tw
網　　址　http://www.bookspring.com.tw
部 落 格　http://blog.pixnet.net/bookspring
郵政帳號　19705538
戶　　名　春天出版國際文化有限公司
法律顧問　蕭顯忠律師事務所
出版日期　二〇二四年一月初版

定　　價　450元

總 經 銷　楨德圖書事業有限公司
地　　址　新北市新店區中興路二段196號8樓
電　　話　02-8919-3186
傳　　真　02-8914-5524
香港總代理　一代匯集
地　　址　九龍旺角塘尾道64號 龍駒企業大廈10 B&D室
電　　話　852-2783-8102
傳　　真　852-2396-0050